NON TI LASCERÒ ANDARE

BRIAN PAYTON

NON TI LASCERÒ ANDARE

Traduzione di
VELIA FEBRUARI

PIEMME

Questo romanzo è un'opera di fantasia. Personaggi e situazioni sono invenzioni dell'autore e hanno lo scopo di conferire veridicità alla narrazione. Qualsiasi analogia con fatti, eventi, luoghi e persone, vive o scomparse, è puramente casuale.

We acknowledge the support of the Canada Council for the Arts for this translation.
Questo volume è stato tradotto con il sostegno del Canada Council for the Arts.

Canada Council for the Arts Conseil des arts du Canada

Pubblicato per

PIEMME

da Mondadori Libri S.p.A.

ISBN 978-88-566-3813-4

I Edizione ottobre 2018

Anno 2018-2019-2020 – Edizione 1 2 3 4 5 6 7 8 9 10

Stampato presso ELCOGRAF S.p.A. - Stabilimento di Cles (TN)

1

1 aprile 1943

Quando John Easley apre gli occhi al cielo di mezzogiorno, non gli passa tutta la vita davanti. Vede invece un ininterrotto drappo di cielo ingrigito dai troppi lavaggi. Batte due volte le palpebre, poi si concentra sui granelli neri che aleggiano davanti alle nuvole. Attraversano il suo campo visivo ovunque si volti. L'inverno passato, il medico li ha definiti "mosche volanti". Ha detto che alla sua età, trentotto anni, ne soffrono molte persone. Dal rivestimento interno del bulbo oculare si sono staccati dei frammenti che galleggiano nell'umor vitreo. Ciò che Easley vede non sono i frammenti, ma le ombre che proiettano quando passano sulla retina. Per evitare quel fastidio, il medico gli ha consigliato di non fissare mai una pagina bianca, il cielo o la neve. Questi sono i suoi primi pensieri coscienti sull'isola di Attu.

Si alza a sedere. Nel farlo, ha l'impressione che la sua testa abbia preso slancio, come se volesse seguire la traiettoria verso l'alto. Un dolore sordo gli trapassa le costole. Posa le mani nude nella neve per non rovesciarsi. Il paracadute giace alle sue spalle: un'incursione itterica su di un bianco altrimenti perfetto. La nebbia è così fitta che non riesce a vederlo per intero. Per un istante, teme che la brezza possa gonfiare il paracadute e trascinarlo su per il pendio.

Gli aerei girano in cerchio con un rombo, invisibili.

Easley piega le mani. La velocità della caduta gli ha strappato i guanti. Si guarda le lunghe gambe e muove gli scarponi di qua e di là. Si abbassa la cuffia, si passa le dita tra i capelli, cerca tracce di sangue. Non trovandone, sgancia l'imbracatura, si rotola sulla pancia e si drizza in piedi. Miracolosamente, è vivo e integro. Ed è così che tutto ha inizio.

La nebbia è il miglior alleato: un'amica intima, affezionata. Ricopre i suoi errori e apre su di lui la propria ala protettiva, permettendogli di non essere scoperto. Ma lo separa anche dai compagni, sempre che qualcun altro sia sopravvissuto. Poi un lampo rosso di memoria: il bavero di un aviatore che d'un tratto sboccia come un fiore all'occhiello, prima che la testa dell'uomo si accasci in avanti, ciondolando.

Non lontano, giù per il pendio, la neve lascia il passo a un prato deserto che si perde nella bruma. Gli steli di segale dell'anno passato, alti quasi un metro, sono bruni, schiacciati dal peso dell'inverno. Easley torna al paracadute, lo raccoglie e lo infila alla rinfusa nella sacca. Non è un'operazione semplice. Mettendosi la sacca in spalla, trasalisce per il dolore al fianco, poi si erge baldanzoso, incerto sul da farsi.

I rapporti sporadici sugli attacchi della contraerea giapponese iniziano a circoscrivere lo spazio. Tra le raffiche in lontananza – a dieci, o forse quindici chilometri – giunge il vicino mugghiare del mare in tempesta. Ma è come guardare sott'acqua, la nebbia fuorvia, distorce. Entro i cento metri di visibilità non ci sono ripari. È completamente esposto. Si sfila la sacca e ci si siede sopra.

Si guarda il dorso delle mani, diventato rosa per il

A Lily

PRIMA PARTE

freddo. Ultimamente gli ricordano quelle di suo padre. Non sono più le mani di un ragazzo, morbide e lisce. All'improvviso sembra che tutti i pori e le vene siano usciti allo scoperto. Una topografia di rughe sottili e cicatrici sbiadite.

John Easley era un bambino di sette anni quando aveva lasciato andare la manina appiccicosa del fratello alla stazione di Victoria, a Londra. Erano arrivati da Vancouver, facendo tappa a Montréal, appena il giorno prima, destinati a trascorrere gli otto mesi successivi in un appartamento minuscolo mentre il padre arricchiva le sue credenziali di ingegnere. John avrebbe avuto delle responsabilità. Intanto, però, mentre la madre era in giro a cercare lavoro e il padre in fila per comprare i biglietti del metrò, la sua unica mansione era restare sulla panchina e sorvegliare Warren, di tre anni. Ma quei treni magnifici che entravano e uscivano con grazia dalla stazione lo attiravano come per magia. È certo di aver tenuto la mano del fratellino quando inizialmente aveva vagato per l'atrio, proprio come sa di essere stato lui a lasciarla andare.

Si sente ardere per il senso di colpa, come colto da febbre improvvisa. Nonostante tutti gli anni trascorsi da allora, quel sentimento non accenna a scomparire. Si era voltato, ma tutte le panchine, tutti i marciapiedi gli sembravano uguali. C'erano moltissimi bambini tra cui scegliere, ciascuno saldamente agganciato ad altre famiglie. La camminata veloce si era trasformata in una corsa a perdifiato, fuori dalla stazione e verso la certezza che fosse già troppo tardi. L'adrenalina aveva innescato la nausea, poi le vertigini avevano avuto la meglio.

Si era svegliato circondato da una corolla di volti femminili e la vaga sensazione di essere tornato dal regno dei morti. Ma poco dopo era apparso suo padre, il viso contratto e pallido, con il fratellino in braccio. Aveva ringraziato le donne e afferrato John per l'avambraccio. Allontanatosi a sufficienza dalla scena, aveva posato Warren sul marciapiede, poi si era rivolto al figlio maggiore. «Come hai potuto abbandonare tuo fratello? Dove diavolo pensavi di andare?» Poi, per la prima e unica volta nella sua vita, Easley aveva visto il padre cedere all'emozione. Non disposto a piangere in pubblico, aveva alzato le grandi mani per nascondersi la faccia.

Le raffiche della contraerea si diradano, poi cessano del tutto. Il vento inizia a levarsi. Easley si alza e punta lo sguardo verso la nebbia. Avanza per duecento metri giù per il pendio, superando l'ultima chiazza di neve e calpestando la segale schiacciata. Il terreno, morbido e spugnoso sotto i piedi, digrada verso la spiaggia. Non si vedono alberi, né cespugli di alcun tipo.

Un rigagnolo gli taglia la strada. Si snoda attraverso l'erba secca a meno di un metro di distanza. Easley si distende in posizione prona, la testa sospesa sulla corrente. Avvicina la bocca all'acqua fredda del ruscello e beve tanto avidamente da sentir male alla testa. Quando il dolore svanisce, beve ancora, come se non vedesse acqua da giorni.

Si alza e nota un luccichio nella corrente, una suggestione creata dai riflessi del sole. Una folata di vento solleva la pelliccia del colletto della tuta da pilota, poi la riabbassa. Il richiamo lontano di una sterna artica è seguito da quello che, stranamente, sembra un colpo di tosse. Easley si volta. Adesso ha forse un raggio di visibilità di trenta metri che sta rapidamente aumentando. Più lontano riesce a vedere, più si rende conto di essere completamente esposto. Non ci sono ceppi o massi dietro cui nascondersi, né buche dove infilarsi. Il cuore gli balza in gola. Tende l'orecchio per sentire di nuovo la tosse, ma avverte solo il frangersi delle onde. Si alza con i pollici agganciati ai lacci dell'imbracatura, senza la minima idea di cosa fare.

Poi si gira e vede aprirsi uno squarcio nella nebbia. Come un sipario infinito che si alza, lo squarcio si amplia e scivola verso di lui, illuminando la terra, scaldando l'aria al suo passaggio. Alla fine il sipario si apre e il sole riversa i suoi raggi dall'alto. È uno spettacolo talmente prodigioso che, per un istante, Easley si scorda di trovarsi dietro le linee nemiche.

Lo squarcio si estende verso il pendio e la spiaggia. Adesso può distinguere il candore tempestoso delle onde sotto il cielo ceruleo. Mentre lo squarcio libera sempre più terreno nella sua espansione, Easley sente di nuovo un fievole colpo di tosse e ne cerca la fonte attraverso il vapore. Disarmato, può solo stare a guardare mentre una sagoma prende forma vicino a dove inizia la spiaggia. Un giapponese? Un membro dell'equipaggio? L'uomo l'ha visto, è chiaro. Easley non sa se alzare la mano o scappare.

La nebbia scivola come raso sulle pendici di un vulcano inattivo, rivelandone la frigida bellezza. Tutto è messo a nudo dal vivido sollievo del raro sole aleutino: le chiazze di bianco, la pula fulva dell'erba dell'anno passato, l'azzurro venoso del Nord Pacifico. Quando Easley riconosce quella figura solitaria, reprime l'impulso di gridare per la gioia. Libera il pollice dall'imbracatura, alza la mano e saluta.

Una nuova raffica di fuoco contraereo, e a entrambi cedono le ginocchia.

Poi, con la stessa rapidità con cui è iniziata, la ritirata della nebbia entra in stallo. Come un'onda nella sua corsa impetuosa dalla spiaggia al mare, indugia, inverte la rotta e torna a sommergere il terreno. I due si vanno incontro nella bruma che si addensa, i colori e la luce di poco prima ora sembrano un sogno. Si avvicinano sorridendo, come per una battuta che solo loro riescono a capire. E quando si incontrano, si abbracciano forte e a lungo, come chi ha ingannato la morte insieme, come chi è convinto di essersi lasciato il peggio alle spalle.

Il ragazzo, Karl Bitburg, è esausto. Abbracciandolo, Easley si accorge che è fradicio fino al midollo. Scosso dai brividi, il ragazzo sorride. Easley calcola che non abbia più di diciannove anni e si sorprende a dubitare che raggiungerà mai i venti.

«Hai trovato nessun altro?» Il ragazzo parla in un malinconico accento strascicato.

«No. Sei atterrato in acqua?»

«A circa trenta metri dalla costa. Sono uscito il più in fretta possibile e ho recuperato la calotta di seta. L'ho nascosta laggiù, dietro un masso.» Il ragazzo fa un cenno della testa verso la spiaggia. «Non credo che i musi gialli mi abbiano visto. Sono ben oltre il promontorio.»

È stata solo fortuna, si dice Easley, che lui sia sceso sulla terraferma. La nebbia era così fitta che ha visto ciò che lo attendeva pochi secondi prima di atterrare. Non ha avvistato altri paracadute e ha completamente perso traccia dell'aereo. Mentre racconta la sua disavventura, Easley osserva il ragazzo rabbrividire e riflette – per la primissima volta – sul vero potere del freddo e dell'umidità dispiegati contro di loro. Il volto del ragazzo è esangue e pallido, la corporatura muscolosa incurvata. Non somiglia affatto al tizio vanitoso ed esaltato che Easley ha conosciuto due giorni prima.

«Dovremmo cercare gli altri» propone il ragazzo.

«Devi prima asciugarti.»

«Troveremo i miei amici, cazzo! Ecco cosa faremo.» Il giovane si raddrizza un po', il mento in fuori. «Io li conosco. Vivo con loro. Tu ti sei accodato dopo.»

«Se non ti asciughi e non smetti di tremare, sarai morto prima di domattina.»

Vedere il ragazzo scrolla Easley dallo stato di stordimento in cui stava vagando, offrendogli un punto focale. Gli fornisce anche la prima vera nozione di futuro dal momento in cui è atterrato sulla chiazza di neve.

«Aviere scelto» dice il ragazzo indicando il proprio rango. «Tu non dovresti nemmeno essere qui. Sono io al comando finché non troviamo il tenente.»

«Fa' come credi» risponde Easley. «Ma ora che la nebbia è tornata potremmo accendere un fuoco, per asciugarti. E cercare un posto dove portare i tuoi compagni; sempre che troviamo qualcun altro.» Capisce che il ragazzo scenderà a più miti consigli. «Potrebbero esserci dei musi gialli di vedetta. Dovremmo trovare una copertura.»

«Sentiranno l'odore del fumo.»

«Se vai in ipotermia qua fuori, sei spacciato.»

Il ragazzo pianta le mani sui fianchi e guarda verso la nebbia. «Il mio accendino si è bagnato.»

Easley si fruga nella tasca e pesca lo Zippo lucido. Lo estrae, lo apre, poi con uno scatto accende un'aguzza fiammella arancione.

La legna trasportata dal mare è scarsa, i rami secchi un miraggio. Easley sa bene che in tutta la catena delle Aleutine non cresce un solo albero: l'unica legna disponibile sono i brandelli di ciocchi e di rami rubati da coste lontane. I pezzi migliori si trovano nei punti in cui la spiaggia cede il passo al falasco e alla segale, dove si sono spinti i cavalloni fino a erodere la terra da sotto il groviglio delle radici. Al di sotto delle sporgenze che si sono create si depositano rametti e ciocchi. Quella legna e l'erba secca forniscono combustibile sufficiente per un falò.

Individuano un burrone appena sopra il livello dell'alta marea. Presto calerà il buio. Il ragazzo se ne sta davanti a Easley, al di là del falò, nudo fino alla vita, e tiene il pesante giubbotto di montone sospeso sulle fiamme.

Il corpo del giovane è pallido e magro. È di media statura, poco più basso di Easley. Sebbene abbia una corporatura atletica, Easley suppone che non gli servirà a molto là fuori. La totale assenza di grasso corporeo non fa ben sperare. Ha un tatuaggio sulla spalla: l'ancora e l'aquila della Marina americana. Il marchio di un guerriero. A Easley appare ridicolo sulla pelle diafana e indifesa. Lo fa sembrare ancora più giovane. La tuta grondante, la sua unica vera protezione, probabilmente non asciugherà mai.

Easley lo osserva tremare vicino alle fiamme, poi gli si avvicina sfilandosi il giubbotto e posandoglielo sulle spalle. Con un cenno di gratitudine, il ragazzo se lo stringe addosso per scaldarsi. Poi Easley si toglie i pantaloni in pelle e glieli porge, restando in brache di cotone, camicia e giacca.

Il ragazzo si toglie il resto degli abiti bagnati e indossa i pantaloni di Easley. Quindi, con le braccia tremanti, regge i mutandoni umidi sospesi sul falò. «In genere non mostro i gioielli di famiglia al primo appuntamento,» scherza «anche se tentar non nuoce.»

Il burrone è profondo meno di tre metri, ma è sufficiente a nascondere la luce del falò tranne, forse, dai monti a pochi chilometri di distanza o dal mare aperto. Potrebbe andare peggio. Sono illesi, il nemico sembra ignaro della loro presenza e il ragazzo si rianima di minuto in minuto. Sopravvivranno alla notte.

Quando scende l'oscurità, la nebbia si dirada e le stelle ardono fiere. I monti si profilano di un nero tendente al violetto e il nastro fosforescente della risacca rappresenta l'unica linea di demarcazione tra la terra e il mare avvolti dalle tenebre.

Easley prova la consapevolezza degradante di essere in una situazione senza via d'uscita. Sei velivoli sono rientrati dal raid aereo. La Marina sa solo che uno non è tornato. Forse uno degli altri artiglieri ha visto il suo aereo schiantarsi nel mare gelato. È convinto che non andranno a cercarli, né a cercare lui in particolare. Supporranno che siano morti per annegamento o finiti prigionieri. Tutti gli uomini che hanno preso parte al raid sanno che non c'è speranza di essere soccorsi. Sull'isola di Adak, quella sera, i compagni del ragazzo penseranno a lui e agli altri commilitoni caduti in battaglia e brinderanno in loro onore. Nel giro di qualche settimana, i loro genitori riceveranno una lettera dal contenuto vago, infarcita di banalità. Vostro figlio è andato oltre il proprio dovere distinguendosi nel combattimento.

La moglie di Easley non riceverà mai quella lettera. Ormai Helen avrà saputo che è tornato in Alaska, ma non immaginerà che si sia spinto fino alle Aleutine. Easley rievoca le sue mani eleganti, il mezzo sorriso, i soffici capelli sulla nuca, ma gli resta solo il senso di colpa per averla abbandonata. La immagina prima della guerra, prima che tutto cambiasse, seduta davanti al focolare crepitante a casa di suo padre, inondata dal calore e dalla luce.

* * *

Easley si sveglia con una costola dolorante. Il ragazzo dorme nel paracadute, accoccolato contro di lui. La sporgenza di radici resta alta, il mare non l'ha invasa. Quando il fuoco si è spento, la sera prima, hanno ricoperto la cenere, poi hanno cercato riparo dove avevano trovato la legna, sopra il livello dell'alta marea. C'era spazio appena sufficiente per entrambi. Ignorando il protocollo dei turni di guardia, hanno estratto la seta di Easley, ci si sono avvolti ed entro poco tempo si sono addormentati.

Easley gira la testa e scruta nel biancore abbagliante. A circa dieci metri di distanza, sui cumuli di neve fresca, appare un paio di scarponi. Un istante dopo, un rivolo giallo. Easley trattiene il fiato. Quando il soldato finisce, attraversa la spiaggia a passi pesanti e guarda verso il mare aperto. Poco dopo viene raggiunto da altri quattro commilitoni che, trascinandosi, saettano occhiate verso le colline e le vette. Non vedono l'angusto nascondiglio. Cinque centimetri di neve scarsi hanno ricoperto qualunque traccia o imprudenza. I giapponesi hanno un'aria stanca e annoiata. Non vedono niente.

Easley allunga le braccia, serra le mani sulla bocca e sulle guance del ragazzo, che si sveglia di soprassalto, lo guarda negli occhi, poi lentamente si volta a osservare gli uomini che si accendono una sigaretta, infine spostano la tracolla del fucile da una spalla all'altra. Quando scompaiono alla vista, Easley sospira e torna a distendersi.

«Cazzo!» Il ragazzo si stropiccia gli occhi. «A quanto pare avrai l'articolo che cercavi.»

L'articolo. Quella parola gli suona come un insulto. Una volta decollato l'aereo, il pilota ha annunciato che in effetti c'era un giornalista a bordo. Un corrispondente di guerra, nientemeno. Era tempo che il mondo iniziasse a degnarli di attenzione.

Restano distesi in silenzio, ad ascoltare, a osservare mentre la giornata acquista vigore e la neve inizia a sciogliersi grondando dal bordo della loro tana.

Easley era già stato nel territorio dell'Alaska circa un

anno prima, per conto del «National Geographic Magazine». Si era spinto fino all'isola di Atka, a metà circa della catena che si estende per 1.700 chilometri, ed era rimasto per due settimane durante la primavera, a esplorare le colline lussureggianti che, almeno dall'alto, gli ricordavano l'isola hawaiana di Molokai. Prima di quell'incarico, era vagamente al corrente dell'esistenza di quell'arcipelago. Aveva intervistato gli abitanti, timidi ma ospitali, ed era stato invitato ad andare a pesca con loro. Aveva frequentato la loro chiesa ortodossa, inebriandosi del profumo dell'incenso e di quello spettacolo sfarzoso. Era rimasto affascinato dalla storia naturale e culturale dell'isola, dalla commistione etnologica e culturale di tradizioni native e di origine russa. Era incappato in un mondo poco conosciuto e remoto.

Ma il 3 giugno 1942, appena tre giorni prima che Easley tornasse a casa, i giapponesi avevano lanciato un attacco dalle loro portaerei leggere bombardando la base navale di Dutch Harbor e la base operativa di Fort Mears, uccidendo quarantatré uomini e riducendo in cenere edifici e navi. Quegli avamposti sulle isole di Unalaska e Amaknak, vicini alla terraferma dell'Alaska, rappresentavano l'unico baluardo di difesa statunitense nell'arcipelago delle Aleutine. Il 7 giugno aveva segnato la vittoria degli Stati Uniti nelle isole Midway. Quello stesso giorno, sei mesi dopo l'attacco a Pearl Harbor, gli americani avevano appreso che l'esercito giapponese si era impadronito delle isole di Kiska e Attu all'estremo opposto della catena delle Aleutine. Undici giorni dopo, la Marina americana aveva inviato un breve comunicato alla stampa per minimizzare l'accaduto. L'incarico originale di Easley, un articolo di storia naturale, era passato subito in secondo piano. Quando infine era arrivato a Dutch Harbor, la base era un cumulo di macerie fumanti.

Easley, uno dei sei giornalisti che lavoravano in quel nuovo teatro bellico, si era diligentemente procurato i dispacci ufficiali e li aveva inoltrati ai trepidanti redattori dei quotidiani nazionali. Ma poi aveva cominciato a intervistare gli aviatori di ritorno dai voli ricognitivi. Aveva preso appunti di ciò che avevano visto, delle voci secondo cui i giapponesi si stavano trincerando. Ne aveva redatto un rapporto dettagliato, espungendo tutto ciò che avrebbe potuto compromettere le truppe, ciononostante il censore militare aveva tracciato dei grossi segni neri su gran parte delle informazioni. La copia che gli era stata restituita recitava: [redacted] *accampamenti nemici su* [redacted] *sono stati rinforzati sotto la copertura offerta dalla nebbia.* [redacted] *navi della Marina imperiale giapponese sono state avvistate su* [redacted] *e* [redacted] *mentre tentavano di fare rifornimento. Anche se* [redacted] *aerei e* [redacted] *uomini sono caduti per mano del nemico, sinora la peggiore minaccia per le nostre truppe è rappresentata dal vento, dalle precipitazioni e dal freddo.*

Poco dopo tutti gli organi di stampa erano stati espulsi dall'Alaska, sebbene i membri del Congresso chiedessero a gran voce notizie da quell'appendice remota di suolo americano, notizie che non fossero quelle diffuse dalla voce di Tokyo Rose, dalla sua propaganda disfattista. Ma le notizie provenienti dalle Aleutine erano ormai sotto l'attento scrutinio del Dipartimento della guerra, per ragioni di sicurezza nazionale. E mentre il fiume di informazioni dall'Alaska si riduceva a uno stillicidio, l'intervento americano in Nord Africa e a Guadalcanal fu utile a sviare l'attenzione. E l'ufficio stampa del governo continuava a dare fiato alle trombe sul trionfo nelle isole Midway.

Qualcuno vuole che questa battaglia si consumi al riparo da occhi indiscreti. Cosa si nasconde sulle isole

Aleutine? Se i giapponesi stanno rafforzando una base per gli attacchi dalla terraferma, i civili dell'Alaska, della Columbia Britannica e dello Stato di Washington hanno tutto il diritto di saperlo per tenersi pronti. Easley faceva parte di quel manipolo di giornalisti senza la minima cognizione di quell'angolo del mondo. Che razza di reporter indietreggia davanti a una tale missione?

Alcuni mesi dopo, contro il parere dei suoi redattori, degli amici e di Helen, Easley si era reintrodotto illegalmente in Alaska insieme con un altro giornalista, viaggiando come marinaio di coperta con la marina mercantile. Non erano mai arrivati sulle isole Aleutine; avevano trascorso una settimana sull'isola di Kodiak a fare domande prima che gli ufficiali superiori mangiassero la foglia. Erano stati rispediti a sud dopo un lungo interrogatorio e la minaccia che li avrebbero incarcerati in base alla violazione delle norme stabilite dall'Espionage Act. La volta successiva, Easley avrebbe viaggiato da solo, nascondendosi tra la gente comune. Era volato in Alaska una terza volta, indossando la divisa da tenente della Royal Canadian Air Force: l'uniforme che era appartenuta a suo fratello. Aveva falsificato i documenti che gli garantivano lo status di osservatore per le future operazioni congiunte nel teatro bellico delle Aleutine. Era stato meticoloso, si era esercitato a fondo. Si era calato perfettamente nella parte.

Entro poco tempo aveva messo assieme le informazioni principali, perlomeno a quel che risultava alla Marina. Più di duemila unità nemiche erano trincerate nei dintorni del villaggio di Attu. A giudicare dagli insediamenti, dai veicoli e dalle strade che i giapponesi avevano spianato sulla vicina isola di Kiska, potevano esserci altri diecimila soldati di guarnigione. La Marina non vuole che tra i civili si diffonda l'idea che quelle isole remote possano costituire la breccia attraverso cui la guerra dilagherà in tutto il Nord America. Contano sulla possibilità di riuscire a circoscrivere il problema. L'obiettivo è fiaccare il nemico prima di un attacco anfibio. I bombardamenti regolari sulle batterie contraeree, sugli hangar degli idrovolanti, sulle basi dei sommergibili e sulle piste servono a tenere occupati i giapponesi a chiudere le falle. Tempo permettendo, partono fino a sei sortite al giorno da Adak, la base operativa più prossima alle postazioni nemiche.

Su Adak aveva conosciuto un pilota, il comandante di un equipaggio di volo, che aveva accettato di portarlo con sé, dopo che Easley gli aveva spiegato che nessuno a casa sapeva cosa dovevano affrontare lui e i suoi uomini. Il tenente Sanchez era un uomo perspicace e sicuro di sé, approssimativamente dell'età di Easley, dal sorriso pronto e contagioso. Aveva risposto che l'idea che i quotidiani non parlassero della sua guerra equivaleva a un bel calcio nelle palle. Due giorni dopo, Easley saltava giù dal portello del suo idrovolante Catalina mentre precipitava dal cielo in tumulto.

Easley striscia fuori da sotto la sporgenza e si guarda intorno con attenzione. Vacillando, si mette in piedi, stira la schiena e si tasta le costole indolenzite. Il ragazzo lo raggiunge, e insieme esaminano le impronte di scarponi lasciate dai giapponesi sulla neve, increduli per non essere stati scoperti. Ma la coltre di neve rende più complicato il proposito principale di Easley, quello di trovare urgentemente cibo, riparo, un nascondiglio sicuro. Si trova faccia a faccia con il "grande dilemma": il fatto che – a differenza della pattuglia nemica – all'umidità e al freddo non possono sfuggire.

Almeno per il momento hanno il sole. Il suo fulgore li costringe a socchiudere gli occhi. Per sollevare il morale,

Easley dichiara che, all'attuale velocità, entro il tramonto gran parte della neve si sarà sciolta.

Il ragazzo gli mostra il modo corretto di ripiegare il paracadute per riporlo nella sacca. Easley osserva i suoi gesti esperti, automatici, e nota che quei movimenti ripetuti danno a lui e al ragazzo l'illusione di avere il pieno controllo della situazione. Una volta terminato il lavoro, restano in piedi con le mani piantate sui fianchi a fissare i fagotti insalamati.

«Vediamo cos'altro abbiamo.» Il ragazzo svuota le tasche sopra la seta. Ne estrae un coltellino, l'accendino bagnato, una chiave, un pacchetto di gomme da masticare e quattro sigarette spiaccicate.

«Cosa apre quella chiave?»

«Il portone di casa mia.»

Easley si fruga nelle tasche; ne pesca soltanto lo Zippo e un nichelino. Esplora di nuovo le tasche, ma non ha altro da aggiungere all'equipaggiamento. Il ragazzo solleva la moneta tenendola tra indice e pollice.

«Me l'ha regalata una fidanzata di tanto tempo fa come portafortuna» spiega Easley, senza però raccontargli che quella fidanzata è poi diventata sua moglie.

«Allora? Porta fortuna davvero?»

La scarica di adrenalina coglie Easley alla sprovvista. Squadra il ragazzo per qualche secondo: gli occhi che brillano nel tentativo di fare dello spirito. Quella scintilla frena Easley dal colpirlo.

«Non credo.» Il ragazzo spezza la gomma da masticare a metà, se ne infila un pezzo in bocca e porge l'altro a Easley. «Non mi sembri tanto fortunato.»

«Tieni...» Lancia il nichelino a Easley. «Così mi offrirai da bere quando ce ne andremo da questa montagna di merda ghiacciata.»

Dietro insistenza del ragazzo, trascorrono il resto della giornata in cerca degli altri membri dell'equipaggio, con il bruciore al naso e alle guance, le dita di mani e piedi che pulsano di dolore. Tornano al burrone affamati, avviliti e – nel caso di Easley – disillusi dall'idea che qualcun altro sia sopravvissuto al disastro. Poi si dividono e perlustrano la spiaggia. Easley cerca legna per il fuoco, il ragazzo qualcosa da mangiare.

Sebbene questa volta Easley sia più preparato, il falò di quella sera gli dà del filo da torcere. A ogni soffio sulla brace gli fanno male le costole. Ma almeno è felice di aver usato meno combustibile liquido.

Il ragazzo torna con la giubba piena di grosse cozze blu e molluschi semiarrotolati, alcuni spappolati in modo irriconoscibile e lasciati a spurgare nella stoffa. Trionfante, li rovescia sull'erba e poi marcia verso la spiaggia. Ritorna con una pietra piatta, che posa vicino alla brace.

«Mi chiedevo... Come facciamo a sapere che sono commestibili?»

Easley alza lo sguardo e raccoglie una delle cozze spappolate. Si morde l'interno del labbro inferiore fino a far uscire il sangue. Poi affonda un dito nella polpa appiccicosa del mitile e si spalma il succo sulla ferita in bocca.

«Che dovrebbe succedere?»

Easley si passa la lingua più volte sulla ferita, costringendo il succo a penetrare nella carne. «Non so se qui è arrivata la marea rossa. Se il labbro si intorpidisce, significa che le alghe sono andate a male. Tossiche. Altrimenti, siamo salvi.» Easley aspetta qualche minuto e si pizzica il labbro un paio di volte per sicurezza. Quando infine annuisce, il ragazzo si strofina i palmi con soddisfazione.

Adagiano le cozze sulla superficie rovente della pietra,

le osservano aprirsi al calore. Il ragazzo offre la prima a Easley, ancora fumante nella conchiglia. Insieme estraggono un pezzo di polpa ciascuno e masticano, guardandosi al di sopra delle fiamme. Il ragazzo fa una smorfia, ma subito ne afferra un'altra.

Trascorrono un'ora buona ad arrostire e consumare la cena. Per Easley, quella scena, quella sensazione evoca il ricordo di una vecchia gita in barca a vela tra le Gulf Islands nello stretto di Georgia con suo fratello, Warren. L'ultima gita della stagione, la prima che avevano avuto il permesso di fare da soli. La barca era troppo piccola per dormirci comodamente in due perciò avevano trasferito i giacigli su una spiaggia sottovento. Essendo il maggiore, era lui il responsabile di tutti gli aspetti del viaggio: le carte, la navigazione, le provviste. Non che Warren, ai tempi tredicenne, non fosse all'altezza di quelle mansioni. Era già un marinaio provetto. Easley lo esimeva da qualsiasi responsabilità proprio perché aveva la sensazione di perdere il proprio primato.

L'erba intorno al falò si abbrustolisce e i loro abiti perdono un po' dell'umidità che li ha perseguitati per tutto il giorno. Dopo essersi rifocillato, il ragazzo si alza e si dirige al ruscello per bere. Torna asciugandosi la bocca con il dorso della mano, guardando in basso verso Easley.

«Dove l'hai imparata quella roba sulle cozze?»

«Da un indigeno.»

«Non ricordo di dove sei.»

«Non credo di avertelo mai detto.»

«Be', te lo chiedo adesso.»

«Negli ultimi anni ho vissuto a Seattle» risponde Easley. «Prima, stavo a Vancouver.»

«Su in Canada.»

«Esatto.»

«E perché?»

«Perché sono nato lì.»

Il ragazzo rimugina in silenzio su quell'informazione, come per fare due calcoli a mente. Poi dice: «Non ho mai conosciuto un canadese, o almeno non mi pare».

«Be', adesso ci dormi, con un canadese.»

«Avresti potuto scrivere il tuo reportage da Adak. Non eri costretto a salire a bordo di quell'aereo, vero?»

«Ora che me lo dici, nemmeno io so molto di te» ribatte Easley. «Fammi un riassunto. I dettagli me li racconterai con il passare delle settimane e dei mesi.»

«Settimane un corno!»

Easley si pente di quella battuta infelice. Il ragazzo si distende sul lato opposto del falò e posa la testa sulla mano. Scruta Easley intensamente, squadrandolo da capo a piedi.

«Quanti anni hai detto di avere?»

«Trentotto. E tu, da che parte del Texas provieni?»

«Bravo, hai riconosciuto l'accento: Texas occidentale. Roan, per essere precisi. Abbastanza grande da avere due bar, abbastanza piccola da conoscere la taglia di reggiseno di tutte le ragazze della città.»

È chiaro che non è la prima volta che recita quella battuta.

Il ragazzo descrive una terra incoltivabile e pozzi di petrolio che fruttano poco o nulla. Un padre che non ha mai conosciuto, i continui traslochi da una stamberga in affitto all'altra. Amici che imbrogliavano a biliardo, battesimi in un canale d'irrigazione, birra fresca portata di straforo al cinema all'aperto. Easley immagina un deserto rovente e arido che ti lascia la camicia indurita dal sudore secco.

Il ragazzo voleva giocare a football ma, oltre a non poter contare su un fisico prestante, si era accorto ben presto di non avere la stoffa del campione. Alle superiori era andato abbastanza bene da frequentare un semestre all'università prima di arruolarsi. Quando era partito per l'addestramento di base, sua madre non l'aveva neppure accompagnato alla porta. È rimasta lì, dice il ragazzo, incorniciata dalla finestra sudicia, l'espressione assente e le braccia conserte sul petto. Prima che l'autocarro partisse, ricorda distintamente di aver visto le luci spegnersi e la casa piombare nell'oscurità.

Easley è come trasportato sul margine di quel familiare spazio vuoto, il baratro in cui si sente costretto a contraccambiare con un frammento della sua vita privata. Vorrebbe raccontare al ragazzo di aver perso il fratello in guerra. E forse anche la moglie. Il ragazzo si apre a lui confidando nell'intuito. Easley si chiede: perché non riesco a ricambiare?

Il ragazzo si alza a sedere ed estrae il mucchietto di tabacco trinciato. Lo depone in grembo e strappa un largo stelo d'erba bruno vicino al falò. L'aria inizia a muoversi e le stelle fanno capolino dalle nuvole. Non c'è traccia della luna. Easley guarda il ragazzo stendere il tabacco sul filo d'erba cascante e arrotolarlo avanti e indietro. Lo lecca come farebbe con una cartina e cerca di sigillarlo. Ci riesce, più o meno. Ne stringe le estremità e si ritrova in mano una misera specie di sigaretta. Il ragazzo sorride. Ne avvicina un capo alle fiamme, inspira più volte, poi sbuffa una nuvola di fumo con profondo compiacimento. Lo offre a Easley, che si riempie volentieri i polmoni del fumo tiepido. Easley preferirebbe la pipa di schiuma, se fosse nella sua vecchia vita, ma ora in quella misera cicca ritrova un assaggio di paradiso. Il ragazzo se ne rolla un'altra, e i due oziano caldi e soddisfatti, ad ascoltare la risacca. È il primo momento di contentezza da quando sono precipitati dalle nubi.

Quando la legna inizia a scarseggiare, seppelliscono la

brace e tornano al nascondiglio. Si avvolgono nel paracadute e cercano di ignorare la sabbia che risucchia il calore dalle ossa. Almeno sono al riparo dal vento. Dopo aver cambiato più volte posizione, si accomodano e ascoltano il ritmo della marea calante. Easley sta per abbandonarsi al sonno quando sente un rumore quasi impercettibile, un suono lieve e rassicurante. Il ragazzo sussurra qualcosa. Rende grazie per essere sfuggito al nemico, per le cozze e per i legnetti quasi asciutti, per il dono di un altro giorno. Rende grazie al buon Dio per la compagnia di un certo John Easley.

* * *

La pioggia disperde la nebbia, portando luce. Rivela un mondo monocromo di cangianti sfumature di fumo. I due nascondono il paracadute e partono in cerca di cibo, di riparo, di segni di altri uomini, del calore generato dalla locomozione. Le uniche creature che incontrano sono gabbiani glauchi del Pacifico che pattugliano la spiaggia con aria esausta. Easley osserva le gocce di pioggia rotolare sulle loro penne sotto forma di sfere perfette, come dal cofano di un'automobile ben lucidata. I gabbiani sembrano osservarlo come le persone fisserebbero un prigioniero condotto alla forca: curiosi, ma restii a incrociare lo sguardo per rispetto nei confronti del condannato. Easley pensa a che sapore avrebbero arrostiti sulla brace di un falò.

Dopo avere coperto diversi chilometri di costa, capiscono che l'isola non offre volentieri riparo. Le spiagge curvano intorno alle insenature e terminano in promontori rocciosi. Sopra il livello dell'alta marea si estendono campi ondulati di segale appiattita. Poi, a circa sessanta metri di altitudine, la neve. Nessun albero o arbusto degno di tale nome. Nessun cespuglio carico di bacche mature. Nessun bovino o pecora al pascolo, nemmeno cervi, conigli o scoiattoli. L'unica possibile fonte di proteine è costituita dai visitatori: gli uccelli del cielo e i pesci del mare.

Il ragazzo, al comando, fatica per restare in testa, la postura ne tradisce lo sforzo. In qualsiasi momento potrebbero essere avvistati da chilometri di distanza, ritrovarsi il bersaglio del fuoco dei cecchini.

Sulla spiaggia successiva incontrano un piccolo promontorio che culmina con uno spuntone di roccia alto quanto una casa di tre piani. Scrutano l'orizzonte in cerca di navi amiche, e le colline in cerca di nemici, poi si arrampicano, acquattati, attenti a non offrire il fianco contro lo sfondo dell'oceano. Il ragazzo è colto da un attacco di tosse ed è costretto a sedersi per riprendere fiato. Easley perlustra il paesaggio deserto. Non scorge nulla che sia degno di nota. Solo gli uccelli che si aggirano fieri lungo la costa. Altro niente, e niente di più.

Scendendo dall'altura, Easley ripensa all'aereo, al rombo dei motori, al proprio panico quieto e inerme quando il fuoco contraereo ha squarciato la carlinga e le ali. Ricorda le guance pallide e gli occhi spaventati del copilota. Ricorda che gli ha ricontrollato il paracadute, un'azione quasi automatica, prima di spingerlo fuori dal portello.

Il ritmo degli scarponi sulla sabbia fa da contrappunto al silenzio che li circonda.

Finalmente il ragazzo chiede: «Perché ci servono queste isole?».

«Mi dispiace per il tuo amico. Per Sanchez.»

Il ragazzo si guarda alle spalle, verso la sabbia. «Dovremmo camminare il più possibile sull'erba. Stiamo lasciando impronte.»

In fondo alla spiaggia, si imbattono in un burrone in

fondo al quale stilla un rivoletto che si riversa su un ammasso di pietre. L'acqua scende giusto davanti all'apertura di una grotta e, a metà circa dei sei metri di altezza, la cascata si disperde in una pioggerella costante.

La grotta è profonda circa dodici metri, forse altrettanto ampia, e si apre su un angolo di spiaggia. In fondo, il pavimento roccioso si solleva fino a incontrare il soffitto. Quasi tutte le pareti trasudano. La sezione posteriore, almeno, è libera dalla pioviggine. Come sposini in visita al primo nido d'amore, i due ne esaltano i lati positivi, ignorando che si tratta di un semplice anfratto nel versante di un burrone.

«È abbastanza elevata rispetto alla spiaggia, perciò la marea non dovrebbe essere un problema.» Easley si siede su una roccia.

Il ragazzo si asciuga il naso sulla manica. «Potremmo deviare il corso d'acqua.»

Easley alza lo sguardo e riconosce una determinazione in grado di diventare contagiosa.

«Potremmo salire lassù e costruire una piccola diga» prosegue il ragazzo. «Qualche pietra e un po' di sabbia. Un paio di ore di lavoro.»

«E potremmo accendere il fuoco, ma solo di notte» interviene Easley, indicando l'apertura della grotta. Prima osserva il fianco opposto del burrone, poi alza gli occhi allo specchio del cielo. «Rivolta com'è, nessuno vedrebbe la luce, tranne forse una nave di passaggio. I musi gialli sono lontani chilometri, non sentirebbero mai l'odore di fumo.»

Il ragazzo si gratta la testa. «Direi che ci siamo appena aggiudicati una fantastica grotta.»

Quando Easley torna con i paracadute, la luce riesce ad alimentare solo un diffuso grigiore. Il ragazzo è sparito. La cascatella che precipitava dal bordo superiore della grotta si è ridotta a uno stillicidio. All'interno, quasi in fondo, è stato costruito un giaciglio d'erba secca. Somiglia a un nido gigantesco. Il ragazzo ha compiuto miracoli in sua assenza. Easley diffidava dell'idea di separarsi, anche se per poche ore, ma adesso capisce che è stata una scelta saggia. Raggiunge il fondo della grotta, si siede nel nido e si convince che sarà utile. La felicità di avere un riparo, per quanto spartano, è contaminata dalla paura di una morte imminente, che potrebbe sorprenderli in quello spazio umido e angusto, a causa del freddo e della mancanza di cibo.

Helen aveva trovato la loro prima casa scorgendo un cartello scritto a mano dietro un bovindo. Il mercato degli affitti a Seattle era saturo, con la Boeing che lavorava a pieno regime per sfornare bombardieri e caccia che avrebbero solcato i cieli dell'Europa e del Pacifico. Helen cercava da settimane.

Era al piano terra di una piccola ed esile villetta in stile vittoriano in Aden Street. Il proprietario indossava un completo scuro, un cappello, e aveva una certa eleganza naturale. L'anziana madre era deceduta da poco e non si sentiva pronto a separarsi dai suoi averi. Aveva trasferito la mobilia al piano di sopra, lasciando quello inferiore a eventuali inquilini. Voleva che fossero persone serie e affidabili a occupare la sua casa d'infanzia, così aveva detto. Se tutto fosse andato liscio, dopo la guerra avrebbero potuto fare un'offerta per l'acquisto. Quando era giunto il momento della consegna delle chiavi, l'uomo aveva esitato, evidentemente commosso. Helen gli aveva posato la mano sulla spalla, come avrebbe fatto con un amico in difficoltà. Gli aveva detto di non preoccuparsi: aveva preso la giusta decisione. Easley aveva visto l'umore dell'uomo mutare drasticamente.

La prima notte nella casa avevano fatto l'amore sul pavimento del salotto. Easley sapeva di amare Helen più della sua stessa vita. In quel momento, aveva immaginato che nessun uomo al mondo avesse mai provato una gioia e un piacere più assoluti di quelli che lei riusciva a regalargli. Aveva composto e impresso nella sua mente una sorta di fotografia: Helen, sotto quella luce, in quello spazio, in quel momento. Aveva riconosciuto l'importanza dell'istante che stavano vivendo: il punto più alto della loro felicità. Se lo sentiva fin nel midollo. Dopo quella notte, la sua vita non poteva più migliorare. Per Easley era come se avessero scoperto, *inventato* qualcosa di nuovo e di profondo. Scuote la testa davanti a quel pensiero ridicolo. Avrebbe voluto condividerlo con lei, ma poi non lo aveva mai fatto. Benché avesse quasi dodici anni meno di lui, Helen sarebbe scoppiata a ridere di quelle farneticazioni adolescenziali.

Come ho potuto, si chiede, allontanarmi tanto dal calore di quella notte?

Il ragazzo entra nella grotta con il giubbotto carico di cozze, un sorriso rilassato gli increspa le labbra; è orgoglioso di ciò che ha realizzato.

«Ti sei dato da fare, vedo» commenta Easley, alzando lo sguardo verso il punto in cui prima scorreva la cascatella. «Saresti un maritino con i fiocchi.»

Il ragazzo sistema il carico su un braccio solo, liberando l'altra mano per salutarlo con il dito medio alzato.

Niente falò per quella sera. Persino la luce grigia scarseggia e non c'è tempo per organizzare una ricerca di combustibile. Il vento si sta alzando. Se ne rendono conto entrambi, senza bisogno di parlare. Hanno già iniziato a sviluppare un vocabolario comune di occhiate e di gesti.

Aprono i mitili e li mangiano, ascoltando il vento sferzare la costa. Nessuno dei due si sente sazio, con quel pasto hanno solamente preso un po' in giro la fame che provano. La carne cruda e gommosa ha già iniziato a stomacarli. In quella situazione sconfortante, Easley sente di dover trovare il modo di incoraggiare il ragazzo, e se stesso.

Domani, dice, scaveranno una bella buca per il fuoco e costruiranno un anello di pietre. Cucineranno il cibo su un focolare più piccolo e più caldo che necessiterà di meno combustibile. Le pietre arroventate tratterranno il calore, che in parte si diffonderà anche nella zona del giaciglio. Forse potrebbero fabbricare anche delle amache. Da quella grotta, si nasconderanno al nemico e lo osserveranno finché non potranno ricevere soccorso dai raid aerei, o unirsi alle forze d'invasione che certamente arriveranno. I giapponesi sono lì già da dieci mesi. Quanto ancora credono che Zio Sam tollererà un tale affronto?

Il ragazzo annuisce. Per il momento sembra aver accantonato ranghi e protocolli in favore della ragionevolezza. A Easley fa piacere, perché qualsiasi decisione deve essere presa di comune accordo. Devono pensare come un sol uomo. La pace tra di loro è fondamentale.

Quella notte, su nel nido, il ragazzo si tira il paracadute fin sotto il mento. «C'è un uragano in arrivo» osserva. Easley presta ascolto al *williwaw*, la violenta raffica di vento tipica delle Aleutine. Accelera la discesa delle gelide pendici montane verso il mare. Lì il vento è una valanga, una mandria impazzita di suoni e sensazioni che ti strappa le lacrime dagli occhi, ti malmena e ti scaraventa per terra. Anche lui si avvolge nella seta e si stupisce della fortuna di aver trovato un riparo appena in tempo. Mentre il vento spazza la terra con la sua furia, soltanto una lieve brezza gli sfiora le guance.

«Qual è la prima cosa che farai quando ce ne andremo di qui?» chiede il ragazzo. Ha la schiena schiacciata contro quella del compagno di sventura.

«La prima?» sospira Easley. «Mi mangerò una bistecca e una torta al cioccolato. E tu?»

«Una doccia. Un vassoio di costolette. Mi ubriacherò e andrò in giro sul mio pick-up con il riscaldamento a tutto spiano... Mamma mia, quanto mi manca guidare.»

«C'è qualcuno che ti aspetta?»

«La mia cagnetta, Queenie. È vecchierella, ma riesce ancora a saltarmi addosso.» Il ragazzo si distende sul dorso. «Cos'è successo alla tua fidanzata, quella di tanto tempo fa?»

Easley non prova più rabbia, né verso il ragazzo per aver fatto quella domanda, né verso Helen o se stesso. Sta per raccontargli tutto, ma il ragazzo lo interrompe.

«Se non ti va di parlarne, non importa. Non voglio farmi gli affari tuoi.»

«No, sta' tranquillo.»

Uno schianto fragoroso rimbomba lungo la costa, dove un'onda anomala va a trafiggersi contro un promontorio. Tacciono e ascoltano l'imperversare degli elementi.

«Credo che dovremmo stabilire delle regole» continua il ragazzo. «Niente stronzate. Rispondere sinceramente alle domande. Niente frottole o segreti. Proibito cazzeggiare. Per come la vedo io, è nostro dovere, una questione di rispetto. Potremmo anche essere gli ultimi due uomini sulla Terra. Perciò facciamoci il piacere di essere franchi l'uno con l'altro.»

«Mi pare giusto.»

«Secondo te torneremo mai a casa?»

«Potrebbe volerci un po'.» È la risposta più sincera che Easley riesce a formulare.

«Una parte di me ha dei progetti per domani» replica il ragazzo. «Idee per trovare carne e legna. Per migliorare la situazione finché non vengono a salvarci. Ma un'altra parte di me si sente un fantasma. Come se stessimo già infestando questo posto senza nemmeno sapere di essere morti.»

«Ascolta. Siamo forti entrambi. Troveremo qualcosa di meglio da mangiare. Il tempo migliorerà. È primavera inoltrata... Be', hai dettato le tue regole. Ora ne aggiungo una anch'io. E dico che possiamo farlo una volta sola ciascuno. Una sola occasione per lamentarci. L'altro ascolta, gli dice di piantarla di fare il piagnucolone, e poi torniamo alle nostre occupazioni. Dimenticavo, ti sei appena giocato la tua occasione.»

La risata del ragazzo si trasforma in tosse, e poi in silenzio.

Alcune ore dopo Easley si sveglia di colpo. Il vento sembra cessato del tutto. L'alba non può essere lontana. Oltre la spiaggia, sopra il rombo e il sibilo dei marosi, sente il brontolio di un motore fuoribordo e i tonfi di uno scafo che fende la maretta. Si tira su poggiandosi su un gomito e scruta nell'oscurità. Un forte fascio di luce setaccia la spiaggia in lungo e largo. Passa davanti all'entrata della grotta, ma non vi indugia. Un vascello della Marina americana in missione di soccorso? Quel primo pensiero di speranza svanisce rapidamente. Un mezzo così piccolo può essere partito solo dall'isola stessa.

Un momento dopo, suoni e luci scompaiono. Il ragazzo non si muove. Easley torna a distendersi accanto a lui.

2

Sprofonda: tra le coperte, sulla barella, nel pavimento. La mente le dice che è al sicuro, in un letto d'ospedale, ma il cuore le racconta una storia diversa. È il sangue, naturalmente. Che lieve pulsa dalla vena al ritmo del battito cardiaco. Ha una sensazione travolgente di déjà-vu e di connessione col resto dell'umanità, data dal sapere che l'essenza della sua vita verrà raccolta e conservata per il bene di qualcun altro, lontano da lei. Depositata prima in quel contenitore di vetro, poi nelle vene di qualcuno che ne ha più bisogno.

Si trattiene dall'immaginare che quel sangue finisca per scorrere proprio nel corpo di lui. Dovrebbe essere gravemente ferito perché ciò accada. E lui non è ferito. No, lo immagina defluire nel braccio di un soldato che ha combattuto per proteggerlo, per proteggere tutti quanti.

L'infermiera avrà diciotto anni al massimo, sette meno di Helen. La sua testa eclissa la lampada al soffitto mentre si protende su di lei per regolare il flusso. L'abilità con cui si muove le conferisce una certa bellezza. Se solo Helen avesse avuto le idee più chiare quando studiava, forse sarebbe diventata infermiera anche lei. Quel mestiere è d'importanza fondamentale, ultimamente. Certo, si tratta di un lavoro assistenziale, che però offre vera indipendenza alle donne. Da ragazzina, Helen vedeva davanti a sé più di una strada per il proprio futuro. All'inizio voleva diventare ballerina classica professionista o suonare la viola in un'orchestra. Poi, con maggior senso pratico, aveva cominciato a immaginare una carriera come insegnante di letteratura inglese o di francese. Adesso che è diventata adulta, naturalmente, sa che il padre, i fratelli e poi John sono sempre stati il suo riparo e il suo scudo. Non si è mai messa alla prova. Ma in quell'indistinto nuovo mondo senza uomini, capisce che il suo momento sta per giungere.

«Si sente debole?» vuole sapere l'infermiera.

«È la prima volta» risponde Helen. «La prima che vengo in questa clinica, la prima che dono il sangue. Ma ho l'impressione di aver già vissuto questo momento. Ricordo che lei mi ha già fatto la stessa domanda.»

«Non è insolito. Lei è svenuta per qualche secondo, ma era distesa, e per questo non se ne è resa conto. Quando tornano i sensi, l'ultimo ricordo appare sempre come il più importante.»

«No. Sono sicura che...»

«Abbiamo finito.» L'infermiera sfila l'ago e schiaccia il forellino con l'indice. «Se fossi in lei, resterei qui sdraiata ancora un po'. Si rimetta in sesto, poi vada a comprarsi qualcosa da mangiare. Il mondo tornerà a posto dopo un pizzico di zucchero e di calorie.»

Sbirciando al di sopra del menu osserva l'uomo che si siede a cavalcioni di uno sgabello al bancone. È di spalle. Per marcare il territorio, getta il cappello sullo sgabello vicino, raddrizza la tazza sul piattino, fa cenno alla cameriera di versargli del caffè. L'inattesa ondata di speranza alla vista dell'uomo la coglie di sorpresa. Helen solleva il menu, si riaccomoda sul divanetto, senza sapere cos'altro fare.

Tom Sorenson sembra fisicamente inadatto alla professione che ha scelto. Helen osserva le sue mani grassocce stringere la tazza con dita massicce da meccanico. Ha sempre stentato a immaginare che proprio quelle dita potessero dargli di che vivere picchiettando sulla tastiera di una Smith-Corona. Il collo è un ciocco robusto che spunta da un paio di spalle basse da scaricatore di porto. La carnagione scura da contadino, completamente fuori stagione. Helen si alza e si sistema la camicetta prima di avvicinarsi e di sfiorarlo sulla spalla.

«Helen! Che sorpresa!»

La abbraccia con affetto autentico, poi la allontana da sé per guardarla meglio. «Ti vedo bene» le dice, squadrandola da capo a piedi.

Ultimamente Helen fa fatica a curare l'aspetto fisico. Però quel giorno ha i ricci ben sistemati. Il rossetto rosso spicca sulla pelle incipriata.

«Tom… Non so da dove cominciare.»

«Intanto potrei spostarmi al tuo tavolo.»

Helen non lo conosce bene, ma il suo legame con John conferisce loro una familiarità che trascende le due o tre parole che si sono scambiati, le poche cene a cui hanno partecipato entrambi. È un collega di John, una persona che lui ammira, un amico per il quale nutre una sana rivalità professionale. La sera prima, quando si è imbattuta nel suo nome sul «Post-Intelligencer», un articolo sulla base aeronautica di McChord Field, ha capito che doveva essere tornato in città. Si è diretta al suo ufficio appena dopo essere uscita dalla clinica. Lo ha mancato per poco, le ha annunciato la segretaria. È uscito per pranzo, ma frequenta sempre i soliti posti.

La sua più grande speranza è ora seduta dall'altra parte del tavolo, a sputacchiare notizie tra un morso e l'altro al panino al prosciutto. È stato espulso dall'Alaska insieme con John, durante la seconda spedizione, solo che lui aveva avuto il buonsenso di non tornarci. È appena rientrato da un viaggio di tre mesi nel Sud Pacifico, per inviare servizi dalle Hawaii. La guerra, dice, è un'istituzione a cui tutti farebbero bene ad abituarsi.

Helen ascolta garbatamente le notizie lanciando occhiate discrete all'orologio da polso. Da qualche anno lavora in un negozio di abbigliamento del centro per risparmiare denaro sufficiente all'acconto per una casetta di modeste dimensioni. È già in ritardo, la collega è bloccata fino al suo ritorno e perciò impossibilitata a scappare per pranzo. Interrompere un uomo che racconta storie di guerra non è una cosa che farebbe con leggerezza, ma non può sprecare quell'occasione.

Si protende in avanti e stende una mano sul tavolo. «E sai nulla di John?»

L'uomo si incurva. Si strofina il tovagliolo sulla bocca. «È esattamente quello che stavo per chiederti.»

«Non ho sue notizie da tre mesi.» Helen ritrae la mano. «Voleva riprovare a entrare in Alaska e io...»

«Ancora? Un paio di colleghi parlavano di tornare lassù, ma pensavo fossero solo chiacchiere.»

«John potrebbe avercela fatta.»

Quella notizia lo sconvolge. Non riesce minimamente a mascherare lo stupore.

«Sai dove potrebbe essere?» Segue la vampata di rabbia e vergogna nel rivelare di non sapere dove si trovi suo marito, di essere stata più o meno abbandonata.

«Non gli parlo da luglio, quando ci hanno buttato fuori.» Tom mastica l'ultimo boccone del panino. Imbarazzato, sistema le posate. Scuote la testa sbigottito. «Figlio di puttana...»

Helen riconosce l'istinto maschile primordiale: la competizione. Anche se amici, la preoccupazione sopraggiunge solo in seconda battuta. Alza la tazza; anche lei sa che è vuota. Sorenson sorseggia l'aria.

«Tom, mi dispiace. Sono in ritardo per il lavoro. Mi ha fatto piacere vederti.»

Helen afferra la borsetta, ma lui ha già il conto in mano. Lei gli rivolge un cenno di gratitudine e scivola fuori dal separé.

«Ho parlato con il suo redattore al "National Geographic", con i redattori dei quotidiani qui a Seattle, con gli altri reporter. Ho chiamato fotografi e agenzie di stampa. Ne ho provate di tutte. Non so a chi altri rivolgermi.» Si alza con le braccia conserte, poi si ricorda di lasciargli il suo biglietto da visita. «Se potessi chiedere in giro, te ne sarei...»

«Volentieri. Ti chiamo entro la fine della settimana.»

Helen lo abbraccia delicatamente, poi si volta per andarsene. Lui si alza per guardarla sfilare oltre gli allegri avventori, poi uscire all'aria aperta.

Piove ancora. Helen percorre il marciapiede tenendosi accosta agli edifici, al riparo sotto i tendoni parasole e le grondaie. Cammina più veloce che può con la gonna stretta e le scarpe eleganti. Ha riposto troppa speranza in quell'incontro con Tom Sorenson. Recita mentalmente un Padrenostro e un'Avemaria, poi compone una nuova versione sulla base ormai trita della preghiera per il ritorno di suo marito sano e salvo. Si interrompe alla vista di un uomo che cammina dritto verso di lei. Helen prosegue sulla sua strada, senza fare una piega, finché non si trovano faccia a faccia. Lo fissa intensamente fino a costringerlo a cederle la metà riparata del marciapiede e a camminare sotto la pioggia.

Dopo il lavoro, risale il vialetto che conduce al portone di casa, costeggiato da crochi bianchi e giunchiglie in boccio. L'erba mostra segni di stanchezza dopo l'inverno, ma si sta rinverdendo con l'allungarsi delle giornate. Incaricherà un ragazzino del vicinato di rasare il prato quando sarà il momento, o lo farà da sola ignorando gli sguardi carichi di compassione. Quella casa non è niente di eccezionale, ma è il loro primo nido d'amore.

Si guarda alle spalle con circospezione – le abitazioni dirimpetto sono silenziose, la strada vuota – poi si avvicina alla porta principale, la chiave pronta in mano. La gira nella toppa, scivola all'interno e richiude in tre secondi netti. È una manovra perfettamente coreografata. Di recente ha letto su una rivista che una donna sola è più vulnerabile all'arrivo o alla partenza, specialmente da casa. Appende il cappotto, si sfila le scarpe in silenzio.

Fra tre giorni arriverà suo padre per la cena domenicale. Per tutta la settimana attende con ansia quelle visite, ormai divenute essenziali per la sua tranquillità d'animo. Nessun altro ha varcato la soglia da quando John è partito, a gennaio.

Il salotto è ordinato e pulito in modo maniacale. Le riviste impilate, i libri schierati sulle mensole, non un granello di polvere. L'unico oggetto fuori posto è la piccola edizione verde de *I dolori del giovane Werther*, poggiato sul pavimento accanto al muro, dove lo ha gettato. La storia dell'amore disperato, sviscerato e autodistruttivo di un ragazzo. Scioccamente, Helen aveva sperato che il protagonista di Goethe, più sofferente di lei, potesse suscitarle compassione o infonderle sollievo.

Nella camera matrimoniale, si toglie gli abiti da lavoro, appende il maglione nell'armadio accanto alle camicie stirate di John. Ogni giorno scaccia l'impulso di rassettare la catasta delle sue scarpe. È così che lui le ha sempre lasciate.

Sopra il letto è appeso un crocifisso, lo stesso che si trovava nella cameretta di sua madre, in Francia. Sul comodino, la madreperla di una conchiglia di abalone riflette la luce. John l'ha trovata sulla spiaggia durante il primo viaggio alle isole Aleutine. Adesso ospita orecchini e collane.

Le fotografie incorniciate affollano la toilette. La più grande è un ritratto di sua madre da giovane. Una sposa di guerra normanna dall'incarnato vagamente mediterraneo. Gli occhi così scuri che la pupilla sembra perdersi nell'iride. Un sorriso fiero e aperto su una chiostra dritta di denti avorio. Ha diciannove anni e due mesi. Poi Helen e i suoi fratelli nel giorno della sua cresima (sembra una bambola in mezzo a due piccoli lottatori), John e suo fratello a una partita di baseball e un ritratto di lei e John il giorno delle nozze. Ma la loro fotografia preferita, quella che tiene più vicina al letto, è stata scattata da un passante su una spiaggia dell'isola di Vancouver, durante il suo primo viaggio a Nord, quando John le ha "presentato" il Canada. Sono abbracciati e guardano verso direzioni opposte, e sorridono come dopo essersi raccontati una barzelletta spinta. Helen si rende conto di non avere una bella foto del padre, l'unico membro della famiglia ancora presente nella sua vita. È una dimenticanza a cui si ripromette di rimediare da lungo tempo.

Malgrado le intenzioni di metter su famiglia, la seconda cameretta è diventata lo studio di John. Dopo la sua partenza, Helen ha scartabellato a fondo l'archivio del marito in cerca di indizi su dove fosse diretto, benché temesse di saperlo già. Ora, di rado apre quella porta. La scrivania di fortuna è per lo più vuota, tranne per il *bidarka* giocattolo, il tradizionale kayak aleutino. John lo aveva appoggiato sopra il camino, ma lei non ne sopporta più la vista.

C'è stato un periodo in cui Helen credeva di riuscire a sentire la presenza dei figli mai nati. Non sapeva se fossero maschi o femmine – la forma del viso o il colore dei capelli – ma per lei erano comunque una presenza tangibile. Nonostante tentativi appassionati e sempre più determinati, non erano mai riusciti a dar loro la vita. Lui diceva che ci voleva tempo. A ripensarci, forse era stata troppo insistente, pressante, e questo doveva aver spinto John a dedicarsi sempre più intensamente al suo lavoro.

Nei tre anni di matrimonio, John aveva detto di amarla sì e no cinque volte. In ognuna di quelle occasioni, il rumore nella testa di Helen era cessato di colpo, regalandole equilibrio e serenità. Prima che John se ne andasse, sentirsi dire quelle parole le sembrava più importante di tutto il resto. Più importante delle cose che lui aveva provveduto a regalarle: una casa, la compagnia, la sicurezza, un futuro da costruire e vivere insieme. Era così che lui le parlava. E lei non aveva ancora imparato ad ascoltarlo.

E poi Warren era morto.

A seguito della notizia, il silenzio di John aveva evocato un baratro vorace ai margini della loro vita. Helen aveva fatto del suo meglio per ignorarlo, quel dolore egoista e autodistruttivo. Aveva finito per minare le fondamenta, minacciando di far crollare tutto. Il lavoro lo teneva lontano per settimane alla volta, e quando tornava era distante. John aveva permesso al dolore di consumarli.

Si era levato il vento la notte in cui era partito, la casa scricchiolava come una vecchia nave nel mare in tempesta. Erano seduti sul divano, al caldo sotto una vecchia coperta di lana, quando l'aveva informata che sarebbe ripartito. Helen aveva avuto l'impressione di cadere. Aveva ricacciato l'impeto di protendersi e di stringerlo a sé. Non aveva scelta, aveva spiegato lui, era un dovere. Doveva documentare un capitolo della guerra che aveva reclamato la vita di suo fratello, un capitolo che sembrava essergli caduto tra le mani. Se non ci sarà nessuno a osservare e testimoniare, a immortalarlo sulla pagina, sarà come se non fosse mai successo. I sacrifici compiuti per il nostro bene devono essere conosciuti prima ancora che ricordati, le aveva detto. Lei aveva ribattuto che la sua famiglia aveva già pagato abbastanza. Il suo dovere non era nei confronti del fratello morto, ma verso i vivi: verso di lei e la loro vita insieme. Nel tentativo disperato di convincerlo, aveva pronunciato le parole che stava ancora scontando.

Se te ne vai, non disturbarti a tornare. Perché io non ci sarò.

Lui le aveva accostato il dito alle labbra.

La casa era fredda. Le aveva sbottonato lo stesso la camicetta. Aveva accarezzato la sua pelle, poi spinto via la coperta. Aveva armeggiato con la cintura alla fievole luce dell'abat-jour, l'espressione dura e determinata. Helen era rimasta schiacciata sul dorso nell'incavo del sofà mentre lui si adagiava su di lei. Avere un bambino non c'entrava niente. Era per il loro bene. E tuttavia, John aveva evitato il suo sguardo mentre lei lo fissava. Aveva provato di nuovo l'abbandono, la passione che lui si teneva dentro, nascosta. Si erano trasferiti sul letto e si erano addormentati schiena a schiena. Al mattino, lui non c'era più.

Le gocce di pioggia grondano lungo i vetri, distorcendo gli alberi e la casa dirimpetto. Venticinque anni, e ha il terrore che i giorni più felici della sua vita siano andati. A John piace dire che le parole contano poco, meno delle notizie del giorno prima. Detto da un giornalista... L'azione, sostiene lui, è l'unico linguaggio dell'amore.

Prega Dio inginocchiata accanto al letto, per placare

la rabbia. Prega la Vergine Maria, per vincere la disperazione. Prega sant'Antonio, patrono degli oggetti smarriti. Sussulta allo squillare del telefono.

Tom Sorenson si scusa in anticipo. Dice di non aver scoperto molto, oltre alla conferma che John stava cercando alla chetichella un incarico per occuparsi della guerra in Alaska. Se ce l'abbia fatta o meno, nessuno sembra saperlo. Se fosse una scommessa, dice Tom, punterebbe tutto sul fatto che John si trovi «nel cuore dell'azione»: a Dutch Harbor o persino su Adak. Ha verificato quelle voci presso le redazioni di Seattle, di Los Angeles e di New York, ma nessuno ha avuto sue notizie. Poi precisa che il governo ha fatto evacuare gli indigeni da tutta la catena delle Aleutine, tutti tranne i prigionieri del nemico sull'isola di Attu. Americani prigionieri in suolo americano. Una storia che tutti devono sapere. Ha la voce stanca, affranta. Forse per la consapevolezza che di John si sono perse le tracce, o forse pensando che avrebbe dovuto essere lì con lui. Nel silenzio che segue, Helen intuisce che sta cercando parole di conforto.

«Credo che presto leggeremo gli articoli di John» le dice. «In prima pagina, a lettere cubitali.»

Helen riaggancia e si sposta in salotto, la stanza consacrata alle ricerche. Ha aperto le prolunghe del tavolo per avere più spazio. I ritagli dei pochi articoli provenienti dall'Alaska – nient'altro che i bollettini ufficiali della Marina – sono disposti in ordine cronologico. Helen afferra l'atlante e lo apre sulla cartina a doppia pagina del territorio in questione. Sbaffi di lapis segnano la mappa che ha ripetutamente calamitato l'attenzione di John. Helen immagina le sue dita, la forma squadrata dei palmi, la cicatrice sulle nocche della mano destra.

Esaminando la cartina di quell'oscura colonia, pensa

che somigli a un elefante di profilo. L'Alaska affonda la testa nei mari polari, con tanto di proboscide allungata a ovest, verso la Siberia. O meglio ancora, la proboscide pelosa di un mammut. Si domanda quanto territorio sia ormai sotto il controllo dei giapponesi e a che livello della proboscide si trovi John.

L'arcipelago delle Aleutine: quattordici isole vulcaniche di grandi dimensioni e cinquantacinque più piccole, spalmate lungo un arco di oltre mille chilometri. Lì, da qualche parte, lui è vivo. Nelle giornate buone, la sua fede adombra ogni dubbio. E cos'è la fede se non credere *senza* vedere, una convinzione che si regge da sola? Sa che John storcerebbe gli occhi di fronte a quel ragionamento. Quel pensiero la fa sorridere.

Se John fosse stato un soldato, Helen avrebbe potuto indagare sulla posizione della sua unità. Molto più semplicemente avrebbe potuto scrivergli! E sa che la contatterebbe, se soltanto volesse. Ma c'è solo silenzio.

Helen non sa come e se lo ritroverà. Sa solo che per farlo deve partire anche lei.

Dopo la pioggia battente della notte prima, il tocco del sole è rassicurante. Helen indossa un abito a fiori, lilla e bianchi, uno dei preferiti di John. La contraddistingue dal grigiore delle divise dell'esigua schiera di uomini che in qualche modo hanno evitato la leva.

Il negozio di abbigliamento Maxime occupa due interi piani nel cuore della città, tra la libreria Sable e l'emporio Rexall. La titolare di Helen, Penny, è alla cassa, a riempire gli ordini per la merce della stagione estiva. È abituata a provvedervi con largo anticipo in modo da avere un margine di sicurezza contro la crescente scarsità di prodotti e i ritardi nelle consegne.

Penny ha perso il marito nelle isole Salomone. Non ha figli che possano alleviare il suo dolore e illuminare il futuro. Compensa il vuoto con un'estrema diligenza nel lavoro ed esige che gli altri facciano altrettanto. In un certo senso Helen la capisce.

«Come sei mattiniera!» esclama Penny quando Helen entra nel negozio. Alza i grandi occhi castani appannati dall'insonnia.

«Buondì. Volevo arrivare in anticipo per dirti che, be', devo andarmene.»

«Che significa? Sei appena arrivata.»

«È per… per via di John. Io…» Helen si è preparata un discorso, tenendo conto delle ripercussioni della propria decisione su Penny, che ha ricevuto la notizia della morte del marito il giorno della sua sepoltura in mare. «Ancora non so dove andrò, ma devo partire» spiega Helen, temendo di apparire fuori di senno. «Devo andare a cercarlo.»

Penny osserva il bancone che le divide.

«Mi tratterrò ancora una settimana, più o meno, per raccapezzarmi. Spero sia sufficiente per trovare un'altra commessa.»

«Non sarà necessario.» Penny si finge concentrata sul modulo dell'ordine. «Ti farò preparare l'assegno per venerdì. Puoi passarlo a prendere, o te lo spedisco per posta, se preferisci.»

«Non intendo lasciarti nei guai.»

«Avere intorno una persona che ha già deciso di andarsene non fa bene all'umore. Prenditi il giorno libero e torna venerdì a prendere l'assegno.»

«Non fare così, Penny. Ti prego. Almeno augurami buona fortuna.»

«Helen, lui sta bene. È un giornalista, non un soldato.»

Helen non cede di un passo e fissa Penny fino a costringerla ad alzare lo sguardo. «Mi mancherai.» Non era ciò che intendeva fare, gravarla di altre preoccupazioni.

Gira intorno al bancone, abbraccia la titolare e la tiene stretta finché la donna non si lascia andare.

«Metti fuori il cartello pubblicitario» le ordina Penny. «Ti spremerò come un limone per tutto il resto della settimana.»

Helen si volta e passa oltre gli stender carichi di cui conosce a mente l'inventario, oltre i manichini con i quali ha fin troppa familiarità. Le campanelle tintinnano quando esce dalla porta con il cartellone da marciapiede, alla luce del mattino. Lo apre, fa qualche piccolo aggiustamento, indietreggia per controllare il risultato.

Helen alza lo sguardo mentre un adolescente smilzo appare da dietro l'angolo, i pugni come pistoni mentre acquista velocità. Schiva i passanti e i pali del telefono, riducendo la distanza che li divide. Ha la testa scoperta, il giubbotto aperto gli svolazza ai fianchi. Si guarda a destra e a manca, con circospezione. Poi Helen riconosce il ragazzino quindicenne che abita accanto alla casa dove è nata. Da cosa scappa, o da chi? La vede, quindi si dirige verso di lei.

«Jimmy?»

«Tuo padre...» Le dà la notizia con il fiatone. «È successo qualcosa. È venuto a casa nostra. Non riusciva a parlare. E il braccio. Non ce la fa ad alzarlo. Mamma e papà lo hanno portato all'ospedale.»

La prende per mano. «Vieni.»

Helen si toglie le scarpe, le raccoglie, poi si lancia in una corsa disperata.

3

Durante tutto il bombardamento, Easley osserva gli uccelli. Dall'interno della grotta, vede soltanto il versante opposto del burrone e il greve cielo grigio. Guarda i gabbiani e le sterne volteggiare attraverso le raffiche in alto e becchettare tra le pietre in basso. Gli echi del martellamento americano sull'isola sono distanti e ugualmente minacciosi. Poi il ronzio da calabrone degli aerei sopra la testa, il crepitio del fuoco contraereo giapponese, lo sporadico *tum*, *tum* dell'artiglieria che deturpa la terra. Gli uccelli, invece, sembrano indifferenti. Durante un lancio particolarmente fragoroso, Easley osserva un gabbiano che, in equilibrio su una sola zampa, si liscia le penne all'interno dell'ala.

La barba del ragazzo spunta a chiazze rade. Anziché dargli un aspetto da adulto, mette in risalto la sua giovane età. Cresce a ciuffetti biondicci, di una sfumatura leggermente più scura rispetto ai capelli. Ci sono spazi vuoti tra basette, baffi e pizzetto. Per la prima volta, Easley si chiede che aspetto abbia. Non vede il proprio riflesso da un'intera settimana.

Durante il raid aereo non parlano, ma siedono muti su sedili improvvisati di rocce piatte e cuscini di falasco. Non sono scomodissimi. Hanno fatto progressi nella fortificazione della grotta. I paracadute sono stati trasformati in amache, i nastri di ancoraggio assicurati a enormi massi. La seta è appesa a circa mezzo metro da terra, la stoffa eccedente ripiegata per mantenere il calore corporeo. Tutte le sere estraggono le pietre dal focolare e le posano sotto le amache per esaltare la percezione del calore.

La buca per il falò è il fiore all'occhiello. Hanno costruito un frangivento per imprigionare il calore e respingerlo all'interno della grotta. La barriera è solida, ricurva e – date le circostanze – degna del rispetto di un muratore qualificato. Il bordo superiore è utile per arrostire mitili, scaldare scarponi e calzini.

In lontananza, giunge una terza gragnola di esplosioni. Il raid si avvia verso la fine. Le nubi basse echeggiano e amplificano il suono. Easley e il ragazzo si scambiano un'occhiata, poi guardano gli uccelli, che non mostrano il minimo segno di irrequietezza.

I due hanno sviluppato un acuto interesse per i volatili. Il primo che hanno ucciso è stato un cormorano esausto che teneva le ali spiegate ad asciugare. La sua carne era grassa e sapeva di mare, ma è stato un bel passo avanti rispetto alle cozze. Quella sera, alla luce del falò, le loro facce brillavano di grasso. E oggi, prima del raid aereo, hanno avuto la fortuna sfacciata di uccidere una pernice coda bianca. L'uccello, simile a un tetraone, non aveva ancora completato la muta dal piumaggio invernale a quello estivo: la testa e il dorso bruni, le zampe e la coda ancora bianche. Ucciderlo ha richiesto una certa abilità. Il volatile non ha tentato alcuna manovra evasiva, si è immobilizzato nella speranza che gli uomini non l'avessero visto. Il ragazzo ha preso la mira e poi scagliato un sasso a distanza ravvicinata, un colpo alla testa da manuale. Easley ha recuperato la preda, sollevandola come un premio mentre il ragazzo saltellava di gioia per poi capitombolare sull'erba, agitando le gambe in aria come un pazzo. Easley ha fissato gli occhi ancora lucidi dell'animale e lo ha baciato sul becco.

La visibilità è ancora scarsa ed è troppo rischioso riprovare a lanciare segnali agli aerei. Hanno già fatto tre tentativi, portando fuori i paracadute e stendendoli sull'erba. Tutto inutile. Il rischio di attirare l'attenzione di una pattuglia di fanteria giapponese sembra sopraffare la fragile speranza di essere individuati attraverso le nubi. Attendono condizioni più favorevoli per lanciare segnali di aiuto, consapevoli che l'aiuto in questione potrebbe non arrivare mai.

Ora che la guerra sembra finita, almeno per quel giorno, il ragazzo afferra la pernice e inizia a spennarla. Getta le piume nella buca per il fuoco. Easley controlla la provvista di legna: alcuni rametti asciutti trovati sulla spiaggia sono affastellati accanto al ginocchio del ragazzo e una discreta quantità di legna ancora umida accatastata con cura nella grotta. La legna è sempre più difficile da trovare, e sono diventati ancor più restii a usarla. Easley decide di andare a vedere se qualcos'altro è stato trasportato a riva. Afferra la sacca del paracadute e se la getta in spalla. «Esco a comprare sigarette e qualcosa da bere.»

«Non dimenticare la torta.»

Sopra la grotta, Easley riesce a sorvegliare chilometri di spiaggia. Scruta le nubi e l'orizzonte in cerca di velivoli e di imbarcazioni, come d'abitudine, poi si volta di scatto: ha dimenticato di guardarsi le spalle.

L'aria più calda dei giorni precedenti ha respinto il livello delle nevi verso i piedi delle colline. Mentre le nuvole avviluppano i picchi, riesce comunque a intravedere i fianchi dei monti. Poi riappaiono le mosche volanti: granelli di polvere, lanugine e moscerini fluttuanti. Si stropiccia gli occhi, guarda di nuovo. Stavolta scorge una lunga macchia nera sulla neve. Easley la fissa finché non la vede muoversi. Non è un'illusione ottica.

Con il viso sepolto nell'erba, Easley attende qualche minuto prima di sollevare di nuovo la testa. Come un'ameba al microscopio, la chiazza nera si divide in due, e le metà si muovono in parallelo sul candore. Easley si scherma gli occhi. Subito esclude orsi, capre e altri quadrupedi di grandi dimensioni perché, a eccezione della minuscola volpe artica, sull'isola non ne vivono. Sono uomini, che marciano in fila, in numero assai superiore rispetto ai possibili superstiti dell'equipaggio di un idrovolante. Easley osserva i giapponesi risalire lentamente il fianco della collina, poi svanire tra le nubi.

Il ragazzo medita sull'accaduto quasi fosse un enigma da risolvere. Mette da parte la preda e fissa le pietre. Infine dice: «E perché non sei venuto a chiamarmi?».

«Non dire stupidaggini.»

«I miei occhi vedono meglio dei tuoi.»

«Be', mi sono gettato a terra. Ho cercato di mimetizzarmi. Non volevo rivelare la nostra posizione.»

Il ragazzo torna a sedersi e incrocia le braccia sul petto. «E se erano i nostri? Magari si sono nascosti come noi e stavano pattugliando l'isola.»

«Per?»

«Per cosa?»

«È quello che volevo dire. Per fare cosa? Per trovare cosa? Per mangiare cosa? Se sono vivi, sanno bene quanto noi che i musi gialli sono là fuori. Non se ne andrebbero a scarpinare in mezzo alla neve, esposti in pieno giorno, a meno che non avessero perso il cervello.»

Il ragazzo arrossisce. «Quei ragazzi sono i miei compagni. Tu non li conosci... Se ci sono persone in giro, decido io se sono musi gialli oppure no. Sono *io* il più alto in grado.»

«In grado. Che cazzata... Erano giapponesi e prego Iddio che non ci abbiano già visti, a saltellare come caprette.»

Il ragazzo fissa Easley con tenacia, determinato a non distogliere lo sguardo. Alla fine però si alza ed esce dalla grotta a passo deciso.

Easley lo segue, osserva il ragazzo arrampicarsi fino all'erba, poi giacere a pancia ingiù. Insieme scrutano le colline e i monti deserti. Benché non vi siano tracce dei nemici, sono certamente lì, proprio dietro il crinale.

«Quando voli vicino alla terraferma, pensi di avere qualche speranza, perché se le cose si mettono male hai comunque un posto dove atterrare» spiega il ragazzo. «Invece là, nel Sud Pacifico... Se vengono abbattuti, i nostri possono stare ammollo per ore, a volte anche giorni interi, sperando che qualcuno li vada a salvare. Laggiù non c'è speranza, se cadi in mare. È questione di minuti. Se l'aereo viene abbattuto, sei morto.»

Forse qualche secondo di più nel Canale della Manica, pensa Easley.

Otto gradi centigradi. Era quella la temperatura dell'acqua registrata al largo di Plymouth il giorno in cui l'aereo di suo fratello era stato abbattuto. Oggi, intorno all'isola di Attu, l'acqua è tre gradi più fredda. Warren era sopravvissuto all'impatto? Era saltato giù dall'aereo ed era rimasto a galla? Easley analizzava e immaginava, si tormentava e si affliggeva ormai da mesi intorno a quei pensieri. Forse avrebbe dovuto raccontare al ragazzo tutto questo, e spiegargli che una parte di sé, carne della sua carne e sangue del suo sangue, ha già incontrato quel destino.

«Be',» dice Easley «pare che tu l'abbia scampata per il

rotto della cuffia. Mi auguro tu non abbia giocato la tua ultima carta fortunata.»

Il ragazzo lo guarda con un'espressione indecifrabile, poi indietreggia a passo di leopardo verso il ciglio del burrone.

Easley rotola e guarda le nubi basse, evocando immagini della sua vita precedente; una vita che gli appare sempre più irraggiungibile. Resta disteso sull'erba finché da sotto non sale un refolo di fumo. È scosso da un'ondata di panico e si volta a guardare. La nebbia sta scendendo di nuovo e il vento soffia dalle colline, il falò non rivelerà la loro posizione.

Poi, un'impaziente voce baritonale. «Se non scendi subito a darmi una mano, me la mangio tutta io!»

* * *

Due giorni dopo, Easley si trova sulla spiaggia a circa un chilometro dalla grotta quando succede di nuovo. Stavolta non c'è ombra di dubbio. È acquattato sul limitare dell'erba, con i pantaloni calati fino alle caviglie. Ha superato il senso del ridicolo, anche se i pivieri lo osservano di sbieco mentre marciano disciplinatamente come uomini d'affari in ritardo per una riunione. L'aria fredda che gli soffia tra le gambe gli ricorda quanto sia vulnerabile e impreparato a sopravvivere nel loro ambiente.

Il rombo di un aereo è sopra di lui quasi nell'istante in cui si accovaccia. Appena prima si era davvero sentito contento di sé, soddisfatto di aver trovato altra legna, di aver eluso la cattura un giorno ancora, di essere finalmente riuscito a svuotare il suo sistema digerente disturbato. Allunga il collo per guardare. Quando si accorge che non basta, prende a saltellare, scrutando il cielo. E lì, nei pressi del vulcano, scorge un idrovolante a due galleggianti diretto più o meno verso di lui. Si tira su i calzoni e si tuffa a terra in un'unica manovra disperata. Solo allora si rammenta delle costole doloranti. L'idrovolante scende di quota e sorvola le colline pedemontane verso la spiaggia.

Easley si rannicchia il più possibile, cercando di mimetizzarsi sul terreno. Trattiene il fiato, come se il pilota potesse in qualche modo udirlo. Lentamente si volta sulla schiena per osservare il velivolo sfrecciare via. Monoposto, grandi galleggianti, un paio di cerchi rossoarancio che campeggiano sulle ali. Gli tornano in mente alcuni articoli dell'anno prima riguardanti le Filippine, i servizi secondo cui i giapponesi affamavano, torturavano, trafiggevano con le baionette e infine fucilavano i prigionieri di guerra. Cerca di capire se è stato scoperto: un cambio di direzione, un'inclinazione delle ali. Non scorge niente di strano. Ripensa al ragazzo, fuori a caccia di pernici. Teme che non trovi riparo in tempo.

L'idrovolante vola basso sul Pacifico diretto verso oriente, quindi compie un graduale sbandamento verso sud. Mantiene la rotta, poi scompare dalla visuale. Quando il ronzio cede il passo allo sciabordio dei flutti, Easley si alza in ginocchio. Controlla l'orizzonte deserto, poi strappa una manciata di falasco per pulirsi il sedere gelato.

Tornato alla grotta, Easley deposita una bracciata di legna sulle rocce, felice di vedere il ragazzo sano e salvo, sollevato di non dover affrontare il futuro da solo.

«Prima l'ho sentito, poi l'ho visto» racconta il ragazzo. «Sono corso indietro prima che spuntasse dalle nuvole.»

Strisciare nelle fenditure tra le pietre, acquattarsi dietro i massi, viaggiare nelle aree meno elevate del territorio. Quelle sono le strategie che offrono la speranza di non essere localizzati da soldati nemici di fanteria, ma il cupolino di una cabina di pilotaggio può offrire una visuale sconfinata, la possibilità di invertire la marcia, di aggirare, di inseguire.

Easley si china, svuota i rametti più piccoli dalla sacca, poi distribuisce la legna in base a dimensioni e asciuttezza. Gli passa per la testa che forse i giapponesi sappiano dove sono. Forse hanno già fatto scommesse su quanto ancora sopravvivranno, lui e il ragazzo. Tiene quell'idea per sé. L'unica cosa di cui dispongono in abbondanza è il tempo: tempo per plasmare pensieri e opinioni da fatti concreti, per smussarne gli spigoli prima di esprimerli. Tale reticenza va di pari passo con il loro codice di onestà; contribuisce a fugare potenziali scontri o dubbi.

«Oggi ho trovato un grosso tronco» annuncia Easley. «Dobbiamo andarlo a prendere insieme, ma ti assicuro che ne varrà la pena.»

Per non essere da meno, il ragazzo infila la mano dietro una roccia, tira su una pernice fresca, la scaraventa ai piedi di Easley. L'uccello è persino più grosso del primo. Poi si passa la mano dietro la vita e si porta la sacca sul petto. Ne tira fuori una manciata di piccoli tuberi gialli che in parte sembrano pronti a germogliare. «Assaggia» dice porgendone alcuni a Easley. «Sanno di sedano.»

Easley lo assaggia e concorda. Quella sera faranno un bel banchetto.

«Meglio rimanere dentro. Stiamo in guardia ancora un po'» suggerisce Easley. «Aspettiamo che faccia buio prima di accendere il fuoco.»

Il ragazzo si pulisce le mani sui pantaloni. Quindi, senza fare mistero del proprio orgoglio, raccoglie la pernice e si avvicina al focolare. Inizia a spennare l'uccello, poi si ferma e alza lo sguardo.

«Forse il giovane cacciatore potrebbe riposare mentre il più anziano prepara la cena. È il minimo che tu possa fare per il mio compleanno, porca vacca!»

«È oggi?»

«Credo di sì. E sono incastrato in questo buco insieme a te.»

«Be', ora capisco tutto. Alla cena ci penso io, intanto raccontami qualcosa della tua breve e mediocre esistenza.»

Il ragazzo si distende sulla sua amaca. Sale e si tira addosso i lembi di seta finché dal bozzolo spunta solo la testa.

Easley spenna ed eviscera la preda poi, al calare del tramonto, sistema e accende il falò.

Malgrado i miglioramenti, il conforto emotivo offerto dal focolare supera abbondantemente la sua efficacia nello scaldare pelle e ossa. Easley aspetta che la brace sia accesa. Le ombre scivolano e si scostano alla luce colore del miele mentre le pareti umide rifrangono e riflettono il fuoco, come stelle in una notte senza nubi. Quanto ancora resisteranno quando la legna sarà finita? Una settimana? Due? Con le provviste sull'isola ormai al termine, dovranno allargare il raggio delle ricerche. Infilza in uno spiedo i quarti posteriori della preda e li pianta in obliquo sulle fiamme.

Il ragazzo è pensieroso, stranamente muto.

«Quando avevo la tua età, frequentavo la scuola d'arte» dice Easley, per inaugurare la conversazione. «Volevo fare il pittore. Nature morte. Pittura naturalista. Il nuovo Audubon.»

«Il nuovo chi?»

«Audubon, l'artista. Pensavo che avrei girato il mondo, poi mi sarei rintanato in qualche piccionaia della città, a bere e scopare. Mi ero persino fatto crescere la barba.»

Easley lancia un'occhiata al ragazzo e lo sorprende a sorridere. «Ma non dipingevo molto. E quella era metà del problema.»

«E l'altra metà qual era?»

Il grasso dell'uccello spumeggia sulla carne. Scorre lungo lo spiedo e sfrigola sui tizzoni. L'odore è travolgente. Parla a una parte di Easley avulsa a mente e anima, una parte di sé intima e irresistibile che ha imparato a conoscere da poco. Gira entrambi i pezzi per esporre al calore la parte cruda. Il grasso gli cola sulla mano, lo lecca quasi fosse salsa.

«L'altra metà sono state le parole del mio insegnante preferito. Un giorno mi ha preso da parte e mi ha detto che avevo abbastanza talento da torturarmi per il resto della vita, ma non abbastanza da diventare un artista nel vero senso della parola. Ha detto che ero antiquato. Privo di intuizione. Senza speranza di sviluppare uno stile personale. Mi ha detto di cercare altrove. Non era troppo tardi per diventare bravo o eccellente in qualcos'altro, ha detto. Sempre che mi fossi lasciato la pittura alle spalle.»

«Vecchiaccio malefico.» Il ragazzo ha l'acquolina in bocca.

«Aveva circa la mia età di adesso.»

«Comunque non deve averti fatto piacere.»

«E così sono diventato scrittore, diciamo.»

«Ma, hai talento?»

Easley indica la grotta intorno a sé. «Abbastanza da potermi permettere tutto questo...»

«Che genere di articoli scrivi?»

«Naturalistici, etnologici. Mai sentito parlare del "National Geographic"?»

«Sì, ce l'abbiamo anche in Texas. Belle immagini.»

L'uccello non è ancora cotto. Easley infila il coltello nel

piccolo cosciotto e il succo opaco sgorga rapidamente. Lancia qualche tubero di sedano selvatico verso l'amaca. «Ecco il contorno» dice. «La portata principale sarà servita a breve.»

«Il college non faceva per me.» Il ragazzo scende dall'amaca e si avvicina al fuoco. «Troppi ricconi per i miei gusti.»

«Cosa studiavi?»

«Storia, inglese, un po' di chimica. Avevo le idee confuse.»

Easley porge un cosciotto al ragazzo, mette da parte l'altro per sé, poi sistema il petto sulla brace.

«Quando ho compiuto vent'anni, gli amici mi hanno portato fuori e mi hanno fatto ubriacare» racconta Easley. «Mi sono svegliato sul pavimento della casa di un estraneo. Non avevo idea di come ci fossi finito... Alla fine sono tornato a casa senza scarpe né portafogli.»

«Per il mio ultimo compleanno stavo facendo l'addestramento di base» dice il ragazzo. «Non l'ho detto a nessuno. E il compleanno ancora prima ho litigato con mia madre. Non voleva lasciarmi in pace.» Stacca un morso alla carne e i suoi occhi scintillano di piacere.

«Non voleva lasciarti in pace...»

«Per farla breve, mia madre mi ha rovinato l'esistenza» spiega. «Mi ha rovinato.»

Easley addenta il suo pezzo di carne e riflette sulle varie opzioni. Seguire il proprio fiuto e vedere dove portano le tracce, rischiando di rovinare la giornata, o prudentemente cambiare direzione.

«I genitori ci fanno impazzire a volte, è normale» commenta Easley.

«No, credimi, per me è diverso.»

Easley attizza la brace mentre quelle parole restano sospese in aria.

«Mio padre se n'è andato quando avevo tre anni. Ero figlio unico. Non sopportava più mia madre, perciò una sera è sparito e basta. Ha lasciato tutto. Soldi, vestiti, tutto. Non è mai tornato. Be', lei non è riuscita a incassare il colpo. Non mi ha mai trattato come si deve. Come bambino. Come figlio. Stravedeva per me, ma non per ciò che ero. Aveva un bisogno eccessivo di me. Voleva che dormissi con lei, che le tenessi compagnia. Poi, quando sono cresciuto e ho sentito il bisogno della mia intimità, lei non è riuscita a capirlo. Mi sono trasferito in camera mia e lei mi ha lasciato in pace dai dodici ai quindici anni circa. Aveva un compagno in quel periodo. Poi anche lui ha tagliato la corda. E poco dopo lei ha iniziato a bussare alla mia porta piangendo.»

Il ragazzo stacca un altro morso e Easley fa di tutto per tenere lo sguardo puntato sul falò. Karl sospira percepibilmente. «Mi stava sempre addosso. Mi comprava regali anche se non era il mio compleanno. Dormivamo tutte le notti nel suo letto. Dapprima mi teneva stretto fino a prendere sonno, ma poi ha iniziato ad agitarsi. E una notte è successo. Cambiava anche le lenzuola del mio vecchio letto per far sembrare che ci dormissi, nel caso qualcuno lo notasse. Io provavo ad andare dietro alle ragazze a scuola, come i miei compagni, ma mi sentivo sporco. Una specie di criminale.» È a secco di parole, lo sguardo perso tra le fiamme. «Non l'ho mai detto a nessuno, ma immagino che questa possa essere l'ultima occasione che ho di farlo. Ma non ti va di ascoltare tutto questo, vero?»

«Ascolterò tutto quello che vorrai raccontarmi.»

«Non ho mai avuto una ragazza. Una ragazza della mia età che mi volesse bene e mi desiderasse. Non ho idea di cosa si provi. Mia madre mi ha portato via tutto. Mi ha rovinato.»

«E quindi ti sei arruolato.»

«E quindi sono scappato da lei.» Il ragazzo morde un altro pezzo di carne. «Nel caso riuscissimo a cavarcela, devo scoprire cosa si prova. Devo tentare.»

Easley si sentiva ormai pronto a rivelare al ragazzo parte del proprio passato, la sua vita famigliare, che adesso al confronto gli pare tanto bella. Di come abbia conosciuto Helen e si sia innamorato di lei. Della meraviglia dell'arrivo di quell'amore proprio nel momento in cui si era quasi fatto una ragione – a trentadue anni suonati – di essere destinato a restare scapolo. Della straordinaria importanza del giusto tempismo. Se avesse conosciuto Helen un anno prima oppure dopo probabilmente se la sarebbe lasciata sfuggire. Di quanto fossero stati felici, finché non avevano provato ad avere un figlio e la guerra aveva ridimensionato le loro speranze. Di come il ricordo di essere partito in quel modo lo attanagli, giorno e notte. Ma il tempismo è importante, per l'appunto, ed Easley si rende conto che quello non è certo il momento adatto per parlargliene.

«Karl?»

«Sì?»

Easley succhia il midollo da un ossicino, poi lo getta nel fuoco. «Attraversiamo la vita nel presente, cambiando il percorso lungo la strada. Il passato è la somma delle azioni di qualcun altro. Ciò che accadrà domani spetterà a una persona diversa. L'unica realtà è qui e ora.»

«E tu ci credi?»

«Però fa effetto, no?»

«Sì» concorda il ragazzo. «Senza dubbio.»

Il fuoco si riduce a una brace ardente. Oltre il focolare, la bocca della grotta sbadiglia al cielo notturno. Il ragazzo dorme già, il respiro corto e regolare. Le pietre roventi sotto le amache sono fredde già da un po'. Il gelo mette alla prova i loro limiti, incedendo, insinuandosi centimetro dopo centimetro. La mente di Easley vaga, tra la triste storia di Karl e la vicinanza dei giapponesi, sopra le enormi cataste di legna stagionata, poi nella sottocoperta del vecchio sloop di suo padre.

Quell'estate era stata eccezionalmente calda. Lui e Helen stavano passando una giornata al mare sotto il sole agostano, tra le numerose piccole imbarcazioni che approfittavano del poco vento che soffiava sulla English Bay. Quel giorno sembrava che ogni essere vivente si fosse riversato in quelle acque, e loro non facevano differenza. Ma su quella barca riuscivano a godersi la loro intimità.

Avevano bevuto del vino e avevano riso al pensiero di navigare oltre Vancouver Island fino a Hong Kong entro la fine del mese. Lei annuiva di fronte a quei progetti farraginosi, ridendo della sua goffaggine. Easley se ne stava sul boccaporto, nel tentativo di tenere d'occhio il mare. Helen si era alzata dal sedile nella cucina di bordo, gli aveva sbottonato la camicia. Gli aveva accarezzato l'addome e il petto, poi lo aveva tirato giù mentre l'imbarcazione virava sopravento.

Si è concesso il lusso di rievocare quel ricordo, il suo passato scomparso. È una trasgressione al sermone appena predicato, ma gli è comunque di conforto. Nascosto al buio e al freddo ai margini del mondo, i ricordi sono l'unica cosa che gli rimane?

Il vento soffia dalle colline e ulula davanti alla bocca della grotta. Naso, mento e guance si intorpidiscono mentre la brace si affievolisce e muore.

4

Joe Connelly girovaga per casa come chi è determinato a lasciare una buona impressione. Rabbocca la tazza dopo che Helen ha bevuto appena tre sorsi di caffè.

«Siediti, papà. Mi rendi nervosa.»

Si pavoneggia per lei, come faceva davanti ai medici. Si muove con prudenza e fermezza, sposta o solleva gli oggetti per far vedere che ci riesce senza problemi, usa la mano sinistra con grazia, sperando di distogliere l'attenzione dalla destra. Si muove così da celare qualsiasi segno di debolezza.

Joe era stato ricoverato in ospedale per due giorni. Helen si sentiva impotente a guardarlo seduto sul letto, incapace di enunciare parole o di stringere la mano destra, gli occhi stravolti dalla confusione. E tuttavia, prima della fine della giornata, già si sforzava per emettere frasi comprensibili. Il giorno successivo riusciva – non senza fatica – a sollevare il braccio destro e a estendere la mano tremante, ma aveva ammesso che l'intorpidimento persisteva. I medici si erano sorpresi che la capacità di linguaggio fosse tornata così rapidamente. Se il braccio farà lo stesso, nessuno lo sa. Malgrado i progressi della medicina, i dottori sostengono che l'ictus resti un mistero. Joe potrebbe averne un altro l'indomani a colazione o campare fino a cent'anni senza avere altri problemi. Non ci sono cure disponibili, non c'è altro da fare se non stare a guardare.

Helen ha deciso di lasciare la casa in affitto nell'istante in cui è arrivata in ospedale. Ha reclutato alcuni studenti del liceo per imballare il contenuto dell'appartamento in cui lei e John avevano vissuto. Ha cercato inutilmente di impedire loro di prendere una scorciatoia attraverso le aiuole mentre caricavano il furgone. Si è tenuta in disparte, immaginando l'espressione di John se fosse tornato e avesse trovato un'altra famiglia in casa sua. Qualche ora dopo ha osservato suo padre farsi da parte con aria inerme mentre i ragazzini trasferivano le scatole e i mobili in cantina. Lo ha visto sopprimere l'impulso di intervenire, di dare una mano, di sollevare, trascinare e accatastare.

Dall'ammasso di suppellettili della vita coniugale, Helen ha preso una sola valigia e l'ha trascinata su per la scala di legno grezzo che dalla cantina arriva a piano terra. Ha chiuso la porta e spento la luce.

Al piano terra, l'ingresso, la cucina, il salotto; ogni superficie sembra rivestita dalla patina del passato. Non che le pareti o la mobilia siano particolarmente antiche o logore, è più la sensazione che tutto appartenga a un'epoca diversa: arredi scenici abbandonati lì dal primo atto della sua vita. Stringe la tazza tra le mani.

«Detesto le circostanze, ma devo ammettere che è bello riaverti a casa.»

«Papà...» L'improvviso contrarsi del tempo le dà il capogiro. I suoi pensieri volano al prossimo ictus, che teme lo porterà alla morte, alle visioni del padre da giovane, quando Helen lo credeva in grado di proteggerla da ogni male. Poi torna al presente, alla situazione presente, in cui è costretta a scegliere tra badare al genitore o partire in cerca del marito. Poi di nuovo il futuro: se il nonno morisse prima della loro nascita, come lo descriverebbe ai suoi figli?

«Sei tu a farmi un favore,» replica «così non devo stare da sola. Ora rilassati. Preparo qualcosa per cena. C'è niente nella ghiacciaia?»

«*Tu* prepari la cena? So cucinare meglio di te anche con una mano sola. Non dimenticare chi ti ha insegnato quel poco che sai.»

Si alza e scompare in cucina.

Già prima dell'ictus, l'artrite aveva rallentato i movimenti di Joe. Ciononostante passava le sue settimane alla chiesa cattolica di St. Brigid a fare lavoretti di falegnameria, manutenzione, restauro. Non voleva nemmeno un nichelino in cambio del suo tempo. Helen sperava che il volontariato gli offrisse l'occasione di fare conversazione e stringere nuove amicizie. Invece lui preferiva bazzicare la chiesa nei primi giorni della settimana, quando persino i sacerdoti erano irreperibili. Chiedeva solo il permesso di lavorare alla propria velocità e non vedeva la ragione per cui quella pratica dovesse cambiare. Avrebbe trovato un modo per essere utile nonostante quell'arto indisciplinato.

Di reputazione e di fatto, Joe Connelly era stato un gran lavoratore sin da bambino. Raccontava di aver spaccato assicelle da ceppi di cedro al grezzo, dall'alba al tramonto, quando aveva dodici anni. A tredici, aveva fatto carriera e già tagliava le scandole con la sega. Quando era suonata la chiamata alle armi per i volontari durante la Grande Guerra, Joe si era arruolato immediatamente; quasi fosse un'offerta limitata, un'occasione più unica che rara. A quarant'anni era considerato troppo vecchio per combattere ed era stato addestrato come radiotelegrafista. Durante il viaggio per l'Europa, si era rotto la mano destra a bordo della nave convoglio nel corso di una tempesta nel Nord Atlantico. Aveva trascorso il resto della guerra in una remota stazione di telecomunicazioni in Normandia. Dopo l'armistizio, era tornato in patria con una moglie francese, due figlioletti e una storia fantastica su come si fosse rotto la mano contro la mandibola di un crucco.

Due mesi dopo che la famiglia era arrivata a Seattle, era nata Helen. Joe aveva trovato lavoro come operaio. L'anno in cui la figlia minore aveva iniziato ad andare a scuola, sua moglie era morta di cancro. Helen aveva sempre pensato che sarebbe stato tutto più facile se anche lei fosse stata un maschio. Esistevano segreti e misteri femminili che suo padre aveva accuratamente evitato per tutti i suoi anni formativi. Aveva appreso il funzionamento del ciclo mestruale da un medico calvo e occhialuto. Helen aveva fissato l'appuntamento da sola perché pensava di morire dissanguata ed era troppo imbarazzata per rivelare a chiunque la posizione della ferita. Joe rimediava a queste manchevolezze in innumerevoli altri modi.

I figli, ormai adulti, erano andati via da casa anni prima, incapaci di sopportare oltre la sua autorità. Insieme, avevano viaggiato per tutto il paese e avevano messo su una piccola impresa edile nel New Jersey, e una famiglia ciascuno. Il giorno dell'ictus del padre, Helen ha chiamato il fratello maggiore, Frank, che ha promesso di riferire la notizia a Patrick. Era un sollievo poter contare su di lei, in una situazione del genere, le ha risposto il fratello.

In cucina, patate e cipolle stanno friggendo. Joe è ai fornelli e con la mano buona mescola la padella, la destra che tende come un filo a piombo verso il pavimento. Helen lo spinge da parte con delicatezza. Un paio di costolette – probabilmente la sua razione di carne per due settimane – è aperto sulla carta cerata.

«Come hai fatto a tagliare le patate e le cipolle?»

«Le divido,» risponde «schiaccio mezza patata sotto un altro tagliere. Taglio, inverto e ripeto l'operazione.»

«Secondo me stai scherzando con il fuoco.»

Joe si scopre ad appoggiarsi contro il lavello. «Puoi restare tutto il tempo che vuoi. Questa è casa tua, specialmente ora che John non c'è.»

«Attento a ciò che desideri.»

Una volta dorate le verdure, Joe mette la carne nella padella.

Alla fine, le chiede: «Cosa pensi di fare? Oltre a starmi con il fiato sul collo».

Lei si volta per guardarlo negli occhi. «Sarai il primo a saperlo.»

Joe controlla l'orologio a pendolo. «Tra poco inizia *L'uomo ombra*. Tu lo ascolti?»

«No, papà. Ma fa' pure.» Helen accende la radio, poi apparecchia la tavola.

«Fra tutte queste sciocchezze mi sono dimenticato di chiederti se hai saputo qualcosa.»

Naturalmente si riferisce a John.

«No, niente» risponde Helen. «E sai anche tu che mi contatterebbe, se potesse.»

«È la guerra, tesoro mio. Potrebbe essere in trincea. Impantanato. Mentre cerca di scrivere un articolo... Sono tempi pericolosi. Dobbiamo portare pazienza.»

Helen sorride con poca convinzione. Gli chiede se le trincee esistono ancora. La domanda scatena un'occhiata torva.

A tavola, lo osserva adocchiare il pasto, scartare ogni possibile piano di attacco. Helen si protende e gli taglia la carne nel piatto. Lui cerca di allontanare le sue mani, ma lei insiste.

«Stasera prega per lui.»

Joe annuisce, ma l'annunciatore sta presentando il programma: la sua attenzione è già distolta. Helen lo osserva barcamenarsi tra cibo e forchetta, la mano destra addormentata in grembo. Finisce di mangiare, lo bacia in fronte e lo lascia al suo programma.

Al piano di sopra scopre un vaso di giunchiglie sul comodino accanto al letto.

* * *

L'ufficio di reclutamento del Women's Army Auxiliary Corps, il corpo femminile ausiliario per le forze armate, vibra di energia nuova. L'indirizzo corrisponde a quello sul volantino che porta con sé da oltre una settimana. Scruta le finestre, adesso tappezzate da poster che implorano le donne di fare la loro parte per la patria. Ricorda i vecchi manifesti appesi alle vetrine di quello stesso negozio appena qualche anno prima; pubblicizzavano viaggi nell'esotico Sol Levante o nel caldo Pacifico meridionale. All'interno, le donne trottano avanti e indietro con cartelline e buste come per fare una scommessa dell'ultimo minuto alle corse. Una delle addette fa cenno a Helen di avvicinarsi alla sua scrivania.

La donna sembra contenta di vederla, come se la stesse aspettando. Helen ricorda di averla conosciuta a catechismo, sembra che sia passata una vita.

«Edith Brown» si presenta la donna, la mano che spunta dalla spalla. «E tu sei Helen… Corrigan?»

«Connelly… Da nubile. Adesso mi chiamo Helen Easley.»

«Accomodati. Ci credi che sei la terza ragazza che conosco a essere entrata qui oggi?»

Helen ripensa a suo padre che quel mattino cincischiava con il portafogli prima di andare dal dottore. Al modo in cui deve tenerlo in equilibrio sul polso rigido del braccio destro mentre sceglie le banconote con la mano buona. Non ha quasi aperto bocca e già si sente una traditrice.

Edith le illustra le opportunità che attendono le donne nel WAAC. Helen potrebbe diventare autista, cuoca, copista, corriere, o lavorare in una mensa. Edith partirà per l'Inghilterra appena arriveranno i documenti. Qualsiasi cosa Helen scelga di fare, il suo contributo sarà concreto e verrà retribuito. Tutto inizia con tre mesi di addestramento di base a Portland, in Oregon.

Tre mesi? Ogni giorno da quando ha deciso di partire, Helen ha l'impressione che la sua traiettoria stia cadendo in picchiata sotto il peso trascinante della gravità. Deve pur esserci una scorciatoia. «Posso scegliere la destinazione?»

«Be', certo. Come ti ho detto, puoi andare oltreoceano. Molte delle ragazze al momento stanno partendo per l'Inghilterra.»

«E che mi dici dell'Alaska?»

Edith è colta alla sprovvista. «Non ho mai sentito di ragazze dirette in Alaska.» Si allontana dalla scrivania. «Guardo se trovo qualcosa.»

Le donne frullano per l'ufficio in uniformi eleganti e capelli corti. È un alveare di zelo femminile. Helen non può evitare di domandarsi se alcune si beccheranno una pallottola, o se salteranno in aria.

Edith torna scuotendo la testa.

«Non credo tu voglia andare lassù. A quanto pare è in corso una battaglia. Hanno già evacuato gran parte delle donne e delle famiglie. Non sono organizzati a riceverci.»

Helen raccoglie la borsetta e le porge la mano. Promette di rifletterci.

«Prenditi tutto il tempo che vuoi, ma non troppo. Non vorrai perderti tutto il divertimento.»

* * *

Helen accompagna suo padre alla chiesa di St. Brigid, dove è determinato a trascorrere la giornata a scervellarsi su come riparare una ringhiera traballante con una mano sola. Vederlo così ansioso di lavorare la mette a disagio, si sente piena di affetto e preoccupata per lui, anche perché teme che le stia nascondendo qualcosa. Lo guarda scomparire attraverso la porta della canonica, poi prosegue lungo l'isolato e sale sull'autobus per il centro.

Alla biblioteca, esamina i quotidiani in cerca di notizie dall'Alaska. Il vuoto che incontra è subito riempito dalla paura di un'avanzata giapponese, di una campagna sempre più vasta e sanguinaria. Si rimprovera per quei pensieri indisciplinati e ritrova la concentrazione. Nella pagina degli annunci, i suoi sforzi vengono ricompensati con tre promettenti offerte di lavoro che le garantirebbero un passaggio a Nord: un conservificio di salmone, uno studio tecnico di ingegneri, l'ufficio di una miniera di carbone.

Mesi di ricerche hanno portato ad alcune interessanti scoperte: l'Alaska non è un posto che offre un ampio ventaglio di lavori. Oltre a lottare contro gli elementi naturali, praticamente tutte le occupazioni sembrano riguardare l'estrazione di risorse dalla terra, dalla foresta e dal mare. Helen compila una lista delle sue scarse qualifiche: 1) archiviazione; 2) contabilità; 3) commercio al dettaglio; 4) economia domestica; 5) arte culinaria. Nota che sinora la sua esperienza lavorativa ha riguardato soprattutto la conservazione: di un archivio, dei libri contabili, della casa. Dovrebbe annoverare anche l'ottima conoscenza del francese, che ha imparato in onore di sua madre? No, in Alaska servirebbe a poco o niente. Purtroppo è una pessima dattilografa. E ai suoi occhi, la stenografia potrebbe essere scrittura geroglifica o runica.

All'età di venticinque anni, la madre di Helen padroneggiava due lingue straniere, aveva studiato musica all'estero e teneva il bilancio del caseificio di famiglia. Aveva dato alla luce tre figli, era sopravvissuta alla guerra ed era emigrata nel Nuovo Mondo. In momenti come quelli, Helen si sente eclissata dal proprio retaggio. Ma se l'assenza di John – se la guerra – le ha insegnato qualcosa, è che deve essere capace di reinventare se stessa e le proprie capacità.

Helen spinge i fogli da parte. Cosa vuole davvero? Compila un'altra lista. 1) John a casa sano e salvo, e l'occasione di creare una famiglia; 2) suo padre vivo e curato con amore; 3) la fine di questa guerra infernale. Si dedica ai primi due punti riconoscendo che il terzo è nelle mani dell'Onnipotente.

Nella cabina telefonica dell'atrio, Helen dispone gli appunti in grembo, poi impila cinque monete da un quarto di dollaro. Una volta giunta in Alaska, improvviserà qualcosa per raggiungere le isole. Il che significa che dovrà ricorrere a un ampio serbatoio di menzogne.

Per tre volte si sente dire che non assumono donne, nemmeno come aiutanti. Un uomo è persino scoppiato a ridere. Il direttore della miniera le ha detto che l'unica carta vincente, l'unico colpo sicuro, è trovare un'agenzia di mogli per corrispondenza.

Helen guarda verso il soffitto dal letto d'infanzia, la luce dei lampioni attraverso i vetri della finestra proietta sbarre oblunghe sul soffitto. Il russare di Joe rimbomba nel corridoio. Si gira sul fianco, sfila il secondo cuscino da sotto e lo stringe tra le cosce. John non russa mai, a meno che non abbia alzato un po' il gomito.

Altri due giorni di binari morti e di indecisione le lasciano in mano un vecchio opuscolo dell'Alaska Steamship Company, la compagnia di trasporto marittimo dell'Alaska, con sede a Seattle. Se il governo non avesse già requisito le loro navi, potrebbe semplicemente prenotare un passaggio a Nord fino a Juneau. Ma perché fingere di cercare lavoro? Basta pagare. Juneau è lontana dalle Aleutine, ma è già qualcosa. Per un momento si concede di credere alle affermazioni di suo padre, che lui se la caverà come ha sempre fatto, che non ha bisogno di qualcuno che lo accudisca ventiquattr'ore su ventiquattro. Non ha un vero piano, solo la volontà di avvicinarsi a John. Il suo silenzio persistente può solo significare che non è più sotto copertura ma disperso. Nessuno andrà a cercarlo, tranne lei.

Deve rivelare quei piani al padre. Deve prosciugare il conto in banca. Certamente lui sparerà a zero sulla sua teoria e i suoi progetti, ma non le chiederà mai di restare per badare a lui. Avrà una lunga lista di timori per la sua incolumità. Proverà a impedirle di partire? Helen dovrà riconoscere, respingere e dissipare i suoi timori senza cedere.

Passa il venerdì pomeriggio al tiepido sole di primavera, a comprare mutandoni, guanti imbottiti e il cappotto di lana più pesante che riesce a trovare. Raccoglie l'equipaggiamento di cui suppone di aver bisogno, eppure a ogni oggetto spuntato dalla lista si sente sempre meno pronta a partire. Ha viaggiato poco, praticamente per nulla. E ora si crede in grado di navigare precipitosamente nel vuoto che ha inghiottito suo marito?

Nella cattedrale di St. James, Helen si genuflette in direzione del tabernacolo, poi accende due ceri, uno per John e uno per suo padre. Chiede perdono per ciò che si sente spinta a fare, per la scelta di abbandonare il genitore. Invoca guida e protezione, e chiede in anticipo l'assoluzione per le menzogne e gli inganni a cui certamente dovrà ricorrere. Fissa i due punti di luce gemelli, circondati da decine di altri ceri votivi che tremolano attraverso il vetro rosso rubino.

Venti minuti dopo, spinge con la spalla la pesante porta di vetro della biblioteca. Oltrepassa la bibliotecaria che ormai, immagina lei, deve considerarla una specie di zitella misantropa e stravagante. Tira giù dall'espositore il «Post-Intelligencer» e il «Seattle Times» del giorno, posa le borse sotto il tavolo.

Sfoglia i quotidiani per due volte: prima scorre i titoli e i nomi degli autori, poi si immerge in qualsiasi articolo di vaga attinenza. Anche se l'Alaska è un teatro bellico attivo, nessun giornale contiene notizie provenienti da quello scacchiere. A pagina quattro del «Times» trova la grande fotografia di una nave convoglio attualmente ormeggiata in porto, con in un riquadro il ritratto di Olivia de Havilland. In fondo al trafiletto c'è una foto più piccola di quattro donne che, rivela la didascalia, saliranno a bordo per intrattenere le truppe. Lo sguardo di Helen si concentra sull'angolo destro dell'immagine, su di un volto che le è subito familiare. Se i suoi occhi dicono il vero, Ruth Simmons è tornata in città.

* * *

Si abbracciano sul marciapiede davanti ai grandi magazzini Woolworth. Il profumo di Ruth è eccessivamente dolce e penetrante. Al bancone ordinano un *ice cream float*, un affogato alla soda. Mentre Ruth si profonde nel descrivere le meraviglie di New York, Helen calcola il valore del suo completo: abito verde di raso, stola di pelliccia, toque, calze di seta, scarpe con il tacco nuove di zecca. Settantacinque dollari, a dir poco. Helen sistema con discrezione il maglione e liscia le pieghe della gonna.

Lei e Ruth erano amiche del cuore da bambine, finché poi Ruth non aveva cambiato compagnia. Mentre Helen otteneva una parte nelle recite al liceo, Ruth non mostrava alcun interesse per il teatro o per le parate. E tuttavia, appena dopo il diploma, Ruth si era trasferita a Manhattan e in men che non si dica aveva sfondato come attrice.

Al posto dell'invidia, estinta da molto tempo, Helen si scopre invasa da una specie di timore reverenziale. Non si aspettava di rivedere Ruth, tranne forse sulle riviste o in un piccolo ruolo al cinema. Ogni volta che Helen ascolta un radiodramma, una parte di lei si aspetta di sentire la voce di Ruth. L'amica è riuscita a fare strada sui palcoscenici di New York, ma ora si ritrova a lavorare per Zio Sam. A bordo di navi convoglio, al largo del Pacifico, in prima linea. All'improvviso Helen sente rinascere la speranza.

I tratti fisici di Ruth vanno dal bello (gli occhi nocciola e gli alti zigomi) all'ordinario (i denti inferiori storti), tuttavia è sempre stata più della somma delle singole parti. L'espressione comunica malizia, divertimento, gioia. Anche se non sarà mai una primadonna, il suo fascino è innegabile. Ruth trangugia le ultime gocce del *float*. Estrae una sottile scatolina d'argento e offre una sigaretta all'amica, che declina con educazione.

Due giovani aviatori entrano incespicando. Ha iniziato a piovere e hanno chiazze scure sulle spalle. Si fermano di colpo appena le vedono, ma non riescono a guardare Ruth negli occhi. Squadrano Helen come dopo un ripensamento, poi sgattaiolano furtivi tra le scansie come scolaretti colti con le mani nel sacco.

«Dimmi che non ti sei impelagata con qualche bandito,» dice Helen «o che sei scappata da New York per sfuggire alla moglie del tuo fidanzato.»

«Magari. Niente di così eccitante. Avevo un flusso di lavoro stabile, quando Herr Hitler mi ha messo il bastone tra le ruote.»

Helen è lieta di vedere che, per essere un astro nascente, Ruth continua a non prendersi troppo sul serio.

«Da quant'è che sei in città?» le domanda Helen.

«Non molto. E tu? Hai trovato l'uomo della tua vita?»

Solo allora Helen rammenta di essersi tolta la fede la sera prima per lavare i piatti. L'ha posata con attenzione nella ciotolina sul davanzale. Se da un lato non sta più nella pelle di raccontare la sbalorditiva fortuna del suo incontro con John Easley, dall'altro è impreparata a riferire le vicende necessarie e dolorose che sono seguite.

«In questo momento sono sola» risponde Helen, e le parla invece del suo lavoro da Maxime, del successo dei fratelli nel New Jersey, dell'ictus del padre.

Quando sarà il momento, le racconterà che dopo una sfilata di infatuazioni adolescenziali e due brevi storielle, finalmente ha incontrato John Easley e si è innamorata di lui. All'inizio era stata l'attrazione fisica a farle girare la testa. Lo trovava gentile, premuroso e istintivamente sincero. Con il tempo si era resa conto che John era in pace con se stesso perché conosceva la propria anima. E le faceva pensare che una pace simile fosse possibile anche per lei. Un tempo, molto prima di incontrarlo, aveva chiesto a suo padre cosa cercare in un compagno di vita.

«Trovati qualcuno migliore di te» le aveva risposto. «Io l'ho fatto.» Helen aveva preso a cuore quella perla di saggezza.

Con aria meditabonda, Ruth tira una boccata dalla sigaretta e osserva gli aviatori che la sbirciano di soppiatto. Li fissa finché non si voltano e se ne vanno. Quando escono, si toccano il cappello mentre Ruth lancia loro un sorriso trionfante. «Anch'io sono sola. Ho solo qualche *amico*.»

Per Ruth, catturare e trattenere l'attenzione degli aviatori sembra una specie di gioco. Per Helen, è come scherzare con il fuoco.

«Ultimamente è la United Service Organizations a darmi da mangiare.» Ruth si toglie un ciglio dall'occhio con un movimento preciso del dito roseo. «Siamo dirette alle Hawaii con un repertorio musicale per le truppe. Siamo in otto. Naturalmente ci hanno promesso che Olivia de Havilland sarà il pezzo forte, ma ci crederò solo quando la vedrò. A ogni modo, ci trattano in guanti bianchi. Partecipano tutti. Immagina la pubblicità.»

«Mi sembra...»

«Balli ancora? Aspetta, tu avevi una gran bella voce... Dovresti unirti a noi.»

«Unirmi per cosa?»

«Be', non abbiamo ancora iniziato a provare. Balliamo per qualche centesimo. Le reclute ti palpeggiano ballonzolando qua e là per un paio di minuti. Ma non sei costretta a ballare, se non vuoi.» Coglie l'espressione di stupore sul volto di Helen. «È *patriottico*... Suvvia, sono sicura di poterti convincere. Vediamoci alle sette.»

La carriera di Ruth va a gonfie vele. Si accende un'altra sigaretta e interpreta il personaggio di una commedia romantica in cui ha recitato di recente, trasformandosi in una telefonista pettegola, con risultati spassosi. Helen non ricorda l'ultima volta in cui ha riso tanto. Ruth sembra accorgersene e si impegna per continuare a divertirla.

La Swedish Hall è addobbata da festoni a stelle e strisce, stelle filanti di carta crespa, poster che propagandano la USO. Le luci sono soffuse, i volti ulteriormente velati dal fumo di sigaretta. Il lamento di una tromba echeggia attraverso la pista da ballo semideserta. Al posto dell'orchestra, una ragazza sul palco mette i dischi dietro gli altoparlanti delle dimensioni di bauli da viaggio. Accalcati vicino all'ingresso, aviatori e reduci dall'aspetto banale, tirati a lucido e con i berretti in mano, osservano l'assortimento di accompagnatrici schierate lungo la parete opposta. Finalmente trovano il coraggio di farsi avanti.

Helen osserva Ruth che solca la pista con un sergente. È alto appena quanto lei e ha il collo così grasso da inglobare il mento quando abbassa lo sguardo. Non c'è grazia nei suoi movimenti. Ma i due ridono, e Ruth si ravvia i capelli come se non avesse un pensiero al mondo.

Non sapendo come vestirsi per un evento simile, Helen ha optato per un castigato abitino blu oltremare, i capelli raccolti. Se ne sta a distanza di sicurezza dietro ad altre donne, pentendosi di aver accettato. È passata dalla vita con il padre e i fratelli direttamente a quella insieme a John senza soluzione di continuità. Si è sempre sentita estranea agli intrighi femminili, impreparata ai sotterfugi repentini e ai doppi sensi. È come se fosse stata data in adozione e adesso trovasse strane le persone della sua stessa razza.

Una decina di coppie turbina in pista con vari gradi di successo. Dopo aver temporeggiato più a lungo possibile, alla fine anche lei si unisce al gruppo. Balla per più di un'ora con una serie di compagni, e con alcuni che la scelgono più di una volta. Un soldato semplice dall'aspetto insignificante, più o meno della sua età, sembra sapere il fatto suo. Ballano due canzoni di fila, un *jitterbug* e un *western swing*. Lui la guida con lo sguardo, con i movimenti, dandole l'impressione di essere lei a condurlo.

Alcuni uomini – quelli che puzzano di dopobarba o che vengono spronati dagli amici – si prendono delle libertà. Una strizzatina sul fianco, lo sfioramento accidentale di un seno. Le chaperon pattugliano la pista, integerrime matrone cristiane. Un colpetto sulla spalla e un indice al cielo pongono fine a gran parte del libertinaggio. Alcuni uomini vengono scortati all'uscita. E poi, quando ormai Helen pensava che se ne fosse andato, il soldato semplice riappare a chiederle un ballo.

La conduce attraverso coreografie che Helen non ha mai provato, e che comunque riesce a seguire. Dopo un po', non pensa più a niente. Si muovono così bene che gli altri si fermano a guardarli. Quando la musica finisce, le fa fare un casquè e la fissa negli occhi. Inizia un walzer lento, e abbandonano la pista.

«Ehi. Brava!» Si tampona la fronte con un fazzoletto. «So che non dovrei chiederlo, ma...»

«Mio marito è sul campo, in una zona di guerra particolarmente pericolosa. È un giornalista.»

Il soldato semplice annuisce con lo sguardo basso. Fa mezzo passo indietro, affonda le mani nelle tasche. «Mi dispiace. E dove si trova?»

«Alaska. Stanno tenendo a bada un'invasione.»

Il giovane strizza gli occhi, perplesso. «Questa mi è nuova.» Sorride. «Probabilmente dovremmo lasciare campo libero ai musi gialli... e poi guardarli congelare.»

Non ne sa niente. Niente! E non è l'unico. L'esercito insabbia la guerra più vicina a casa. E lei cosa fa? Balla con degli estranei. Le sembra di essere impazzita. Helen incrocia le braccia e pianta i piedi. Lo fulmina con lo sguardo, finché l'uomo non batte in ritirata.

Scivola nella vasca con sollievo, desiderosa di liberarsi di qualsiasi traccia di sudore e brillantina di quei maschi nervosi. Il calore dell'acqua le penetra attraverso la pelle, inducendo i muscoli a rilassarsi. Allunga le braccia per massaggiarsi i piedi. Dabbasso, il mormorio della radio è intercalato alle risate di suo padre, un suono che lei adora. In particolare adora la risata che sta facendo adesso, a denti stretti, quasi trattenuta. La risata che preferirebbe condividere, se solo ci fosse qualcuno con lui.

Alla fine, la serata ha preso una piega migliore con la conferma di un fatto innegabile: donne di tutti i tipi vengono scortate ai confini dei campi di battaglia. Donne come Ruth. Non ci sarà bisogno di imbarcarsi in una traversata solitaria fino a Juneau per destreggiarsi tra una bugia e l'altra. Sarà l'esercito stesso a portarla da John. Suo padre non potrà certo contestare un'impresa di cotanto patriottismo. Helen sente nascere un sorriso.

5

I due giorni passati sono stati così differenti l'uno dall'altro da sembrare nati in due stagioni opposte. L'uno di cieli luminosi, vento impetuoso e bombardamenti aerei, l'altro di nubi basse e quiete. Gli uccelli erano misteriosamente impassibili durante l'attacco, intenti nelle solite attività, ma adesso sembrano contagiati dalla stasi e, demotivati, gironzolano sull'erba. Anche il mare è calmo. Easley non ha mai visitato un luogo tanto mutevole.

La caccia è stata un fiasco quasi completo. È come se tra la popolazione di pennuti si fosse sparsa la notizia della loro furia omicida. Una parte del problema, Easley ne è certo, sono le loro rudimentali tecniche di caccia. Se la combinazione di un diversivo e di una pietra ben mirata hanno di quando in quando funzionato con le ingenue pernici, è stato molto più difficile abbattere i numerosi e scaltri uccelli costieri e marini.

Insieme hanno provato a scagliare sassi a mo' di lanciatori di baseball contro i gabbiani e le pulcinelle di mare. Il ragazzo ha più mira, grazie alla sua infanzia in perfetto stile americano. Easley è cresciuto giocando a hockey, uno sport senza evidenti analogie con la caccia, a meno che le prede non siano dei topi neri che sgambettano su uno stagno ghiacciato. Nella migliore delle ipotesi, hanno avuto a disposizione un paio di tiri ciascuno prima che gli uccelli facessero fagotto per spostarsi in un altro punto della costa. I mitili e le alghe sono rientrati nel menu. Rinunciano alla farsa di preparare e condividere i pasti. Mangiano semplicemente qualsiasi cosa trovino, ovunque lo trovino.

Due settimane alla macchia, e i pantaloni imbrattati si sformano sui fianchi di Easley, intirizziti dal sudore e dall'acqua marina. Non ha più il sedere. La velocità con cui deperisce è sorprendente. La consunzione è evidente anche nel ragazzo: il viso incavato, il collo e le cosce assottigliati. Aveva molta meno massa da perdere. Pertanto è con seria apprensione che si infilano le sacche in spalla nella penombra mattutina.

«Pronto?» Il ragazzo sembra più impettito del solito. Vuole far credere a Easley di essere in cerca di avventure.

Si soffermano, ispezionando il misero buco che offre loro riparo. Easley si fruga in tasca in cerca delle chiavi, mosso dall'impulso di chiudere tutto prima di uscire. Maschera quel lapsus imbarazzante con una grattata all'inguine. Escono nella nebbia.

Easley lascia che il ragazzo prenda il comando attraverso i declivi brulli, oltre un ruscello freddo e poco profondo, poi verso il crinale più lontano; una frontiera che non hanno ancora varcato. Li conduce oltre il punto in cui hanno toccato terra e, credono loro, al villaggio che forse si trova una ventina di chilometri più avanti. Poiché la nebbia restringe drasticamente la visuale, Easley aguzza le orecchie. Dopo aver ignorato i suoni familiari – il fruscio degli scarponi sulla segale secca, i richiami degli uccelli dalla costa – si convince che sono completamente soli.

L'idea è quella di approfittare della copertura offerta dalla nebbia per avvicinarsi al villaggio e all'accampamento. Da quando i giapponesi hanno occupato il minuscolo insediamento, si sono dedicati alla costruzione di un sistema di tunnel e di un porticciolo. Il ragazzo spiega che l'informazione ha trovato conferma nelle immagini scattate dai foto-ricognitori alcuni mesi prima. Che fine abbiano fatto gli abitanti resta un mistero. Se la nebbia si dissiperà, Easley e il ragazzo resteranno a fare la guardia in attesa del baluardo della notte. Altrimenti, torneranno a rifugiarsi nella grotta.

Poco dopo incontrano le prime chiazze di neve. Visto e considerato che le impronte resteranno impresse per giorni, evitano accuratamente di passarci sopra.

Dopo un'ora di cammino, si imbattono in un palo color ruggine ben conficcato in mezzo a piante semi-appassite di *Angelica Lucida*, il "sedano selvatico". Ingrigito dalle intemperie e chiazzato di licheni arancioni, si erge un metro dal terreno in cui è stato piantato per ragioni sconosciute. Cercano invano altri segni di presenza umana nella bruma sempre più luminosa. Poi tornano indietro per esaminare quell'indicatore isolato.

«Secondo te è un aggeggio indiano?» chiede infine il ragazzo.

«Non ne ho idea.»

«Forse dovremmo portarlo alla grotta e bruciarlo. Non credo che agli aleutini dispiacerebbe.»

«Aleuti» lo corregge Easley. «Tra di loro si chiamano Unangan. Non eschimesi, e neanche indiani. Le isole per le quali stai combattendo appartengono a loro. Dovresti almeno sapere come si chiamano.»

«Io combatto per gli Stati Uniti d'America» sbotta il ragazzo.

Proseguono, lasciando il palo al suo posto.

Verso mezzogiorno, la nebbia non sembra avere intenzione di sgombrare. Hanno viaggiato circa tre ore attraverso le isole di neve, tremando per la fame. La monotonia del paesaggio li induce a pensare di aver fatto pochi progressi. All'improvviso il ragazzo si ferma, tira Easley al suo fianco, gli sussurra nell'orecchio.

«Per quel che ne sappiamo, questo posto potrebbe brulicare di musi gialli. Lassù potrebbe esserci un intero plotone.» Il ragazzo alza l'indice verso un punto, ma il suo è un gesto insensato. La visibilità è inferiore a cento metri.

«Io dico di scendere a procurarci delle cozze» ribatte Easley. «Se tra un'ora la nebbia non si è alzata, rastrelliamo la spiaggia in cerca di legna.»

Il ragazzo risponde con un'alzata di spalle.

Discendendo dall'altura, Easley è nuovamente sbalordito dall'illusoria convivenza di inverno e primavera. Dopo pochi metri di neve a chiazze, si espande una distesa di verde brillante. Il ragazzo si china, strappa un'escrescenza di sedano selvatico e se la infila in bocca. Easley fa per imitarlo, ma affonda il piede in una buca ricoperta di muschio infradiciandosi fino al ginocchio. Non ha messo il piede su una mina terrestre o una trappola esplosiva ma, come hanno imparato entrambi dalla Grande Guerra, un piede bagnato, freddo e mal asciugato è altrettanto letale.

Attraverso la caligine che si dirada intravedono una colonia di cozze attaccate agli scogli sul limitare della zona di marea. Con l'intenzione di lasciare meno tracce possibili sulla distesa di sabbia, Easley si offre di andarle a prendere. Si sfila gli scarponi, quindi cammina a passo felpato sulla rena. Quando un'onda ghiacciata lo raggiunge, il morso del gelo gli penetra fin nel midollo. Pallidi e pressoché cianotici, i piedi gli appaiono più scarni e patetici che mai. Stacca i mitili dallo scoglio e se li infila in tasca. Proprio quando pensa di non riuscire più a sopportare il dolore, gli giunge un rantolo gutturale, poi uno sciabordio al largo. Al di là della cresta dell'onda, il muso bruno di un leone marino di Steller ballonzola tra i flutti.

Mangiano senza parlare, in posizione sopraelevata rispetto alla spiaggia. Forse è un miraggio della luce, o la spossatezza, ma oggi l'immagine della polpa fredda e umida sulle conchiglie iridescenti riporta Easley in un albergo nella baia di San Francisco. Al ristorante, lui e Helen sedevano a un tavolo con vista sul sole al tramonto. In mezzo a loro, la fiammella aguzza e costante di una candela si rifletteva negli occhi di lei. Lo aveva seguito, clandestinamente, poco dopo averlo conosciuto. Era stata la prima di svariate lune di miele ufficiose. Helen aveva ordinato vongole e ostriche, rimuginando sui loro tanto decantati effetti "amorosi". Ciascun boccone seguito da un sorso di vino. Uscendo dalla doccia l'indomani mattina e trovandola a danzare da sola nella stanza, Easley aveva capito che quella donna sarebbe diventata sua moglie. Avrebbe dovuto chiederglielo all'istante, ma non aveva trovato né il coraggio né le parole, soltanto il terrore di farla scappare.

La visibilità aumenta con l'intensificarsi della pioggia. Easley e il ragazzo si alzano e proseguono. Fradici e tremanti, raggiungono una cresta affacciata sul porto. In lontananza, vedono il villaggio aleuto con la sua chiesa bianca dalla cupola a forma di cipolla, le semplici casette di legno raggruppate lungo la costa. Dodici edifici al massimo. Il fumo sale lento dai comignoli. Oltre il paesino, un dispiegamento di tende, mezzi e appostamenti antiaerei dell'artiglieria nemica. Una nave è ancorata in porto, ma non si vedono uomini. Restano accovacciati per un po', scrutando in lontananza, in attesa di segni di movimento. A Easley viene da pensare che, in dieci mesi di occupazione, nessun altro debba essersi mai avvicinato tanto al nemico.

«Mica scemi quei bastardi» commenta il ragazzo, il fiato che si trasforma in vapore. «Tutti a mangiare intorno al fuoco.»

«Andiamo. Non usciranno con questo tempo. Dovremmo tornare di corsa, in modo da impiegare metà tempo. Accendere il fuoco e...» Non riesce a completare quel pensiero perché non c'è cibo da cucinare, nient'altro da fare.

La pioggia si trasforma in foschia e in un vento freddo e umido. Il calore corporeo è la loro unica difesa contro l'assideramento. Mentre si trascinano avanti, Easley non riesce più a ignorare il tormento in bocca. Per il terzo giorno di fila si è svegliato con un molare dolorante. Oggi, però, sta peggio che mai.

Guarda il ragazzo che si trascina le gambe, stremato. Come chi annaspa contro corrente.

Con le dita irrigidite e tremanti, Easley ammassa la scorta di combustibile. All'interno della grotta tenebrosa restano nove pezzi di legna, oltre al moncone del tronco che hanno trovato la settimana prima. Con un po' di fortuna, il fuoco basterà a salvarli. Il ragazzo si stropiccia le mani pallide sui pantaloni umidi, poi adagia un prezioso ciuffetto d'erba asciutta sulla catasta. Easley fa scattare l'accendino e, ansioso, lascia la fiamma libera per un secondo finché gli sterpi non prendono. Il ragazzo se ne sta a guardare, le braccia e le gambe che fremono come se avesse il ballo di san Vito. Easley protende i palmi raggrinziti verso il fuoco.

Nel giro di venti minuti, il focolare inizia a diffondere calore. E nel giro di un'ora, si sono tolti le camicie, sventolandole come toreri sul fumo e le fiamme. In seguito, fanno penzolare i pantaloni sul fuoco, convogliando l'aria calda dalle gambe fino alla vita. I calzini e i mutandoni sono appesi sugli spiedi usati per cucinare. Gli scarponi sbiancati dal sale. Si espongono al calore finché i brividi non passano, poi si rimettono gli indumenti, ancora umidi ma fumanti.

Buttano l'ultimo pezzo di legna sui carboni, sganciano le amache, poi si rifugiano nel nido che il ragazzo aveva costruito il giorno del loro arrivo. Per mantenere il calore corporeo, si avvolgono nella seta fino a sembrare due gemelli siamesi mummificati. Affamato ed esausto, il ragazzo si torce a scatti mentre sogna, intanto il dolore in bocca di Easley si fa più intenso.

Le ultime tracce di calore e di speranza si dissolvono con lo spegnersi della brace. Easley si volta, si ferma, si rigira. Si augura di morire in fretta, in un modo o in un altro.

Il ragazzo si sveglia nel cuore della notte, la dissenteria che gli rimescola le budella. Si scusa con il suo fare educato di uomo del Sud, si sgroviglia, scivola fuori dal nido. L'oscurità è totale. Easley lo sente incespicare mentre procede tentoni verso l'esterno. Non si è allontanato molto che è costretto ad abbassare i pantaloni e acquattarsi.

Easley alza una mano e si tocca la guancia, gonfiatasi in modo allarmante nel corso della notte. Il dolore erompe dal lato destro della mascella e si dirama fino all'occhio.

Il ragazzo scivola nel nido, si scusa di nuovo, rimbocca la seta intorno al corpo di entrambi.

Easley rivolge gli ultimi pensieri a Helen. Cerca di tracciarne il corpo nella mente, ogni neo e ogni curva. I dettagli iniziano già a sbiadire. È diventata una serie di sensazioni: il profumo dei capelli, il sapore di sudore sulla pelle, la coscia stesa sul suo addome. Ma il dolore alla mascella soggioga tutti i ricordi. Tuttavia, gli pare di sentire un suo bacio sulla guancia, la cura che passa dalle sue labbra.

Helen gli sistema il cuscino dietro la testa, solleva una forchettata di torta alla zucca, sincerandosi che ciascun boccone sia guarnito da una cupolina di panna. Quando le briciole gli cadono sul petto, si china per leccarle via...

Helen gli afferra la spalla, in mezzo al lago. Il suo sorriso forzato non riesce a mascherare la paura. Lui le ripete dolci parole di incoraggiamento per placare la sua angoscia. Poco dopo toccano il fondale con le punte dei piedi e lui si dirige verso riva, scottato dal sole e grondante; le regge l'asciugamano aperto mentre lei emerge dall'acqua, scintillante. Continua a sentire la sua pelle fredda mentre le chiude il telo intorno alle spalle...

Helen si addossa contro di lui sulla panchina nel parco, al riparo dal cono di luce di un lampione solitario. Le vertigini sono andate intensificandosi per tutto il giorno, la notizia consegnata quel mattino da un commilitone stravolto che era stato particolarmente vicino a suo fratello. Attorciglia quella miriade di emozioni in una stretta spira di rabbia. Lei gli stringe la mano, la culla in grembo. Lontano dalla madre, dal padre, dalla camera che lui e Warren condividevano, la pena lo rode dentro, la tensione lo costringe a curvarsi. Lei gli accarezza la schiena e aspetta, ma le lacrime si rifiutano di scendere...

Il nevischio soffia dentro la grotta attraverso la fievole luce del mattino. Easley lo osserva depositarsi sui bordi del focolare in penombra e poi trasformarsi in poltiglia sulle pietre. Il ragazzo siede con le ginocchia alzate sotto il mento, lo sguardo perso nel grigiore. Quando si accorge che Easley è sveglio, gli rivolge un ampio sorriso.

«Sei il figlio di puttana più brutto che abbia mai visto.» Il ragazzo lo scruta attentamente socchiudendo le palpebre. «Fa molto male?»

Quando Easley si alza a sedere, il sangue pulsa mentre defluisce dalle tempie. Il dolore in bocca gli fa lacrimare gli occhi. «Non ho idea di cosa tu stia parlando.»

«Meglio dare un'occhiata. Vieni dove c'è più luce.»

Easley si adagia su una roccia e apre la bocca di pochi millimetri. Il ragazzo guarda dentro, la fronte corrugata, lo sguardo acuto e vivace. Posa le mani gelate sulla mascella di Easley, gli spalanca la bocca a forza, gli inclina la testa verso il cielo.

«È gonfia e arrossata. Ma i denti mi sembrano tutti uguali.»

«Quasi in fondo» gli indica Easley.

Il ragazzo infila le dita. Tasta alcuni denti prima di individuare il colpevole. Quando lo fa, Easley emette un gemito.

«Cariato, quasi sicuramente.» Il ragazzo torna a sedersi, asciugandosi la saliva di Easley dal davanti del giubbotto.

Non c'è bisogno di dirlo a parole. Non hanno farmaci. Nessuna attrezzatura medica, tranne il coltellino e lo Zippo. Nemmeno uno spazzolino pidocchioso.

«Dobbiamo farlo controllare» sentenzia infine il ragazzo.

«Controllare? Che diavolo significa?»

«Non lo so!» Il ragazzo incrocia le braccia sulla difensiva. «E dobbiamo estrarlo. C'è chi è morto per quella merda.»

«E come intendi farlo?»

Il ragazzo non risponde.

«Dobbiamo accendere il fuoco o avremo problemi ben peggiori di un maledetto dente. Dobbiamo mangiare» replica Easley. Poi, dopo aver riflettuto: «Forse hai ragione. Forse è il momento di discutere sul da farsi».

«Sul da farsi?»

«Non siamo costretti a morire qui.»

Il ragazzo si protende in avanti e accosta il viso a quello di Easley. «Non ci arrenderemo mai, se è quello che intendi. Hai idea di come i giapponesi trattano i prigionieri? Ci ammazzeranno dopo averci torturato per conoscere i nostri segreti. Nessuno lo saprà mai. Tutti ci credono già morti.» Il ragazzo indietreggia e calcia un sasso. «Il problema è che la tua sopportazione è giunta al limite. Sei venuto per scrivere un reportage e levarti dalle palle. Non hai... spirito di sacrificio.»

«Spirito di sacrificio?» L'indignazione di Easley è screditata dal suo ridicolo faccione. «I canadesi, gli australiani, *i neozelandesi* combattevano mentre voi cazzoni ve ne stavate a grattarvi le palle.»

«Forse è così. Ma tu cosa c'entri? Tu non sei qui per fare la guerra. Tu prendi appunti.»

Easley valuta la possibilità di erudire quel moccioso sugli eventi mondiali antecedenti l'attacco di Pearl Harbor. Pensa di raccontargli dei fiumi di sangue già versati e che continuano a scorrere in Europa. Medita di riferirgli ciò che non ha mai rivelato ad anima viva. Di come, nel 1939, si fosse presentato al distretto di reclutamento del reggimento British Columbia (i Fucilieri del duca di Connaught) solo per essere riformato a causa di un'ulcera non diagnosticata e di ciò che era stata valutata come aritmia cardiaca. Forse avrebbe dovuto dirgli di come, malgrado le proteste di Easley, suo fratello fosse stato subito arruolato nella Royal Canadian Air Force solo per finire inghiottito dal mare. Invece Easley scoppia in una sonora risata per l'assurdità di quei discorsi.

La discussione è un'iniezione di energia. Risveglia la vitalità. Gli fa dimenticare, per un istante, l'oscura discesa nel buio. Che blateri pure. Che il ragazzo dica la sua e sfoghi la rabbia a parole.

«Sai cosa? Io sono addestrato per combattere» dichiara il ragazzo. «Non faccio finta come te di prendere tutte le decisioni e di sapere cosa è meglio. Lascia la guerra a chi la sa fare.»

L'aviere scelto Karl Bitburg sembra un bambino con addosso i vestiti del padre. Un travestimento appeso a un fisico sparuto. Un sacco sporco e spigoloso: gomiti, spalle, ginocchia.

«Diciamo che ti tengo gli occhi addosso» dice Easley. «Ormai mi sono abituato alla compagnia.»

«Ah, sì?» Il ragazzo affonda i pugni nelle tasche. «Ti ho raccontato tutto di me. Ma mi piacerebbe sapere tu chi diavolo sei.»

Quanto tempo ci vuole a morire di fame o di assideramento? Easley immagina i due lavorare gomito a gomito per accelerare la fine. Sedici giorni alla macchia e si domanda se ancora gliene restano altrettanti. Sempre che riescano a evitare di essere scoperti. Sempre che restino uniti.

Easley fatica ad alzarsi, poi sente il terreno inclinarsi e ondeggiare sotto i piedi. Resta accovacciato fino a ritrovare l'equilibrio. Il ragazzo lo osserva con interesse, ma è impassibile e non gli offre sostegno.

Easley torna nel nido. Striscia nel paracadute e ascolta il nevischio tramutarsi in pioggia.

Il dolore sveglia Easley alcune ore dopo. La giornata volge ormai al termine e il vento scaraventa la rena all'interno della grotta. Si rotola sul fianco. Lentamente mette a fuoco il ragazzo, seduto più in basso. Karl si volta per guardarlo con aria distaccata e distante, poi rivolge lo sguardo alle ceneri e al ricordo del falò. Easley richiude gli occhi.

Il ragazzo lo riporta in sé dandogli un colpetto sul braccio. La notte è ormai inoltrata e il riflesso delle fiamme scintilla sulla volta della grotta.

«Forza» lo sprona, la sagoma che si staglia sulla luce ramata. «Riprenditi.»

Easley fa penzolare le gambe oltre il bordo del nido e guarda giù verso il fuoco. È come se gli avessero conficcato un chiodo nella mascella. Lo stomaco gli si torce per la fame. Poi sbatte le palpebre incredulo: pezzi di legname, un mucchietto di carbone, un libro aperto su una pietra? Easley fissa quel piccolo prodigio, poi guarda il ragazzo, che ritorna al falò.

«Chi cerca un carro, trova provviste... È tutto ciò che sono riuscito a sgraffignare prima che iniziassero a rastrellare la zona.» Il ragazzo si toglie il giubbotto e improvvisa un cuscino sul terreno. «Inginocchiati.»

Easley obbedisce e alza lo sguardo verso le guance chiazzate di carbone. La barba del ragazzo ora cresce rigogliosa. Ma no, non è ancora un uomo. Karl si avvicina, afferra il viso gonfio di Easley, gli apre la mascella con la forza.

«Girati verso il fuoco.»

Easley si volta come indicatogli. Il viso del ragazzo segue la rotazione del suo, gli guarda dentro la bocca, finché non sono in ginocchio entrambi. Una volta fatto voltare Easley verso il fuoco, il ragazzo si fruga nella tasca posteriore dei pantaloni ed estrae un paio di pinze untuose. Easley chiude gli occhi e apre la bocca più che può. Il ragazzo stringe l'utensile tra le mani annerite e lo avvicina al molare. Immobilizza la lingua di Easley con un dito sudicio e finalmente aggancia il problema.

«Sta' fermo» gli ordina rimettendosi in piedi. «Non voglio sentire piagnistei.»

Come un pesce attaccato all'amo, Easley lascia cadere le braccia lungo i fianchi per la mancanza di qualcosa in cui impegnarle. Con una mano il ragazzo serra il dente con le pinze, con l'altra spinge il mento di Easley verso il basso. «Al mio tre» dice. «Uno...» Poi dà uno strattone dosando bene la forza.

Easley urla mentre la radice comincia a cedere e si sposta in avanti di un pelo. Le lacrime gli rigano le guance. Il ragazzo divarica le gambe per fare leva. Richiude la pinza intorno al dente, stringe il mento di Easley e inizia a cantare.

So long, it's been good to know you
So long, it's been good to know you
So long, it's been good to know you
There's a mighty big war that's got to be won
And we'll get back together again.[1]

Poi tira, torce e canta, tutto allo stesso tempo. Il dente cede, la presa del ragazzo si allenta, e Easley si accascia a terra come se avesse preso una sbronza. Karl espone il dente insanguinato al fuoco per guardarlo meglio. Easley giace immobile, si tasta il buco con la lingua, il sangue che gli cola sul lato del viso e gronda sulle rocce luccicanti.

Quando infine si alza a sedere, il dolore è così lancinante da non permettergli di aprire gli occhi. Il sorriso del ragazzo scava due fossette mentre gli porge il premio insanguinato. Easley allunga la mano e tiene il dente nel palmo. Si guarda intorno: le pinze, il carbone, la legna, il libro a caratteri giapponesi, una matita giallo brillante, la carcassa di un gabbiano da spennare. Sopraffatto dall'am-

1 "Addio, è stato bello conoscerti / Addio, è stato bello conoscerti / Addio, è stato bello conoscerti / Una volta vinta questa guerra immensa / torneremo insieme."

mirazione e dalla gratitudine, prova a parlare ma il sangue e la saliva gli vanno di traverso e sputa, poi tossisce in faccia al ragazzo sorridente.

Karl si impietrisce. Si asciuga lentamente la guancia, si guarda la mano, infine ricade all'indietro, ridendo. Easley non è da meno.

Il sollievo delle risa è travolgente. Easley non riesce a guardarlo in faccia senza ricominciare. Attingono a quella vena comica finché dura, dopodiché il ragazzo si siede, raccoglie l'uccello, lo usa come un giocattolo: dispiega le sue ali in un saluto militare, gli fa ballare il cancan sulle zampe fredde e palmate. Finisce con un numero da ventriloquo, aprendo e chiudendogli il becco sulle note di Woody Guthrie.

I got to the camp and I learnt how to fight
Fascists in daytime, mosquitoes at night
I got my orders to cross the blue sea
So I waved "goodbye" to the girls I could see…[2]

Fuori, alla luce velata della luna, si lavano sangue, saliva e carbone da mani e viso. Easley si distende e immerge la mascella nel fiumiciattolo, facendo turbinare l'acqua glaciale sulla cavità vuota. Poi il ragazzo lo aiuta ad alzarsi e insieme tornano traballando alla grotta illuminata, il braccio dell'uno sulla spalla dell'altro, come marinai ubriachi di ritorno da una serata di bagordi.

2 "Sono arrivato al campo e ho imparato a combattere / i fascisti di giorno e le zanzare di notte / Mi hanno ordinato di attraversare il mare blu / così ho salutato le ragazze che vedevo."

6

Giù in cucina Helen trova il bollitore freddo, la sedia del padre – un mattiniero nato – accostata al tavolo. Helen si stringe nelle spalle e si siede per compilare una lista di domande da rivolgere a Ruth, domande che le sono venute in mente la sera prima, mentre si stava addormentando. Poi si accinge a preparare i pancake. Joe sentirà il profumo di burro caldo dalla padella e scenderà da basso. Mette a bollire l'acqua per il caffè. Ma a metà della preparazione della pastella, Helen si sente improvvisamente, incommensurabilmente sola. Spegne il fornello e si precipita su per le scale, chiamandolo a gran voce, lottando contro l'ondata di panico.

In fondo al corridoio, un nastro grigio di luce separa stipite e porta. Helen la spinge ed entra nella camera del padre.

«Papà!» grida ancora, ma le palpebre dell'uomo frullano appena. Respira, questo è certo. Com'è possibile che non si sia svegliato? Lo spinge sul fianco e si siede accanto a lui, si sforza di sollevarlo prendendolo per le spalle. La testa gli ricade in avanti, la schiena e le braccia inerti. Lo scuote con violenza.

Oddio.

L'uomo inspira profondamente ed espira a lungo. Si sforza di aprire le palpebre, ma il bianco degli occhi appare oleoso, dello stesso colore del grasso.

«Che?» È più un soffio che una parola.
«Cos'è successo?» gli chiede. «Cosa ti è preso? Perché non riesci a svegliarti?»
Un altro sospiro, e l'uomo si impegna per sollevarsi da solo. La testa gli ricade sulla spalla della figlia. Helen lo scuote di nuovo, sicché lui si drizza con uno scossone, si passa la mano sinistra sulle labbra e le guance irsute. Riesce a guardarla negli occhi.
«Sono stanco. Lasciami in pace.»
«Alzati.» Helen salta giù dal letto, gli solleva le ginocchia e gli ruota le gambe finché i suoi piedi non toccano il pavimento. «Alzati e cammina con me.»
«Perché piangi?»
«Perché mi hai fatto venire un infarto.» Strappa i pantaloni dalla sedia e glieli scaraventa in grembo. «Vestiti. Io chiamo un taxi.»
«Dove vai?»
Helen lo osserva ricomporsi con movimenti lenti, infilare le gambe nei pantaloni e cercare di tirarli su con l'unica mano buona. Helen perde la pazienza. Afferra la camicia e inizia a vestirlo.
«Ti porto in ospedale.»
Di nuovo, lui le dice che è stanco, nient'altro. Non c'è bisogno di chiamare la cavalleria. Ma la minaccia lo costringe a tornare in sé, a sedersi ben dritto come per andare al lavoro. Si passa le dita tra i capelli diradati.
«Prega con me» lo invita Helen. «Ave Maria, piena di grazia.» Lo convincerà a unirsi a lei, cercherà parole farfugliate o mancanti, frasi dimenticate. Proprio allora squilla il telefono.
«Datti una calmata, figliola. A volte mi sento stanco. Tra un paio di minuti mi rimetto in sesto.»
Helen si alza e si asciuga gli occhi.

«Renditi utile» la rimprovera. «Rispondi al telefono!»

Indietreggiando attraverso la porta, Helen esce, si volta e scende le scale a passo felpato. Non appena raggiunge l'ultimo gradino, si pente di averlo perduto di vista. Ma il telefono continua a trillare. Immagina di udire il tonfo di suo padre che crolla sul pavimento, ma sente solo lo squillo insistente e vigoroso del telefono.

Alza la cornetta e viene salutata dalla voce pacata e premurosa della madre di John, Margaret. Ma è subito ovvio che la donna non ha notizie da darle. Nella mente di Helen balena l'immagine della suocera che telefona in Aden Street, per scoprire che la linea è staccata. Margaret le chiede come va, per rompere il ghiaccio, Helen lo sa, prima di domandarle se ha avuto notizie di suo figlio.

Va di corsa, le spiega Helen, non ha tempo per parlare. Prima di riagganciare, riferisce brevemente dell'ictus, di aver lasciato la casa in affitto, e che stava cercando di impedire a suo padre di perdere conoscenza.

Helen riconosce l'espressione sul volto senza rughe del dottore: la sua pazienza è giunta al limite. Avrà forse quarantacinque anni, eppure tra i folti capelli tagliati alla perfezione compare solo una lieve traccia di argento. E calza lustre scarpe di coccodrillo. Helen ha l'impressione che non si sprechi troppo per salvare la vita ai pazienti. Alle sue numerose domande, l'uomo socchiude gli occhi e batte le palpebre come per decifrare l'inglese sgrammaticato di un'immigrata. Con la coda dell'occhio, Helen scorge il padre che sbuffa. Non vuole compassione.

«Purtroppo non ho la sfera di cristallo.»

«Lei non lo ha visto stamattina.»

«Ricapitoliamo» dice il dottore. «Non vedo sintomi di

un secondo ictus. È possibile, ma improbabile. Ha avuto difficoltà a svegliarsi stamani? È chiaro.»

«Immense difficoltà.»

«Che possono essere causate da moltissimi fattori. L'astenia è uno strascico frequente dell'ictus. E occasionalmente può riaffiorare.»

Joe si alza, offre la mano sinistra e, impacciato, stringe la destra del medico. Lo ringrazia per il suo tempo. Con quelle parole, gli uomini pongono fine alla conversazione.

«Muoio di fame» annuncia Joe. «Andiamo a mangiare un boccone.»

Helen indossa il cappotto, afferra la borsetta.

«L'incertezza è parte integrante dell'ictus.» Il dottore vuole tornare in buona con lei prima di congedarla. «Dovremmo considerarci fortunati. Data l'età, suo padre è in ottima salute, ictus a parte.»

Il pomeriggio successivo, un colpetto titubante alla porta d'ingresso annuncia l'arrivo di Margaret Easley. Appena ieri erano separate da trecento chilometri e dal confine canadese. Ora la suocera sistema da una parte i bagagli e l'ombrello, si sfila i guanti. Helen si protende verso di lei e con un abbraccio la accoglie all'interno.

Joe si alza e si scusa per non essersi preparato al suo arrivo. Margaret, dal canto suo, si scusa per la visita improvvisa, essendo saltata da Vancouver sul primo autobus diretto a sud quel mattino. Per escludere ulteriori imbarazzi, Margaret dichiara di aver prenotato in un albergo per la notte. Trovandosi in una grande casa vuota come quella, Joe non vuole sentir parlare di un tale spreco di denaro. La consuocera agita la mano e sorride garbatamente.

«Mi è parso di capire che vi servisse un paio di mani in

più» esclama Margaret. «Sono venuta per aiutarvi come posso. Non voglio essere di peso.»

Margaret e William Easley abitano in uno dei quartieri abbienti a ovest di Vancouver. Helen e John hanno vissuto con loro per dieci mesi dopo le nozze mentre lui cercava un impiego fisso. Il padre di John, un ingegnere, si trova a Ottawa, "momentaneamente" distaccato dal suo studio, e dalla sua famiglia, per volere del ministero della Difesa canadese. Margaret, come moltissime altre donne al mondo in quel momento storico, si ritrova sola.

Helen non ha bisogno di chiedere cosa passi per la testa a suo padre. Si è sempre considerato un paio di gradini sotto la "gente" di John nella scala sociale. Il fatto che fossero protestanti certo non ha aiutato. Inoltre c'era stata la questione del costo del matrimonio, che Joe aveva preteso di pagare per intero. Non sapendo come comportarsi, si alza e informa le donne che andrà in cucina a preparare il caffè. Si dice dispiaciuto di non avere tè, sapendo che è il preferito degli Easley. Una bevanda ignota al suo palato. Quello per lui è diventato un atto di accusa nei confronti dei canadesi tutti, un popolo che definisce «né carne né pesce... né noi, né loro».

Margaret ha sempre trattato Helen come una figlia e un'amica. Ha sempre dimostrato vivo interesse per i suoi progetti e le sue opinioni, sebbene spesso non faccia mistero di non capirli né condividerli. Tenta di supplire all'assenza di una madre o di sorelle nella vita di Helen tramandandole ricette di famiglia e rimedi casalinghi, il tesoro di esperienza e saggezza che è andato completamente sprecato con i due figli maschi. Le fa regali di natura personale, regali generalmente riservati a una figlia, compresa la fede di sua madre. E con il passare degli anni senza l'arrivo di nipoti, si è trattenuta dal mettere il dito nella piaga.

Molto più del marito, e anche di John, Margaret porta in volto il ricordo vivo di Warren. Le labbra carnose, gli occhi affossati e di un azzurro metallico; le manca soltanto la noncuranza ironica che era la prerogativa del figlio minore.

Warren sembrava baciato dalla fortuna. Non si era mai sposato: preferiva correre la cavallina. Prima della guerra, il posto di lavoro – come rappresentante di polpa di cellulosa per una ditta di legname – gli era praticamente caduto dal cielo. Si arricchiva vendendo bobine di carta calandrata ai giornali mentre John si impoveriva cercando di riempirle. Ed era un farfallone incorreggibile, che grazie al cielo si era ben guardato dal fare il cascamorto con Helen. Non aveva niente della serena spigliatezza di John. A giudizio di Helen, la bellezza aveva preservato Warren da un'ordinaria esistenza di delusioni. Ma la fortuna lo aveva piantato in asso sopra il Canale della Manica, mentre prestava servizio alla nazione.

Joe riappare, infilandosi la giacca, e annuncia che hanno giusto giusto terminato sia il caffè sia la cicoria, per non parlare del senso dell'ospitalità. Helen sa che non è del tutto vero, ma lo lascia andare comunque. Lui se la svigna dalla porta sul retro.

Helen ragguaglia la suocera sul malore di suo padre e sulla prognosi. È piacevole dare ordine a quella storia, riferirla a qualcuno che sa cosa significhi il paziente per lei. Qualcuno che abbia interesse a conoscerne l'esito. Margaret ascolta con attenzione, chiedendo alcuni chiarimenti, facendo cenni con partecipazione per l'ansia e le frustrazioni di Helen. Il che le porta inevitabilmente a parlare di John.

«Posso intuire cosa sia successo tra di voi,» afferma Margaret «da quel poco che mi aveva raccontato. Ma preferisco conoscere la tua versione dell'accaduto.»

Helen non è abituata alla presenza di un'altra donna in famiglia, disavvezza a condividere uno spazio che da lungo tempo appartiene solo a lei. E tuttavia, in tutto il mondo, la suocera occupa una posizione privilegiata nella meccanica interna del matrimonio. Margaret non ha mai cercato né contato su una tale prospettiva. All'inizio Helen si era scoperta a opporsi a quell'intrusione, ma poi era giunta a riconoscere di averne estremo bisogno.

«Gli ho detto che non volevo più stare da sola» confessa Helen. «L'ho posto di fronte a una scelta: me o il lavoro. E lui ha deciso.»

Helen racconta gli ultimi giorni insieme, il dolore e la confusione, il fatto che gli avesse detto di non disturbarsi a tornare se se ne fosse andato. Il fatto che lui fosse partito senza discutere, senza dire dov'era diretto, né quando intendeva tornare. Le confida la propria sofferenza, generata dal sapere che quelle sono state le ultime parole che gli ha detto, e la paura che la sua infantile tendenza a drammatizzare abbia messo in moto qualcosa che non può più essere fermato.

«È venuto da noi e si è trattenuto qualche giorno» spiega Margaret. «Ha detto che tu non lo capisci. Gli ho risposto che *nessuno* lo capisce. Lui ha ribattuto che non si capacita di come mai nessuno riesca a comprendere la sua idea di dovere. Io ho detto che tutti noi siamo abbastanza intelligenti da capire, ma che la nostra famiglia ha già saldato i conti. Che vogliamo saperlo a casa, al sicuro.»

«Sono certa che sia tornato in Alaska.»

«Sì, ma dove?» Margaret ha il vizio di toccarsi i capelli quando è nervosa. Il dolore e la preoccupazione degli ultimi anni hanno accelerato la loro tendenza a ingrigire. «Non ha scritto nemmeno a me. Non ci resta che aspettare.»

«*Aspettare...*» Helen riesce a sentire la propria disperazione. «Se lo pizzicano un'altra volta, potrebbero chiuderlo in prigione sino alla fine della guerra, o anche di più. In tal caso avrà bisogno di me. Se l'ha fatta franca, allora sarà in guai ben diversi. Non è un soldato. Se è stato catturato o si è perso, nessuno saprà nemmeno di doverlo cercare... Non riesco a stare ad aspettare, come te.»

Helen affonda il viso tra le mani, pentendosi di quell'infelice scelta di parole. A restituirle lo sguardo c'è una donna che ancora stenta a riprendersi dalla perdita del figlio minore, costernata dall'accelerazione del tempo, spaventata dallo spettro dei lutti che potrebbero arrivare.

«Non la prenderò come un'offesa, solo perché immagino che non intendessi metterla sul personale.»

«Scusami...» dice Helen. «Ma se non vado io a cercarlo, nessuno lo farà. Aspettare è proprio ciò che non intendo fare.»

«Restare qui, al sicuro, è l'unica cosa che vorrebbe da te. Cosa pensi di ottenere, esattamente?»

«Trovarlo. Riportarlo a casa. O, se mi sbaglio, scoprire cosa gli è successo.»

Margaret fissa il tappeto e annuisce. Si alza e si incammina verso la porta. Torna con una valigetta e la posa sul tavolino da caffè.

«Ha dimenticato alcuni oggetti. Ho cercato di stiparli tutti qua dentro. Magari tu riesci a capirci qualcosa.»

In cima c'è il vecchio giaccone a doppiopetto di John. Deve averlo reputato troppo leggero per la sua destinazione. Helen è colta alla sprovvista dalla reazione viscerale nel ritrovarselo fra le mani, una sensazione presto sommersa dal profumo del detersivo per il bucato della suocera. Sotto l'indumento, pagine scritte a mano e a macchina, ritagli di giornale e saggi di oceanografia, di storia naturale e sui viaggi di Vitus Bering. Riconosce all'istante appunti abbandonati sulla migrazione degli uccelli sul Pacifico per l'incarico autentico di John per conto del «National Geographic Magazine». Per lo più trova materiale di qualsiasi tipo sulle Aleutine. Fotografie degli indigeni e dei loro tradizionali cappelli di legno. Candide chiese ortodosse. Uomini che spingono barche da pesca tra i flutti.

«Naturalmente il fatto che se ne sia andato non ha niente a che vedere con te» afferma Margaret con convinzione. «È cambiato da quando Warren è morto. Siamo cambiati tutti da allora.»

Helen mette via i documenti.

«Nel '39, John aveva detto a Warren di non partire» prosegue Margaret. «Gli aveva detto che c'erano altri modi per contribuire da qui. Poi abbiamo perso Warren, e da un giorno all'altro John si è sentito *in dovere* di diventare un reporter di guerra... Ricordo la guerra scorsa. Mio fratello è caduto durante la battaglia della Somme. Ho chiesto a Warren di non andare in Inghilterra. E a John di non andare in Alaska. A loro padre di non andare a Ottawa. Nessuno mi ascolta.»

Margaret sprofonda nella poltrona preferita di Joe. Helen si sporge e inizia a scartabellare il materiale. Riesce quasi a udire la voce del marito.

Appunti scritti a mano: *Gli aleuti parlano russo e inglese, oltre alla loro lingua natia. Cultura tradizionale devastata dai mercanti di pellicce russi. Chiesa russa ortodossa ora al centro della loro vita.* Testo sottolineato dall'articolo di una rivista: *Gli aleuti di oggi abitano in case moderne. Pescano e allevano volpi per le pellicce. I prodotti aleuti tengono caldi gli indigeni di Manhattan.* Mezz'ora di studio basta a visionare tutto l'archivio e aggiunge poche informazioni alle ricerche che ha già condotto e a ciò che John le ha raccontato riguardo alle isole, tranne un dettaglio: *Aleut*, che significa "comunità", era il nome che fu dato loro dai russi. Tra di loro si definiscono *Unangan*, ossia "il popolo originario".

«Sei uguale a John» commenta finalmente Margaret. «Concentrata.» Solleva un articolo di giornale sul clima estremo delle Aleutine, intitolato *Dove nascono i venti*. Dopo una scorsa, frettolosa e turbata, Margaret posa il ritaglio sulla pila ordinata.

Così pochi abitanti, così lontano. Non si tratta di un anello di difesa di Londra, e nemmeno della costa dello Stretto di Puget. Le tornano in mente le parole di Tom Sorensen. L'anno passato, lo U.S. Army Corps of Engineers, il genio militare americano, ha spianato una strada attraverso l'Alaska tagliando le terre selvagge della Columbia Britannica e dello Yukon. Duemilasettecento chilometri in meno di sette mesi. Getterebbero alle ortiche tutta quella manodopera e tutto quel materiale bellico se non temessero un'invasione?

«Joe è seguito da un medico?» Margaret afferra la borsetta. «Non abbiamo molti agganci quaggiù, ma mi sono procurata il recapito di un cardiologo. Potrei farlo chiamare da un amico comune. Dicono sia il migliore sulla piazza.»

Helen alza lo sguardo. Si trattiene dal mettersi a saltare a quella offerta. Joe rincaserà a minuti. Può già vedere la mascella di suo padre contrarsi all'invito ad approfittare dell'occasione o del privilegio speciale derivante dal matrimonio "altolocato" della figlia. La questione dovrà essere affrontata con diplomazia, raggiri e il massimo tatto.

«So che la mia presenza mette a disagio tuo padre» dice Margaret. «Non mi tratterrò troppo. Ma il medico… Non c'è bisogno che lui lo sappia. E tu non devi preoccuparti della parcella.»

Tra gli appunti e i fascicoli di John, Helen non ha trovato indizi, ma ha ricevuto una rivelazione. Sino a quel momento ha trascurato forse la più grande fonte di informazioni sulla guerra nelle isole Aleutine.

L'indomani mattina, Helen telefona al Bureau of Indian Affairs, l'agenzia degli affari indiani. Il funzionario all'altro capo della linea è tutto fuorché disponibile a fornire dettagli sulla popolazione indigena del territorio, in particolare su quella originaria delle Aleutine. Quando Helen lo informa che sta cercando di localizzare un parente – la prima di una lunga serie di bugie – percepisce un lieve rasserenamento nel suo tono di voce, ma non apprende niente degno di nota.

Poi consulta l'elenco telefonico e scopre l'esistenza di un'unica chiesa russa ortodossa a Seattle, consacrata a san Nicola dei Miracoli. Le piace il suono di quel nome. La segretaria la informa che il sacerdote sarà fuori sino al fine settimana, ma le spiega che fa regolarmente visita a una famiglia aleuta in ospedale. Non sa come si chiamano, né quale sia l'ospedale, ma crede che siano ancora in città. Dopo otto telefonate, e l'aiuto di tre infermiere volontarie, finalmente Helen riesce a rintracciarli.

* * *

Un'infermiera di mezza età la conduce lungo corsie semilluminate con fermezza e precisione. Ha concesso un paio di minuti a quell'incarico e non vi dedicherà altro tempo. Di tanto in tanto si guarda indietro per controllare che Helen tenga il passo. Helen si sente quasi travolta dal pensiero che potrebbe essere in procinto di trovare notizie di John, come mai prima. Permette alla speranza di invaderle il petto e sprigionarsi in tutte le sue membra. Dopo due giri in ascensore e una maratona attraverso un dedalo di corridoi, si fermano davanti a una porta aperta.

«Eccoli qua» proclama l'infermiera. «Se avete bisogno, mi trovate alla scrivania in fondo alla corsia.»

All'interno, Helen trova ad attenderla un bambino di sette o otto anni e un uomo sulla quarantina. Hanno entrambi capelli e occhi scuri. Se li avesse incrociati per strada, non li avrebbe presi per indigeni. L'uomo appare debole e cinereo, il bambino ha un colorito più sano. Siedono a un tavolo sotto una finestra sul cui davanzale è poggiata una piccola croce russa a tre barre trasversali. Sul tavolo sono sparpagliate delle carte da gioco e un blocchetto segnapunti da *cribbage*. Sembrano in castigo, indecisi sul modo di comportarsi di fronte all'autorità.

Sulle otto isole abitate delle Aleutine vivono circa quattrocento persone. Durante la spedizione per il «National Geographic», John ha visitato due di quelle isole, Unalaska e Atka. Le probabilità sono scarse, ma magari quelle persone lo hanno visto o hanno sentito parlare di lui, o magari hanno un'idea di dove possa trovarsi.

«Mi chiamo Helen Easley.» Sorride e si fa avanti, offrendo la mano.

«Salve.» L'uomo le stringe la mano, ma non si alza. Il silenzio si protrae in maniera imbarazzante.

«Mi auguro di non avervi disturbato. Avrei alcune domande da porvi e speravo poteste aiutarmi.»

«L'infermiera ci ha detto che sarebbe arrivata. Cosa vuole sapere?» L'uomo parla con un dolce accento zoppicante che Helen non ha mai sentito prima.

«Sto cercando di scoprire qualcosa sulle isole Aleutine... Vorrei sapere cos'è successo dall'inizio della guerra.»

«Be'» l'uomo annuisce lentamente «lei sarebbe la prima.» L'uomo si rivolge al bambino parlando nella sua lingua natia. Ripone gli strumenti da gioco. Dopo un accesso di tosse, si presenta con il nome di Ilya Hopikoff e il bambino, Jesse, come Jesse James.

«Immagino sia dura lassù.» È l'unica frase che le viene in mente.

Ilya la fissa dal basso con occhi insondabili. Non le ha chiesto di accomodarsi e Helen si sentirebbe arrogante a prendere una sedia.

«I giapponesi hanno invaso Attu e Kiska» racconta l'uomo. «Questo a giugno. Alla fine di luglio, Zio Sam si è preso il resto.»

«Non credo di capire.»

«L'esercito ci ha circondati!» interviene il bambino. Il suo inglese è più scorrevole, più comprensibile di quello del padre. «Ci hanno fatti salire su una grossa nave. Non ci hanno nemmeno lasciato prendere le nostre cose.»

«Una borsa ciascuno» lo corregge Ilya. Fa cenno al figlio di proseguire.

«Hanno fatto salire tutti sulla nave senza dirci dove ci portavano. Poi hanno dato fuoco al villaggio. Lo hanno bruciato sotto i nostri occhi, per farci vedere. Non volevano che i musi gialli si insediassero e usassero le nostre case, così le hanno rase al suolo. Ci hanno dato il permesso di portare le barche da pesca, e allora le abbiamo legate insieme. Quando siamo usciti dalla baia, hanno gridato: "Tutti a terra!". Poi hanno sparato alle nostre barche con un mitragliatore. Fino a distruggerle. Ridevano come matti.»

Jesse si mette a costruire un castello di carte dove prima si trovava il blocchetto segnapunti. Ilya parla a lungo nella propria lingua, poi lascia che Jesse traduca la sua storia.

Gli abitanti di Attu, quarantadue anime in tutto, sono o morti o prigionieri dei giapponesi. Gli aleuti delle altre isole sono stati deportati in *Duration Camps* governativi, campi profughi, nel Sud-Est dell'Alaska, una regione infestata da insetti fastidiosi, puma e orsi, animali di cui avevano letto ma che non avevano mai visto. Lassù, gli alberi si ammassano a schermare il cielo, ti accerchiano, ti impediscono di vedere chi arriva o di interpretare la direzione del vento. Jesse ammette di avere paura delle foreste, non avendo esperienza con gli alberi. La sua gente è stata segregata in un ex conservificio di salmone nei dintorni di Sitka, in un edificio fatiscente che puzza ancora di pesce sventrato. Il governo fornisce cibo confezionato. Chi è in grado trova lavoro nei conservifici, a spazzare le carcasse. Alcuni trovano un impiego nelle segherie, dove tagliano a fette quei grossi alberi. Ma non hanno il permesso di cacciare o pescare per il proprio fabbisogno. Le decisioni vengono prese senza il loro benestare. E le persone si ammalano in quelle condizioni di sovraffollamento.

«Sappiamo che ci hanno accerchiati per salvarci dai giapponesi» dice Ilya come per fare l'arringa finale. «Ma ci hanno tolto i fucili. Ci hanno trattato da traditori. Ci hanno portato in un posto che non conoscevamo e ci hanno lasciati sotto la pioggia.»

Jesse spiega che sua madre è morta di tubercolosi lo scorso inverno, nel campo. Quando anche lui e suo padre si sono ammalati, il medico ha temuto che il morbo si diffondesse. Sono stati mandati a sud, a Seattle, ma è saltato fuori che avevano solo la polmonite. Lì stanno molto meglio e sono guariti quasi subito. Ci sono sempre troppi alberi, ma almeno c'è qualche spazio aperto dove passeggiare e respirare.

Il castello di carte è ormai alto tre piani. La mano di Jesse è sospesa, immobile, pronta a costruire il livello successivo, quando il bambino è scosso da un parossismo di tosse. Indietreggia e si copre la bocca, scongiurando il disastro.

Helen è ammutolita, non sa come reagire di fronte a una storia che gran parte degli americani troverebbe difficile da credere. Ma è convinta di avere stabilito un legame primordiale con i due. Sa cosa significa aver perso la madre. Cosa significa per il padre dover crescere un bambino da solo.

«Sapeva dei campi?» le domanda Ilya.

Helen scuote la testa. Ha letto ogni trafiletto che è riuscita a trovare sulla guerra in Alaska. L'invasione giapponese è stata solo accennata di sfuggita, le informazioni sul potenziamento della presenza militare americana sono limitate. Non ha mai trovato indicazioni sul destino del popolo aleuto. Stando ai giornali, le isole potrebbero tranquillamente essere disabitate.

«La gente di qui non ha mai sentito parlare di noi» prosegue Ilya. «Ho smesso di provare a spiegare. Vieni dalla chiesa?»

Helen scuote di nuovo la testa.

L'infermiera apre la porta, scruta nella stanza, poi sorride a Jesse. «Avete bisogno di qualcosa?»

Ilya fa cenno di no.

«Vi va un biscotto?» Squadra Helen da capo a piedi, evidentemente per capire quale sia la sua relazione con i due aleuti. «Vado a prenderli. Se avete un visitatore e volete latte e biscotti, chiedete pure. Torno subito.» Sorride ancora a Jesse, poi richiude la porta.

«Allora, cos'altro vuole sapere?» le chiede Ilya.

«Sono qui per mio marito» confessa infine Helen. «È

scomparso. Credo che sia tornato sulle Aleutine e speravo che l'aveste visto.»

Non appena quelle parole le escono dalla bocca, si vergogna di quella scommessa così azzardata. Fa appello all'ottimismo che la animava prima di entrare in quella stanza. «Un uomo bianco, alto, magro...» Ha il cuore in gola. «Da quale isola venite?»

«Atka. L'estate scorsa sono venuti due tizi a curiosare» spiega Jesse. «Hanno parlato con gli anziani.»

Ilya interrompe parlando nella sua lingua, poi il figlio continua.

«Il tizio alto ha cercato di far capire agli anziani che non siamo veri cristiani. Ci ha dato dei veneratori di idoli. Non sapeva un bel niente. Gli hanno proibito di tornare.»

«Ah, il Fanatico!» esclama Ilya. «È lui il tuo uomo?»

Helen scuote la testa. Ecco a cosa si è ridotta: a vagare nelle corsie di un ospedale, a vagliare indizi tra persone ammalate con già abbastanza problemi. Adesso le è chiaro che la ricerca è appena iniziata. Se mai avesse successo, deve imparare a ridimensionare le aspettative, a tenere al guinzaglio le emozioni.

«John Easley. È un giornalista. Stava lavorando a un reportage sulle Aleutine. Esplorava la zona, intervistando chiunque gli desse attenzione. Ora sta cercando di scrivere della guerra.»

Ilya scuote il capo. Tutto ciò gli giunge nuovo. Anche se ammette di essere stato via a pesca con il figlio e i fratelli per quasi tutta la primavera.

«Se è la guerra che gli interessa, sarà su Adak» spiega Ilya. «Lì, la Marina ha improvvisato un aeroporto in quattro e quattr'otto. Io non l'ho mai visto, ma dicono che è impressionante.»

La porta si spalanca e l'infermiera appare con una scatola di biscotti confezionati e un sorriso. Lo spostamento d'aria rade al suolo il castello di carte, e Jesse sbotta: «Cazzo!».

«Prego?» Il sorriso della donna è svanito. «Ti pare questo il modo di parlare, figliolo? Vado a prendere del sapone per lavarti la bocca.» Posa la scatola sul tavolo e un biscotto sfugge dalla confezione.

Ilya non bada né al cipiglio dell'infermiera né al figlio. Allunga una mano e recupera il biscotto allo zenzero caduto. Sentendosi ignorata, l'infermiera si volta di scatto e se ne va.

Ilya offre la scatola a Helen, poi si procura una penna. Capovolge il blocchetto segnapunti e scrive con cura, con precisione, poi lo spinge dall'altra parte del tavolo.

ILYA HOPIKOFF
ISOLA DI ATKA
TERRITORIO DELL'ALASKA, U.S.A.

«Sarà di nuovo vero quando sgomineremo i giapponesi» dice Ilya. Parla con il figlio nella sua lingua, poi Jesse traduce per Helen. «Quando troverà suo marito, gli dica di mandarci il suo articolo.»

Lei consegna il suo biglietto in cambio.

Jesse si schiera timidamente al fianco di Helen e rivede la calligrafia incerta del padre. Si accosta a lei, le cinge la spalla con un braccio, come se la conoscesse da una vita. Poi raccoglie la penna e aggiunge «e Jesse» accanto al nome del padre, ammirando la correzione.

Il mattino successivo, Helen si incontra con Margaret per colazione in un albergo del centro. Hanno poco più di un'ora prima che l'autobus la riporti a Vancouver. Una volta accomodatesi e ordinato del pane tostato, Margaret ha un annuncio da fare. Ha cercato di reprimere quell'impulso negli ultimi giorni, ma adesso si sente obbligata a dire cosa pensa.

È davvero commossa dalla determinazione di Helen a ritrovare John. Anche lei è convinta che sia ancora vivo. Ma se conosce suo figlio, non c'è niente che Helen possa fare per lui, niente che lui non sia già in grado di fare da solo. Metterebbe solo a repentaglio la propria vita. John avrà bisogno di lei quando tornerà. E, come madre, Margaret non può andarsene senza ricordarle un fatto di cui Helen dovrebbe già essere al corrente, un fatto che va oltre ogni dubbio: succeda quel che succeda, Joe non chiederà mai aiuto.

Helen ringrazia la suocera per avere affrontato quel lungo viaggio, per avere condiviso i suoi pensieri e timori, per avere preso appuntamento con il medico, per i rischi che si è assunta parlando con schiettezza. Helen non ha il cuore di ribattere né di difendere i propri piani a spada tratta. Non può convincere Margaret a pensarla come lei. Invece prova rispetto e amore per la madre di suo marito. Insieme a un filo di compassione.

7

L'inconfondibile ronzio di un PBY Catalina li attira fuori dalla grotta. L'idrovolante americano è isolato, ad alta quota, il pilota che lancia lunghe occhiate in basso attraverso le brecce tra le nubi. Easley e il ragazzo incespicano in fondo al burrone, chiudendo le mani a coppa intorno agli occhi, simulando un binocolo con i pugni chiusi. I capelli incollati alla testa, un lucore oleoso su faccia e collo. Le divise annerite da sudore, carbone, sangue. Il resto delle loro uniformi, un tempo del colore prevalente del territorio, adesso è una parte di esso. Se anche li avvistassero, pensa Easley, sicuramente avrebbero l'aspetto di due eremiti pazzi relegati ai confini del mondo.

Quando lo individuano, il velivolo è quasi sparito. Solo l'eco rimane. Non passa molto che si perde del tutto nello stormire del vento e delle onde.

Non piove da due giorni. La coltre di nubi è alta, il vento sopportabile dopo avere imperversato sull'isola con tale violenza da rendere quasi impossibile resistergli. Easley si rende conto che su Attu il clima non è mai stato così arido.

Con la lingua esplora il buco tra i denti. Sono passati quattro giorni dall'estrazione. Il foro, ben rimarginato, non fa più male ma è ancora tenero e difficile da tenere pulito. Dopo aver mangiato, Easley vi fa scorrere la punta della lingua, poi risale al fiumiciattolo per fare i gargarismi. Il ragazzo lo controlla tutti i giorni. Non sembra infetto.

«Vado a fare due passi» annuncia Easley.

«Tu prendi la strada alta, io quella bassa, e faremo a chi arriva prima a Galveston.»

Easley si volta e si incammina a sud lungo la spiaggia, lontano dalla grotta. Il ragazzo marcia in solitudine verso nord.

La regola concordata di non uscire nelle giornate di buona visibilità è rispettata più in teoria che in pratica. Corrono rischi che tre settimane prima non si sarebbero nemmeno sognati. Allora, Easley sentiva un buco alla bocca dello stomaco tutte le volte che c'era da prendere una decisione. Ora, decidere tra la vita e la morte è diventata un'abitudine. La morte stessa non è più un'astrazione ma una compagna, malvoluta e paziente.

Ogni tanto si separano per dirigersi verso direzioni opposte. Sebbene lo facciano per ragioni pratiche – come cercare legna, ormai praticamente introvabile, cacciare uccelli e raccogliere cozze – è anche un'occasione per stare da soli. Anche se visitano lo stesso tratto di terra arida e di mare, trovano lo spazio per riflessioni intime senza l'intrusione o la collusione delle opinioni altrui. È lì che Easley dà libero sfogo alla nostalgia per Helen, al dolore per la morte del fratello. Ai rimpianti che altrimenti si terrebbe dentro. L'ultima volta, lui e il ragazzo sono riusciti ad animare una conversazione per un'ora piena. Ma adesso nutre sentimenti contrastanti riguardo all'opportunità di quelle spedizioni in solitaria. D'un tratto gli pare di non riuscire più ad affrontare il proprio io. Raccoglie un sasso, si volta e lo lancia verso il ragazzo. Ottenuta la sua attenzione, gli fa cenno di raggiungerlo.

Dalla notte dell'estrazione del molare hanno fatto altre due incursioni al villaggio occupato. I soldati a guardia dei cannoni contraerei sprecano ore e ore a rimirare il cielo e a scrutare l'orizzonte oltre il porto. Si aspettano che i guai giungano da molto lontano: nella forma di un raid aereo, o di un ordigno sparato dal ponte di una nave da guerra. L'ultima pattuglia di ricognizione che Easley ha visto è passata tre giorni prima. Dal modo in cui cantavano e si spintonavano l'un l'altro, quei soldati sembravano più intenti a sgranchirsi le gambe che a snidare prigionieri di guerra. Tuttavia Easley è rimasto estasiato dalla spavalderia del ragazzo, che ha camminato fino a un edificio senza la protezione della nebbia o della notte per spiare dalle finestre. È così che Karl ha trovato le pinze, il libro e – cosa di vitale importanza – il carbone. Si convincono a tornare al villaggio quella sera stessa.

Il deposito di carbone si trova in una vecchia rimessa per le barche nei pressi del porto. Da lì, il carbone viene trasportato a carriola su stretti binari di legno fino agli edifici e alle tende. I giapponesi sono convinti che l'isola appartenga loro, non reputano necessario mettere sotto chiave le risorse. All'interno si intravedono due badili, un martello e alcune lattine vuote. Questa volta scoprono una scarpa tutta sola su una mensola sopra il carbone. È piccina, sembra fatta per il piede di una donna o di un bambino. Una volta entrati nella piccola rimessa buia, Easley si accorge che quella è la primissima volta che si trova in un edificio da quando è uscito dall'hangar su Adak. Il ragazzo prende posizione all'esterno, per fare la guardia, accovacciandosi accanto alla porta dietro una carriola.

Easley riempie la sacca con pepite di carbone. Mentre scompare nella tela, il carbone produce un suono cavo, ceramico. Riempie la sacca finché non è colma, poi lo passa al ragazzo, che lo afferra per il polso.

Qualcuno sta camminando a passo veloce sulle assi all'esterno. È la sentinella che sta andando a dare l'allarme? Il cuore di Easley batte così forte che inizia a chiedersi se sia udibile attraverso le pareti della rimessa. Poi, in concomitanza con lo scemare dei passi, l'uomo inizia a cantare: un'arietta giapponese che rapidamente si disperde nel vento.

Il ragazzo allenta la presa e mormora: «Cazzo, cazzo, cazzo».

Easley scuote la testa. Afferra la sacca vuota, poi riempie anche quella.

Rientrati nella grotta, si riscaldano al falò e festeggiano la fantastica riuscita della missione. Si meravigliano della loro vicinanza al soldato giapponese, che non aveva il minimo sentore della loro presenza. Karl ne imita la canzone. È convinto che sarà l'arroganza a portare il nemico alla disfatta, per non parlare del fatto universalmente risaputo che i giapponesi sono quasi ciechi a causa degli occhi a mandorla.

* * *

Il carbone è durato tre notti. C'è forse abbastanza combustibile per una quarta, ma non di più. Aspetteranno il calare della nebbia prima di arrischiarsi a tornare al villaggio. E una volta vicini alla meta, attenderanno che sia notte. Easley si domanda: e se i giapponesi hanno notato le loro razzie e hanno presidiato la rimessa? O se il deposito vicino al porto fosse esaurito e mai più rifornito? Hanno ormai depredato la spiaggia di tutta la legna trasportata dal mare, ramoscelli e sterpi.

Easley balza rifuggendo dalle onde che lambiscono il bagnasciuga e scruta attraverso la schiuma in cerca di qualcosa di commestibile. Dopo un'ora e mezza di vane ricerche, finalmente intravede qualcosa che rotola tra i flutti più avanti sulla spiaggia. È interamente avviluppato dalle alghe e produce un *clink clink* insistente al ritmo del rollio delle onde. Allunga il passo.

Una bottiglia rotola avanti e indietro in un nido di alghe. Vetro trasparente, con un tappo di sughero e un cappuccio di metallo, piena fino a un terzo di un liquido torbido. Easley la ripulisce dalla sabbia e la solleva contro il cielo. Quando la afferra per il collo, scopre che gli tremano le mani. Un'azione così ordinaria – come quella di stappare una bottiglia – scatena un inatteso tremore di sollievo. Si porta la bottiglia al naso e inspira. Non riconoscendone l'aroma delicato, la avvicina alle labbra per berne un sorso. Pungente, per nulla rancida. Un sorprendente retrogusto di menta. Poi la vampata. Lancia un «Ah!» soddisfatto. Il cappuccio riporta una minuscola scritta in cirillico sul bordo. Non ci sono altri segni identificativi. Vodka. Vodka russa.

Incamminandosi verso la grotta, Easley pensa al pescatore siberiano che si accinge a pranzare sul ponte della barca, occhieggiando il tesoro che serba da quel mattino, quando è salpato. Immagina l'uomo che afferra la bottiglia, posata sulla falchetta, le dita scivolose per il formaggio e l'olio sul pesce affumicato. Magari avrà imprecato quando è rotolata cadendo fuori bordo, balzando fuori dalla superficie sotto i gabbiani che volavano in cerchio. Magari l'avrà persino seguita con lo sguardo mentre si allontanava galleggiando nella scia schiumosa della barca.

Quella sera il tesoro sarà tutto per loro. Easley lo condividerà con il ragazzo insieme al calore del fuoco. Una volta finita la vodka, useranno la bottiglia per contenere l'acqua in modo da non dover salire al ruscello ogni volta che hanno sete. Renderà la loro vita leggermente più facile. Con la grotta, e il carbone, hanno guadagnato un po' di tempo. Il vento è calato, e non fa più freddissimo. Per un istante, sembra possibile ringraziare la sorte, accorgersi di essere sfuggiti alla cattura per quasi un mese, credere nella possibilità di sopravvivere. Easley riflette su tutto ciò mentre aggira il promontorio e si dirige giù per il burrone, verso la grotta.

Non è una frattura lieve, l'osso sembra spezzato. Se applica una leggera pressione sul collo del piede, appare un bitorzolo su ciò che dovrebbe essere il lato frontale dello stinco. Spicca la punta di un osso, che colora la pelle di rosa, poi di bianco per la pressione. Il ragazzo geme quando Easley lo tocca, si copre gli occhi per nascondere le lacrime. Anche le mani e il ginocchio sono feriti e sanguinanti. Racconta di avere strisciato e camminato carponi per tornare alla grotta, la mente obnubilata dal dolore. Easley gli toglie il giubbotto e glielo mette sotto la testa, poi lo aiuta a distendersi, sollevando la gamba rotta più in alto rispetto al cuore; cerca di farlo stare più comodo possibile. Il ragazzo continua a chiedere scusa.

Le pulcinelle di mare sono arrivate a frotte. Alcune hanno già iniziato a fare il nido nelle fenditure di una scogliera vicina. Benché probabilmente sia ancora presto – e impossibile da dire da terra – il ragazzo si è chiesto se alcune non avessero già deposto le uova.

Si è avvicinato a una colonia nutrita sugli scogli a un'estremità della spiaggia. Gran parte dei nidi era troppo in alto, impossibile da raggiungere, a eccezione di uno su una minuscola sporgenza a circa dieci metri da terra. Si è arrampicato per dare un'occhiata. Mentre si avvicinava, gli uccelli hanno fatto un baccano tremendo. Un buon segno. Quando infine ha raggiunto il nido, lo ha trovato vuoto. Ma gli sono apparse le tracce di un secondo nido, ancora più in alto. Ha meditato di tentare la scalata, poi ci ha ripensato, e ha deciso di scendere. Ma subito uno scivolone ha annientato tutta la sua fiducia, instillandogli un forte tremore. Si è fermato, provando a raccogliere il coraggio. Ha cercato tentoni un modo per discendere – infilando le dita nelle crepe, abbracciando la parete rocciosa – ma con lo scarpone non riusciva a trovare appigli. È rimasto lì aggrappato, sospeso per quella che gli è parsa un'eternità, osservando il luogo in cui si trovava, interrogandosi su cosa lo avesse spinto lassù, in quel pasticcio. E gli uccelli continuavano a protestare e a tormentarlo. È giunto alla conclusione di avere più probabilità di farcela scegliendo il momento giusto e il luogo di atterraggio. Alla fine si è lasciato andare. L'osso si è spezzato all'impatto, inondando il cervello di luce accecante.

Il costante e ritmico gocciolio dell'acqua è come amplificato.

Il primo istinto di Easley è di prenderlo a scappellotti. Come ha potuto essere così sciocco? Ma il ragazzo è cinereo per lo spavento. Easley lo solleva tra le braccia. Si allontana cautamente dal cerchio annerito del focolare, adagiandolo sul nido. Poi lo copre con i paracadute e gli puntella la gamba con delicatezza. Scioglie i lacci dello scarpone di Karl, ma non lo sfila. Lo aiuterà a trattenere il calore corporeo. Di nuovo passa la mano sullo stinco nel punto in cui l'osso minaccia di uscire. Poi abbassa la gamba del pantalone per non dover vedere.

«Ora preparo il fuoco» dice Easley. «Poi vado a cercare una stecca.»

«Ci ammazzeranno tutti e due se ti arrendi.»

«Arrendersi? Chi ha parlato di "arrendersi"?»

«Siediti accanto a me un momento. Parlami.»

Easley squadra attentamente il ragazzo. Le strisciate scure e livide nell'incavo degli occhi, la pelle smorta e untuosa.

«Lasciami accendere il fuoco.»

Tornato al focolare, Easley raduna un mucchietto di carbone, erba secca e fuscelli. Regge l'accendino in posizione. Tre sfregamenti della rotella zigrinata e la fiamma non si accende. Il quarto tentativo è quello buono. L'erba prende fuoco e Easley nutre le fiammelle adagiando altri steli in cima alla fonte di luce e calore. Le fiammelle discendono lungo i fili d'erba e si insinuano sotto i rametti, e finalmente anche il carbone è acceso. Per il momento, ignorano il fatto che probabilmente l'accendino ha funzionato per l'ultima volta. Easley sistema altro carbone intorno al fuocherello finché non brucia da solo. È allora che si ricorda della vodka. Tira fuori la bottiglia dalla tasca e si inerpica verso il ragazzo.

«Guarda cosa ho trovato. Non è whiskey, ma ti farà comunque sentire meglio.» Stappa la bottiglia e la porge a Karl, che prima si pulisce la bocca con il dorso della mano. Dopo un assaggio esitante, la inclina verso l'alto.

«Quando ti sentirai più caldo e comodo, vado a cercare qualcosa per steccarla. Poi ti sistemerò la gamba e...»

«Siediti qui con me.»

Easley fa come chiede.

«Sono stanco. Vorrei solo dormire, ma ho troppo freddo. E paura.»

«Karl.»

«Non sono mai stato un vero cristiano.» Gli occhi del ragazzo, lucidi e iniettati di sangue. «Sai, un vero credente. Non biasimerei il Signore se non credesse in me.»

Il ragazzo affonda le nocche negli occhi mentre Easley continua a osservarlo, costernato per la propria impotenza.

«Non sei solo» replica Easley.

Indica il liquore. Il ragazzo se lo scola e scaraventa via la bottiglia vuota.

All'improvviso Easley si rende consapevole di due cose: che il ragazzo sta ancora precipitando, e che farà tutto il possibile per acchiapparlo. Sa anche che non si tratta di una dedizione sentimentale o incondizionata: è istinto di autoconservazione. Non farebbe differenza se la gamba spezzata e inutile fosse la sua, suo lo spirito annebbiato e barcollante.

«Ci restano ancora poche ore di luce» dice Easley. «Prima vado a cercare qualcosa con cui steccarti quella gambaccia disgustosa. Poi vado a racimolare un paio di "munizioni per lo stomaco".» È così che ultimamente chiamano le cozze.

Easley corre lungo la spiaggia nella luce morente, sforzandosi di vedere più avanti lungo la costa. È il bisogno di oggetti così semplici come quello – un bastone lungo e dritto – a evocare in lui un odio viscerale per quell'isola. Supera il posto dove ha trovato la bottiglia di vodka. La giornata è ormai alla fine e fare una capatina al villaggio è troppo rischioso. Quando raggiunge la scogliera in fondo alla spiaggia, Easley sente le lacrime salire agli occhi, il peso di avere abbandonato il ragazzo. E poi gli torna in mente il palo.

Mantiene un passo veloce. Raggiunge il posto giusto mentre il sole del tramonto fa capolino da uno strappo fra le nubi, illuminando la volta del cielo. Poiché la spiaggia è rivolta a est, non riesce a vedere direttamente l'astro, ma solo il suo magnifico effetto sulla giornata rimasta. Accende sfumature di rame e rosa così radiose da indurlo a fermarsi. Immagina quella luce riempirgli i polmoni. Assorbe tutta la bellezza e la luce per il ragazzo. Se necessario, le tratterrà fino al ritorno alla grotta e gliele soffierà dritte in faccia.

Avevano ipotizzato che quel palo solitario segnasse una tomba o un luogo di culto pagano. Avevano stabilito insieme di rispettarlo. Ora, Easley si inginocchia e lo stringe fra le mani. È grosso quasi quanto la caviglia del ragazzo. Lo afferra alla base e tira con tutte le sue forze. Si sradica dal terreno e Easley ricade all'indietro su un ciuffo di sedano selvatico. Si alza a fatica, ispeziona il legno e scopre che è marcio. Per controllarne l'integrità, lo accosta contro il ginocchio piegato: si sbriciola in frammenti inservibili.

Easley getta via il palo e affonda il viso tra le mani. Gironzola lì intorno in preda a un accesso di rabbia e batte l'alluce contro una catasta di sassi. Impreca contro il cielo soffuso di rosa, poi scruta l'orizzonte per vedere se qualcuno lo ha sentito. Retrocede dal palo rotto, dalla catasta di pietre, dall'erba amara. Si ritrascina verso la grotta.

Lo squarcio tra le nuvole si espande, permettendo alle stelle di fare capolino. Sono l'unica fonte di luce per i passi di Easley. Sceglie la strada per discendere nel burrone e attraverso gli scogli a tentoni e a memoria; così come si muoverebbe nel cuore della notte nella casa in cui è nato, o in quella in Aden Street. Dentro la grotta, perdura solo un debolissimo bagliore intorno alla cenere e alla brace. Easley chiama il ragazzo, ma non riceve risposta. In assenza di luce, avanza tastoni verso il nido. Trasalisce quando la sua mano incontra la spalla del ragazzo.

«Ehi, amico.» Si accovaccia.

Tutto è tenebra. Easley tocca di nuovo la spalla del ragazzo. Nessuna risposta.

«Non sono riuscito a trovare una stecca, ma domattina ne troverò una.»

La testa del ragazzo rotola in avanti.

«Karl.»

Easley avvicina l'orecchio al naso del ragazzo per capire se respira. Gli tasta il collo. Freddo... e immobile, nessun battito.

«Karl.»

Easley afferra la mano del ragazzo e ritrae le dita intrise di una sostanza appiccicosa. Se le porta al naso, poi alla lingua.

«*Cosa...*»

Easley individua il polso, poi la ferita aperta. Emette un forte lamento. Cerca l'altro braccio e trova una ferita identica. Fruga con la mano dentro il giubbotto del ragazzo e sotto la camicia. Trova altra immobilità.

Easley culla la testa e le spalle di Karl fra le braccia. Dondola avanti e indietro, e piange la perdita di un amico a cui non ha mai concesso di conoscerlo a fondo. Piange per non essere riuscito a trovare una stecca in tempo e per l'errore di averlo lasciato da solo. Piange come non ha mai fatto prima. Piange di paura, non della morte in sé ma dell'attesa che ora deve affrontare da solo.

* * *

Easley ripiega ciascun indumento sudicio tolto dal cadavere, lasciandolo per rispetto con i mutandoni di lana addosso. La luce soffusa di mezzogiorno penetra nella grotta fino alla pelle gelida e cerea. Un accenno di giada là dove un tempo scorrevano le vene. L'effetto generale è quello del marmo. Easley solleva la testa dal compito che si accinge a svolgere per osservare gli uccelli che spuntano dalla bruma. La nebbia sottile leviga ogni linea retta e spigolo vivo.

L'attesa del colpo di scena è finita. L'adrenalina ha ceduto il passo a una spossatezza nervosa e inquieta che si concluderebbe solo con un buon pasto e un sonno lungo diversi giorni.

I pantaloni macchiati di sangue, la camicia e la canottiera ripiegati e impilati, quasi pronti per essere riposti. I calzini appesi sul bordo del focolare, gli scarponi accoppiati accanto al carbone. Dovrò indossarli al più presto, pensa Easley, per evitare di impazzire alla loro vista. Deve appropriarsene.

Dice al ragazzo che sentirà la sua mancanza, che farà buon uso dei suoi effetti. Un giorno, giura Easley, andrà in Texas. Chiede al ragazzo di perdonarlo, se può. Di mettere una parolina buona per lui con quelli di lassù, sempre che Helen abbia ragione e il paradiso esista.

Non perseguitarmi, amico mio. Lasciami in pace, se puoi.

Easley scruta le colline, il cielo, il mare. Non scorgendo nemici, trasporta il fardello verso la spiaggia. Depone la salma del ragazzo su un letto di segale appiattita. Si toglie gli scarponi, i calzini e i pantaloni, poi solleva di nuovo il corpo di Karl.

I flutti – che gli spintonano le gambe – sono così gelidi da bruciare. La corrente li risucchierà entrambi in alto mare. Easley avanza a guado finché l'acqua non gli arriva alla cinta, poi volta le spalle a un'onda più violenta. Una volta passata, bacia la fronte del ragazzo e si dirige verso il mare aperto. Mentre il cavallone si indebolisce e si tramuta in risacca, abbandona il corpo alla schiuma. Il corpo fluttua pesantemente verso l'onda successiva, poi torna rotolando quando quella si infrange. Easley continua a guardare finché le sue gambe non chiedono pietà ed è costretto a tornare sulla terraferma.

Si asciuga e si riveste, senza mai cedere all'istinto di voltarsi. Solo quando ha allacciato gli scarponi e chiuso la cerniera del giubbotto si concede un ultimo sguardo.

I piro-piro e i pivieri zampettano sul bagnasciuga, lanciandogli rapide occhiate di stupore. Cerca in lungo e in largo, ma il ragazzo è già scomparso.

8

Si sveglia di soprassalto. Helen si è addormentata con estrema facilità dopo cena, appisolandosi al rumore della pioggia scrosciante che frustava i vetri delle finestre e scorreva nelle grondaie sul tetto. Sono passate solo due ore. Ha i muscoli tesi, la pelle rorida di sudore. Fa dondolare la gamba oltre il bordo del letto, si alza, cercando di orientarsi.

Non vista, si ferma in cima alle scale, da dove ha una visuale completa del salotto. Benché sia tardi, la luce è ancora accesa. Suo padre siede al piccolo tavolo da gioco, le spalle ricurve, lo spazio per gli altri tre giocatori che mancano. La mano buona esegue gesti attenti e ritmici nel disporre le carte. La base per un solitario si spande tra una bottiglia di rum e un bicchiere quasi vuoto. Ignaro della presenza della figlia, Joe ispeziona le carte scoperte. Beve un altro sorso, il ghiaccio che tintinna contro il vetro. Lo sistema sul sottobicchiere e poggia la fronte sulla mano.

Joe è un bevitore abituale, ma non esagera mai. Si farà due cicchetti prima di andare a letto. Secondo Helen non c'è niente di male, e comunque non lo ha mai visto ubriaco. È alla stessa stregua del baseball, dei programmi alla radio, o della messa la domenica mattina. Un po' di conforto in un mondo che sembra destinato a negarlo.

Capovolge le carte, tre alla volta.

Da quando si è ritrasferita lì, Helen non ha trascorso troppo tempo con lui, come intendeva fare, come si era imposta di fare. In compenso ha continuato a illuderlo, a raccontargli che usciva in cerca di lavoro quando invece si preparava alla partenza. E adesso prova una forte ondata di tenerezza, guardando dall'alto il suo protettore seminfermo, il suo primo amore, il suo più vecchio e fedele amico. Afferra il corrimano, un lieve scricchiolio proviene dall'antico pavimento in legno di abete. Joe alza lo sguardo e la vede, lassù in piedi. Si passa le dita tra i capelli ormai radi.

«Tesoro, che succede?»

Helen non sa da dove cominciare.

«Vieni giù» la invita, cercando un'altra sedia con lo sguardo. Ne individua una chiusa e appoggiata alla parete accanto alla libreria. Per poco non inciampa nella foga di andarla a prendere.

Helen scende le scale e reprime l'impulso di aiutarlo mentre lui scuote la sedia per aprirla. Poi dà due colpetti sulla seduta. Lei si impossessa della sedia, insieme al bicchiere del padre.

«Ti spiace se bevo un goccio?»

«Ti prendo un bicchiere pulito.» Fa per alzarsi, ma Helen lo agguanta per la manica.

«Mi basta un sorso dal tuo.»

Joe manda a monte il solitario, sparpaglia le carte sul tavolo anziché mischiarle, poi – con una sola mano – le distribuisce per una partita a Crazy Eights. Helen si versa due dita di rum sopra i cubetti di ghiaccio. Un sorso, e l'alcol le infiamma la gola.

L'ictus, le hanno detto, può essere provocato o da un'occlusione del flusso sanguigno al cervello, o dall'evento contrario, ossia da un'emorragia cerebrale. Dall'aridità o da un'inondazione. Non si sa cosa sia avvenuto nella testa di suo padre. Se da un lato il recupero della facoltà di linguaggio è stato rapido, dall'altro lato il braccio è stato una storia diversa. Durante la prima settimana i progressi sono stati lenti, ma adesso sono cessati del tutto. Helen ha perso ogni speranza che suo padre torni mai a usare la mano destra. Helen raccoglie la sua mano di carte. Lui tira le sue sette fino al bordo del tavolo, le raccoglie, quindi cerca di disporle a ventaglio. Un tre di fiori sfugge e cade a faccia insù. Allunga la mano verso il basso, recupera la carta caduta e cerca nuovamente di ridisporle, soffocando intanto le imprecazioni che, Helen lo sa, trattiene a denti stretti.

«Come va la ricerca del lavoro?»

«A dire il vero era proprio di questo che volevo parlarti.» È il momento. Non vuole più ingannarlo.

«Molto bene» esclama lui. «Ma prima, pensavo… di chiarire la situazione.»

Indica il mazzo degli scarti. Helen può proseguire con la farsa della partita a carte.

«Tesoro mio, sai che non sono un uomo raffinato. Ma ho vissuto una vita felice. Se ho qualche rimpianto, è solo perché mi sono lasciato dissuadere da ciò che sentivo di dover fare.»

«Papà, devo dirti una cosa.»

«Anche con i tuoi fratelli. Non mi pento di come li ho cresciuti. Tua madre pensava che fossi troppo duro con loro. Sì, ero duro, ma anche imparziale. Forse troppo svelto a punire o rimproverare. Ma guardali ora: sono uomini forti, di successo. A loro non piaccio granché, ma credo che sia lo scotto che devo pagare.»

«Vedo quanto soffri» continua Joe «a non sapere dove si trova John. Se sta bene. So anche che vorresti andare a cercarlo. E non mi pare una buona idea.»

La fissa dritto negli occhi con quella espressione di insindacabilità che, crescendo, Helen ha imparato a temere. «Ma tutto questo non conta» prosegue lui. «Se *tu* pensi di dover andare, allora fallo. Quello che *io* devo evitare è permetterti di sprecare la tua vita a gironzolare per casa in attesa che la mia si spenga.»

L'uomo seduto davanti a lei ha ancora l'aspetto di suo padre, ma adesso Helen si domanda se l'ictus non abbia compromesso anche la sua capacità di giudizio.

«Ci sono tante cose che non sai.»

Joe sghignazza. «Dimmene una.»

«Ho trovato un modo per andare lassù. Un modo *sicuro*, con l'esercito, che mi porterà vicina ai posti dove probabilmente si trova John. Ti prego, stammi a sentire prima di aprire bocca.» Helen alza la mano. Deve giocarsela con attenzione. «Mi hanno offerto l'occasione di partecipare a uno spettacolo itinerante. Mi ha raccomandato Ruth. Ha sfruttato tutti i suoi agganci. Si tratta di un'unità chiamata USO.»

«USO...»

La United Service Organizations, spiega, citando a memoria l'opuscolo che le ha passato Ruth. Le associazioni cattoliche ed ebree, l'Esercito della Salvezza, avevano fatto fronte comune per portare sollievo alle truppe sotto forma di spettacoli teatrali, canzoni e balletti. Intrattenimento. Spirito patriottico. Joe le restituisce un'espressione assente da cui si capisce che le sta dando corda solo perché lei ci si possa impiccare.

«Le ragazze visitano tutte le basi» conclude Helen. «Per sollevare il morale dei soldati.»

«Quella Ruth rischia l'osso del collo» commenta Joe. «Mi sorprende che non sia già inguaiata. O drogata marcia.»

«Che cosa poco cristiana da dire!»

«Ai miei tempi, avevamo un genere diverso di intrattenimento femminile. Il mestiere più vecchio del mondo.»

«E grazie al cielo che i tuoi tempi sono passati! Stiamo parlando di un'organizzazione di tutto rispetto. Ma non li leggi, i giornali? Ruth ha già fatto una tournée con loro e non ha che da dirne cose buone.»

Joe inspira profondamente, poi emette un lungo sospiro plateale. «Tu non sai quasi niente del mondo, tesoro, perciò lascia che ti faccia il quadro della situazione. Centinaia, migliaia di uomini costretti a vivere insieme, lontani da casa, senza l'ombra di una donna. Poi apparite tu e le tue amichette, che *vi esibite* fino a mandarli in visibilio? È come far penzolare una bistecca cruda davanti a un branco di lupi affamati.»

«L'anno scorso in Alaska hanno mandato Bob Hope e Frances Langford» reclama lei a mo' di pretesto. «Le prove sono a Los Angeles. Gran parte delle ragazze è diretta alle Hawaii. Ruth si tratterrà in California e poi volerà verso le portaerei.»

Si scosta un ciuffo dalla fronte e guarda il padre negli occhi. Joe manda giù un sorso di rum e squadra sua figlia, con attenzione.

«Un gruppo è diretto a nord.» Helen parla controllando il tono di voce. «Mi avvicinerò il più possibile, ma sarò al sicuro. Circondata da soldati e aviatori che ci *proteggeranno*. Uomini che forse hanno incontrato John... So che gli è capitato qualcosa. E so che ha bisogno di me. È la mia unica occasione.»

«Credi che riuscirai a rintracciarlo, su un campo di battaglia mentre cerca di scrivere un reportage sulla guerra? E se fosse in prigione? E se si fosse nascosto per *non* finire in prigione e non volesse essere trovato? Ci hai pensato?»

Helen si alza e lo fulmina con lo sguardo, determinata a non piangere. «Sì. Ci ho pensato, e ho pensato anche ai rischi di lasciarti qui da solo.»

Il volto di Joe si addolcisce nella stessa espressione confusa di quando Helen, da bambina, faceva i capricci. Più lei si faceva prendere dalla disperazione, più lui si sentiva inerme.

Joe si alza, va in cucina e torna con una scatola di amido di mais. Si siede, apre la confezione e sbatte un fascio di banconote sulle carte sparpagliate.

«Qui dovrebbero esserci ottocento dollari, e in banca ce ne sono altri.»

Spinge il denaro verso di lei.

«Prendili. Potresti averne bisogno. E io sarò più tranquillo se li avrai con te.»

Helen torna a sedersi.

«Tua madre... Nelle ultime settimane prima di morire, non vi voleva tra i piedi, voi bambini. Non voleva che la ricordaste in quel modo. Devo ammettere che nemmeno io lo desideravo. Una parte di me avrebbe voluto scappare. Non l'ho mai detto a nessuno. Ma non potevo starle lontano nemmeno per mangiare un boccone. Sapevo senza ombra di dubbio quale fosse il mio posto. Neppure lei era riuscita a farmi cambiare idea.»

Helen sposta la sedia e si avvicina a lui. Gli prende la mano inservibile.

«Non importa che tu lo ammetta con me,» prosegue Joe «ma faresti meglio ad ammetterlo con te stessa. Non hai idea di quello che ti aspetta. Ricorda sempre questo dato di fatto e vedrai che ti aiuterà a stare lontana dai guai.»

Helen annuisce, obbediente.

«John potrebbe essere morto» conclude lui. «Devo dirtelo. E devo anche dirti che, se davvero lui è morto, tu sopravvivrai.»

* * *

Il lunedì mattina successivo, Helen apre una cartina tracciata a mano dalla madre della famiglia di Los Angeles dov'è acquartierata. È subito evidente che dovrà coprire l'ultimo mezzo chilometro a piedi dopo il capolinea degli autobus, con il sole a picco sulla testa, attraverso un quartiere di casette a un piano solo, strade non asfaltate e invase dai rifiuti, sotto tralicci traballanti e strane palme. Un cane la supera trotterellando sul marciapiede verso una direzione ben precisa. Helen infila la cartina in tasca e segue la sua scia.

Quando Helen ha raccontato di John a Ruth, e dei suoi piani per trovarlo, l'amica ha raccolto la sfida. Ha dedicato quasi una settimana intera a insegnarle il suo precedente spettacolo per la USO, analizzando nel dettaglio – passo dopo passo – i diversi brani e balletti. Helen si è sforzata di imitare le movenze di Ruth, il suo modo di interpretare le canzoni, lo stile con cui si muoveva sul palco. Ruth le ha offerto critiche costruttive, parole di incoraggiamento quando le meritava, richieste di impegno ulteriore se necessario. Ha esaminato il modo di ballare di Helen da ogni angolazione. Naturalmente ciascuno spettacolo della tournée sarà unico e originale. Il suo obiettivo era far approdare Helen alle prove con più "presenza scenica" possibile.

A Helen sono tornate in mente le lezioni di danza classica di quando era piccola; l'altezza vertiginosa della sbarra, suo padre pazientemente seduto accanto alla porta della sala con le altre madri, a sfogliare una rivista di pesca. Già da bambina, Helen sapeva di non avere un talento naturale per la danza, nessuna grazia innata. E tuttavia, con gli insegnamenti di Ruth, si è tuffata in quel nuovo ruolo senza riserve. I progressi si sono rivelati incostanti, ma ci sono stati comunque. E all'improvviso Helen si è trovata a bordo di un treno diretto in California.

Quando raggiunge la palestra del liceo, è coperta di sudore. Di sabato mattina quel posto appare abbandonato. L'unica luce proviene dal palco in fondo alla palestra, dietro le quinte. Si toglie istintivamente le scarpe per salvare il pavimento in parquet: un riflesso condizionato dai tempi in cui studiava. Si ferma appena oltre la linea del tiro libero, quando coglie odore di fumo. Sente uno schiocco secco, poi lo sferragliamento metallico di qualcosa che cade e rotola sul pavimento. «Brutto pezzo di...»

Un uomo emerge dal sipario semiaperto con una pipa in bocca e in mano una fune che scompare in alto fra le travi. Indossa una giacca sportiva a spina di pesce, pantaloni color panna, lucide scarpe nere. Scosta il sipario. La luce colpisce l'uomo e il fumo dall'alto, facendolo apparire come il personaggio di una commedia. Poi Helen cattura il suo sguardo.

«Si è rotto ben prima che arrivassimo noi due» esclama alzando lo sguardo verso le luci. «Ma vedrai che lo sposto, con le buone o con le cattive.»

Helen si avvicina al palco e poi si ferma, non sapendo cosa fare. L'uomo scaraventa via la fune, si strofina le mani, quindi si liscia i neri capelli ondulati. Scende a balzi le scale a un angolo del palcoscenico, il bocchino della pipa incastrato tra i denti bianchissimi, la mano protesa in avanti. Helen sposta le scarpe per liberare la mano destra.

«Sono Stephen Brooks.»

«Helen Easley.»

«Piacere di conoscerti. Non siamo certo a Broadway, eh?»

«Be', a dire il vero...»

«Ma è la Carnegie Hall rispetto a dove ci esibiremo.»

Si guarda intorno, e Helen ha l'impressione di dover fare lo stesso.

«Sono in anticipo?»

L'uomo guarda l'orologio. «In perfetto orario. Sono le altre in ritardo. Vieni. Proviamo quel pianoforte.»

Helen lo segue sul palco e lo aiuta a sollevare un telo da un pianoforte verticale alquanto male in arnese. Stephen estrae il panchetto e fa scrocchiare le nocche. Suona qualche arpeggio, poi si lancia in *Daisy Bell (Bicycle Built for Two)*. Dopo la prima strofa, che canta da solo, Stephen si volta verso di lei inarcando la testa e un sopracciglio, fa un cenno del capo quando è il momento del ritornello. Helen si sente avvampare.

Scuote la testa e fa spallucce, come se non conoscesse le parole. Lui continua a cantare da solo finché Helen con titubanza non si unisce a lui. A metà circa della canzone, Stephen abbassa il tono, lasciando Helen a cantare da sola. Dapprima la sua voce è tremula, ma poi acquista vigore. Lui serra le labbra con aria compiaciuta.

Quattro donne fanno il loro ingresso nella palestra. Si impossessano del palco come se fosse loro da generazioni. Si sfilano i maglioni e accatastano le borsette sul pianoforte. Nessuna si è presa la briga di togliersi le scarpe.

Stephen gira sul panchetto e si presenta. Le donne fanno altrettanto, lo informano sulla loro provenienza e riassumono la loro carriera nello spettacolo. Judith, una "residente fissa" di Hollywood, porta i capelli come Ingrid Bergman, una cascata di boccoli castani che le incorniciano le guance e le ricadono sulle spalle. L'effetto è svilito dalle labbra sottili e da un occhio pigro. Ha avuto piccoli ruoli in tre film di cui Helen non ha mai sentito parlare, ma spicca per sicurezza e un sorriso smagliante. Ha già lavorato con Stephen. Sarah ha un atteggiamento vagamente più pomposo, corredato da sopracciglia disegnate e una capigliatura ossigenata *à la* Marlene Dietrich. Sta cercando di sfondare come cantante d'opera a San Francisco. Jane, uno scricciolo di ragazza nonché fumatrice accanita, è stata corista per Peggy Lee e Woody Herman. Spera che quel viaggio lontano da Los Angeles la aiuti a guarire una ferita d'amore. Gladys sembra la più felice di partecipare. Allampanata attrice teatrale di Chicago, indossa un'appariscente sottana di lino rosa con giacca abbinata ed evidentemente si è fatta la manicure. Forse pensava di andare a un'audizione.

Sembra che non si conoscano – nonostante siano arrivate in gruppo – eppure si comportano come colleghe, come se si fossero guadagnate il diritto di stare lì. Quando tocca a Helen, lei esordisce con una tacita e preventiva preghiera di perdono.

Ci siamo. Ecco che ha abbandonato suo padre per cercare il marito in una guerra sanguinosa nel Pacifico settentrionale. In compagnia di qualche attricetta e di una sfilza di bugie. Ma quanti ragazzini sono usciti dai locali, imbaldanziti da una birra alla spina o un whiskey di troppo, inneggiando alla reciproca lealtà e alla vendetta per ciò che era avvenuto il 7 dicembre a Pearl Harbor? Agli uffici di reclutamento sono autorizzati – anzi, *incoraggiati* – a mentire sulla propria età anagrafica. Gli adolescenti, l'esercito, persino Roosevelt: con il procedere della guerra, chi non ha piegato la verità a proprio piacimento?

Helen si presenta ed enumera le sue esperienze inventate. È nata a Seattle, dice, ma ha lavorato in una compagnia teatrale di Vancouver, in una recente produzione di *On Your Toes*, il musical meno conosciuto di Rodgers e Hart che si è impegnata a studiare a fondo in biblioteca, uno spettacolo che non dovrebbe essere famoso malgrado i suoi celebri compositori, uno spettacolo che prega non abbiano visto. Ha scelto Vancouver anziché Seattle per evitare di imbattersi in qualcuno che conoscesse il mondo teatrale di Seattle. Vancouver, ne era certa, sarebbe stata ben lontana dalla sfera lavorativa di chiunque. La sua più grande paura è che le chiedano dettagli o, che Dio non voglia, una canzone o un paio di battute. Ma intorno a sé vede solo uno sbattere di palpebre e cenni poco interessati.

Stephen si congratula con loro per il patriottismo e il coraggio. L'occasione di intrattenere le truppe è un onore, un'esperienza che narreranno ai loro nipoti. Aggiunge che, a differenza dei fascisti che credono che i soldati si debbano concentrare esclusivamente sull'annientamento del nemico, Zio Sam desidera che i suoi uomini si prendano una pausa ben meritata di quando in quando. L'occasione di fare un paio di risate o di intravedere una bianca coscia tornita li sprona verso la vittoria, ricorda loro per cosa stanno combattendo.

Helen ripensa alle parole di avvertimento di suo padre. Dissimula il proprio sconcerto di fronte a quella descrizione dell'incarico, ripetendosi che Stephen sta solo esagerando per fare impressione.

Tutto va a mille, dice Stephen, tutti sono sotto pressione. Con così tante tournée dirette in ogni dove, tutto scarseggia, specialmente il tempo. Avranno a disposizione dieci giorni – dieci lunghi giorni di duro lavoro – per mettere su uno spettacolo. Dovranno sgobbare come non mai. Creeranno un varietà musicale incentrato su una celebrità ancora da definire. Probabilmente non sapranno di chi si tratta finché non saranno pronte a fare le valigie. Certamente un nome riconoscibile, ma basti dire che stavolta non ci sarà Bob Hope. Canzoni, coreografie, un paio di scenette, il tutto condito da barzellette e commediole. Gli abiti di scena saranno realizzati da volontarie, che l'indomani prenderanno le misure alle ragazze. Stephen si occuperà delle coreografie e di suonare il pianoforte. Dirigerà la produzione e organizzerà la tournée.

Stephen ha le spalle larghe e una discreta corporatura, a eccezione delle gambe, che sembrano arcuate. Labbra carnose e rosee. È bello. A distanza di dieci minuti dal primo incontro, però, Helen inizia a chiedersi perché non sia al fronte, a servire la patria nel ruolo a lui più congeniale, perché abbia scelto di mettersi al riparo scortando cinque donne da una base militare all'altra, vivendo e lavorando a stretto contatto con loro.

Non c'è niente di esplicito. È più nel modo in cui le guarda, o non le guarda affatto. È un uomo che nutre poco interesse per il gentil sesso. Balla a turno con ciascuna e, al termine di quell'esercizio, il margine di dubbio è pressoché scomparso.

Stephen suona il pianoforte e cantano tutte assieme *I'm Nobody's Baby*: *Each night and day I pray the Lord up above, please send me down somebody to love*[3]... Al secondo giro, raggruppa le ragazze in base alle caratteristiche vocali ed estrae da quel coro di voci un minimo di armonia. Helen segue intuitivamente il suo modo di condurle guardandole dritte una a una, agitando la testa e sintonizzandola con i movimenti delle sopracciglia: aggrottandole quando vuole toni più bassi, inarcandole quando li vuole

[3] "Giorno e notte prego il Signore lassù / di mandarmi qualcuno da amare."

più alti. L'ampio sorriso a trentadue denti significa che è soddisfatto, gli occhi chiusi il contrario. Con la stessa naturalezza con cui segue le sue indicazioni, Helen propende per fidarsi del proprio istinto riguardo al giudizio sul temperamento dell'uomo.

Il pranzo, servito da volontari, viene consumato sul pianoforte. Stephen coglie la palla al balzo per rivedere il programma. Subito dopo le prove, voleranno a nord, faranno tappa una notte a Seattle, poi su verso il territorio dell'Alaska. Per motivi di sicurezza, non riceveranno l'itinerario preciso finché non saranno in volo. Stephen si guarda intorno. Non appena ha appurato che tutte hanno finito di mangiare i panini, le invita a riprendere le prove.

Al termine della giornata, Helen indossa il maglione mentre le altre continuano a ridere, spettegolare e pavoneggiarsi. Gira voce di una cena in centro per rompere il ghiaccio, lontana da quella palestraccia squallida. Tutti la giudicano un'idea eccellente. Purtroppo Sarah, l'appassionata di Dietrich, ha già un impegno. Helen sa che con tutta probabilità dovrebbe partecipare, per fare una buona impressione, ma ha promesso a Joe di telefonargli quella sera alle sette. Non vuole dargli altre ragioni per preoccuparsi. Le altre escono, ridendo e cantando sul campo da pallacanestro, lasciando Stephen e Helen a coprire il pianoforte.

«Almeno so su chi posso contare» le dice. Una nuvola di polvere si solleva dalla tela. «Sicuramente le altre vorrebbero essere dirette alle Hawaii. Hanno tirato la pagliuzza più corta e sono finite qui con me. Se ricordo bene, tu hai chiesto espressamente di andare a nord.»

Resta da vedere se ha già intuito che ha qualcosa da nascondere o sta solo facendo conversazione.

«Sono già stata alle Hawaii» risponde Helen. «Sopravvalutate.» Punta alla sofisticatezza, ma teme di fare la figura della bambina viziata.

Prima di quel viaggio, non è mai stata più a sud di San Francisco o più a nord di Vancouver. Improvvisare una vita nuova la inebria.

«Capisco» dice Stephen dopo una breve pausa di riflessione. «No. In realtà io non ci sono stato. Ma immagino che tu abbia dei buoni motivi.»

Le tiene la porta aperta e spegne le luci della palestra, concedendole la grazia di fuggire.

«Ho sempre voluto vedere l'Alaska» afferma lei con poca convinzione.

«Be'...» Si fruga in tasca in cerca delle chiavi, poi chiude la porta. «Chissà se riusciremo a esaudire il tuo desiderio.»

Alle sette e un quarto, Helen siede da sola nel salotto della famiglia che la ospita dopo aver dato la buonanotte a Joe. Suo padre non è mai stato a suo agio al telefono. Sembrava impedito nella conversazione e ha risposto alle domande a monosillabi. Il suo interesse si è però risvegliato alla descrizione del clima californiano, insolitamente caldo, o così le hanno detto.

Helen riposa al buio, sudando copiosamente, e ascolta un disco che suona in lontananza. Se fa così caldo in primavera, come sopravvivono all'estate? I suoi pensieri vanno alla pioggia purificatrice di Seattle, alla fatica che ha fatto per procurarsi abiti abbastanza pesanti per l'Alaska.

Durante il primo inverno del loro matrimonio, Helen aveva segretamente adocchiato un cappotto rosso nella vetrina dei grandi magazzini Leahman. In quel periodo John era a casa, tra un incarico e l'altro, e dovevano stringere la borsa, perciò Helen guardava le vetrine soltanto quando era da sola. Quel cappotto era magnifico, tagliato e cucito alla perfezione, con tre grossi bottoni. Di una semplicità elegante. Lo aveva provato due volte e, di tanto in tanto, si fermava ad ammirarlo. Un giorno era entrata nel negozio per vedere se, per miracolo, fosse stato messo in saldo. Quando aveva visto che in mostra non c'era più, si era sentita stranamente sollevata. O era stato venduto e perciò poteva toglierselo dalla testa, o era all'interno, appeso tra gli indumenti a sconto. La commessa l'aveva informata che l'ultimo esemplare era stato venduto. Helen si era voltata per andarsene, ma la commessa l'aveva richiamata. «Lei è Helen?» Aveva allungato la mano sotto il bancone ed estratto una scatola regalo chiusa da un nastro. «È venuto un signore la scorsa settimana...» Che l'avesse spiata? O avesse chiesto a una delle colleghe? Mezz'ora dopo, quando aveva varcato la soglia di casa, John aveva alzato lo sguardo e aveva iniziato ad applaudire. «Era ora!» aveva esclamato. «Mi chiedevo quando saresti caduta nella trappola.»

Durante il giorno, i ricordi affiorano come onde, quando è in compagnia e anche quando è sola. Certe volte non riesce neppure a evocare i tratti del suo viso. I rimorsi di coscienza sono così forti da farle stringere i denti. Altre volte avverte un vuoto nell'aria al suo fianco, e i ricordi emergono con una velocità e un calore tali da mozzarle il fiato. Al tramonto, l'assenza è ancora più opprimente.

Helen fissa il telefono ancora un istante, poi accende la luce.

* * *

Dopo dieci giorni consecutivi ed estenuanti, Helen viene depositata di fronte a un immenso portone, il più grande che abbia mai visto. All'interno dell'hangar vuoto, una volontaria della USO le consegna una scatola, grossa come mezza valigia. È identica a quelle che ora vengono consegnate alle altre ragazze. Ciascuna contiene prodotti difficili o impossibili da reperire dove sono dirette: sigarette, trucchi, calze, salviette, mandarini, cioccolata, cotone idrofilo, cipria, sapone, shampoo, crema idratante, fazzoletti, ago e filo; molte delle cose che Helen intendeva comprare autonomamente durante la tappa a Seattle.

Stephen batte le mani e fa cenno a tutte di avvicinarsi. Vuole che si congratulino con lui dei risultati. Hanno lavorato sodo, dice, e ha forgiato i loro singoli talenti in un tutt'uno armonioso e gradevole. Sostiene che un'ora di prova per ciascun minuto di spettacolo dovrebbe essere più che sufficiente. In totale hanno avuto a disposizione cento ore per costruire e rifinire il repertorio. Dall'aprirsi al chiudersi del sipario, lo spettacolo dura poco più di novanta minuti. Secondo il suo modesto parere, sono più che qualificate. Se solo Helen riuscisse a credergli.

Arriva una truppa di aviatori. Raccolgono le scatole e i bagagli, li caricano su un carrello e lo spingono verso la cruda luce del mattino. Helen segue Stephen e le ragazze oltre il piazzale e verso un aereo in sosta. Ai piedi della scaletta, si sente spinta a chiedergli quanto tempo libero avranno a disposizione una volta a Seattle. Saranno libere per ventiquattr'ore, come promesso? C'è stato un cambiamento, le spiega lui. Niente Seattle. Faranno tappa a Portland, poi lungo la costa della Columbia Britannica, poi via verso nord-ovest. Un piccolo dettaglio che a quanto pare gli è sfuggito.

«L'ho scoperto da solo» afferma, leggendo l'espressione sul suo volto.

Helen immagina suo padre che si prepara per il suo arrivo. Ha spazzato e lavato i pavimenti, messo fiori freschi sul tavolo del salotto e in camera sua. Ha riempito la ghiacciaia per l'unico pasto che consumeranno insieme. Controlla l'orologio con frequenza crescente.

Sarebbe stata una specie di prova generale, per Joe, una sorta di collaudo di solitudine prima che la figlia decolli per l'Alaska. Tempo per giudicare come se la caverà con i lavori domestici e il volontariato alla chiesa, un periodo per consultarsi con il nuovo medico, e con la signora Riley della porta accanto. Tempo per dirsi addio.

Dovrà trovare un telefono appena arriva in Oregon. Gli dirà quanto le manca, quanto le dispiace per quel cambio di programma. Gli ricorderà che lo pensa ogni giorno, che conta su di lui perché si comporti in modo prudente e sensato, e che sia paziente verso se stesso, se non altro per il bene di lei.

Mentre sale la scaletta ed entra nell'aereo, Helen si dice che ritroverà suo marito e che tornerà da suo padre nel giro di un mese e mezzo. Ha preso la giusta decisione per la sua famiglia. Li ricongiungerà.

9

Una flotta di B-24 e di P-38 squarcia il cielo. Stranamente, non seguono bombardamenti. Gli aeromobili americani sorvolano invece l'isola e poi fanno dietrofront, come se i piloti avessero improvvisamente cambiato idea. Easley trae conforto dal rombo dei motori, dalle sagome artificiali che veleggiano sopra terra e mare. Ma quando scompaiono, la consapevolezza del proprio isolamento si fa più pressante. Si dice che non è l'unico. Devono esserci altri come lui, nascosti al nemico in tutta l'Europa, in Nord Africa, in Cina, magari anche sulle Aleutine. Di primo acchito quel pensiero gli solleva il morale, ma presto evoca immagini di persone che si danno alla macchia insieme, a coppie o addirittura a gruppi. Ma, come ormai sa bene, il loro modo di nascondersi non ha niente a che vedere con il suo. Loro non sono soli.

Easley si sfila le piastrine identificative dal collo, dove sono appese da quattro giorni. Le tiene nel palmo della mano e legge ad alta voce:

KARL A BITBURG
12870763 T41 A
ANGELA BITBURG
242 BORDEN ST
ROAN TEXAS P

Intuisce che la "A" vicino al foro indichi il gruppo sanguigno, e che la "P" finale stia per "protestante". Easley non dubita che la chiave nella sua tasca serva ad aprire la porta al numero 242 di Borden Street. Non ha diviso la coppia di piastrine, non ne ha messa una in bocca al ragazzo, come gli hanno detto di fare. E nemmeno ha seppellito il corpo. In quel frangente, non ha niente da rimproverarsi. Non voleva che i giapponesi lo trovassero né, cosa ancora più importante, che il ragazzo diventasse parte dell'isola.

Gli ultimi quattro giorni li ha trascorsi in compagnia del libro che Karl aveva "liberato" insieme alla matita, alle pinze, al carbone e alla legna. Easley non ha smesso di chiedersi che tipo di informazioni contenga. Lo ha girato in orizzontale e ormai non vede più le ragniformi parole aliene quanto invece lo spazio bianco tra di esse. Ha trascorso quei giorni dentro la grotta a trascrivere i ricordi di Karl. Impressioni, conversazioni, le volte in cui il ragazzo lo ha fatto ridere. Annotando quei ricordi e portandoli con sé in futuro, spera di ricordare Karl il più fedelmente possibile. E ricordandolo, Easley spera di onorarlo. La storia di Karl farà parte della storia di Warren, di quella di Helen e della sua, poi verrà ripiegata e riposta tra le pieghe del racconto di quella guerra, sconosciuta e dilagante. Ha riempito quasi trenta pagine con quel tributo e ora ha fame. Easley si rimette le piastrine al collo. Tintinnano quando si accostano alla sua pelle.

Di notte indossa tutti gli abiti. Quelli di Karl sotto, perché sono più piccoli, poi i suoi pantaloni e sopra, la camicia. In assenza di carbone, questa pratica ha fatto la differenza. Ora, alla luce del giorno, Easley si toglie il giubbotto ed esce.

La nebbia si è alzata e il cielo è animato dai coriandoli

degli uccelli che scendono in picchiata. A ovest, dove le nubi si sono aperte sopra il mare, l'acqua è di un blu profondo e allettante. Quello è il momento più pericoloso della giornata. Se il nemico è in volo o in marcia, lo vedrà sicuramente. Fuori dalla grotta, non ci sono nascondigli. La sua mente valuta i rischi, ma il corpo non vuole rinunciare alla promessa di luce, all'opportunità di muoversi, alla speranza di calore.

Si lascia consolare dall'assordante cacofonia di anatre, oche, gabbiani e sterne. Quelli e altri uccelli approdano in massa. Easley ripensa all'incarico che per primo lo ha portato su quelle isole, un reportage che doveva anche trattare dell'annuale migrazione aviaria dal Pacifico nordoccidentale, dalla California e dal mare di Cortés. Il viaggio dai paradisi temperati a uno squallido esilio. Gli fa piacere avere compagnia, e la possibilità di mangiare carne. Easley si sente più affine all'inafferrabile albatros poiché quell'uccello, come lui del resto, è un viaggiatore solitario in un mondo indifferente.

Quel mattino ha mangiato una decina di cozze crude e una fronda di alghe *kelp* a mezzogiorno, ma adesso muore di fame. All'interno dell'esplosiva popolazione di volatili, Easley ha qualche difficoltà a individuare una pernice. È uscito dalla grotta convinto di avere successo, ma con l'avanzare del giorno e il ritorno di un materasso di nubi, la sua disperazione cresce.

Easley prende a sassate i gabbiani che gironzolano sulla spiaggia. Ma nell'istante in cui si prepara al lancio, gli uccelli sono già in fuga: un balzo di corsa e poi su in aria. Ne colpisce uno al petto, ma la pietra rimbalza. Il gabbiano lancia uno strillo acuto, ancheggia come per scrollarsi l'acqua dal dorso, poi prosegue per la propria strada. Easley si siede per riposare. Quella sera, quando

sarà il momento di consumare le cozze, cercherà di trasformare il sapore del mare rievocando il ricordo evanescente del pollo fritto e croccante.

Un rapace sconosciuto volteggia sopra una formazione a V di oche. Il possente rostro dorato, il corpo nero, le spalle e la coda bianche. È l'aquila più grossa che Easley abbia mai visto. Forse sospinta fuori rotta dall'Asia, vittima dei venti contrari. La osserva virare repentinamente a destra, poi piombare sullo stormo delle prede. L'oca capobranco non la vede arrivare, le altre mantengono la rotta. L'aquila si avventa su un esemplare, quasi in fondo alla formazione, che precipita dal cielo agitando le ali. Easley si alza. L'oca cerca di riprendere il controllo, ma cade rovinosamente sulla collina erbosa. Anche l'aquila scende in picchiata. Va così forte che Easley teme si schianti al suolo. Poi, all'ultimo secondo, inclina le ali ed esegue un atterraggio ben calibrato. Easley inizia a muoversi. La preda tenta ancora di spiccare il volo con l'unica ala sana, ma riesce solo a girare in tondo sul terreno. L'aquila non perde tempo e balza sul dorso dell'oca, gli artigli protesi. Azzarda persino il decollo, ma il carico utile si dimostra ingombrante. Easley affretta il passo.

Nel vano tentativo di spiccare il volo, l'aquila batte le ali con tale vigore da perdere alcune penne. Volta la testa e vede Easley avvicinarsi. In un movimento disperato, solleva l'oca a un metro e mezzo da terra, poi abbandona il pesante fardello. Il rapace predatore vira e si libra sulla preda, ansimando.

Easley è sempre più vicino. Solleva una gamba. L'aquila apre le ali per apparire ancora più grossa e minacciosa, poi pianta il rostro nello scarpone dell'umano. Easley solleva di nuovo la gamba e spinge via l'aquila dall'oca. L'uccello protesta così forte che Easley ha la certezza che tutti i soldati sull'isola accorreranno a baionette spianate. Indietreggia verso la preda, l'afferra per il collo e fa qualche lungo balzo verso la spiaggia.

L'aquila prende il volo e si libra bassa sulla testa del ladro. Piantando i piedi nell'erba, Easley regge l'oca come un sacco di pietre, sfidando l'aquila a ritentare l'attacco. Il rapace volteggia due volte, poi scende in picchiata. Easley fa roteare l'oca pochi secondi prima dell'assalto del predatore, che colto alla sprovvista sbatte le ali e cambia rotta. Atterra nel punto in cui era caduta la preda e cerca resti del pasto. Non trovando niente, resta lì, a guardare torva l'uomo che salta verso la spiaggia. A circa cento metri di distanza, Easley si passa l'oca da una mano all'altra. Si volta verso il rapace e si inchina.

Un'oca delle Aleutine dal collo tozzo, più piccola dell'oca del Canada, ma comunque più grande di qualsiasi uccello avessero ucciso lui o il ragazzo. Il carbone è finito da tempo e sulla spiaggia non trova pezzi di legna da giorni. Deve mangiarla cruda. Le ali morte si aprono mentre la trasporta a valle.

Easley si siede e fissa la preda per un po'. Il becco semiaperto in una protesta silenziosa, gli occhi colore dell'ematite velati da uno strato di sabbia. Easley apre il coltellino del ragazzo.

La carne, esposta alla luce, scintilla. Ogni muscolo è ben definito. La polpa è tenera e molle sotto i denti, il sapore delicato e nient'affatto sgradevole. È un peccato non poterla arrostire, renderla croccante, indorare la pelle. Poiché la carne andrà a male nel giro di un giorno, il suo compito è mangiarne il più possibile. Easley getta le interiora sulla sabbia, e i gabbiani sono lesti a reagire. Dopo aver spolpato petto e zampe, fa un rutto, si concede una pausa, poi ricomincia. Spezza le ossa per succhiare il midollo. Ha la mente più limpida di minuto in minuto.

Nel frattempo, l'aquila volteggia su di lui, vigile. Easley non può permettersi un altro nemico. La controlla con la coda dell'occhio.

Alla fine si alza, le guance chiazzate di sangue e grasso. Abbandona le penne e la carcassa ai gabbiani. Si strofina le mani con la sabbia bagnata, si spruzza la fresca acqua marina in faccia. Poi la sonnolenza ha la meglio su di lui.

Easley trova un lembo di verde sul limitare della spiaggia, là dove la primavera si è spinta verso riva. Si distende, le mani intrecciate sullo stomaco pieno. Tutt'intorno, i germogli di falasco puntano verso il cielo, accarezzandolo. Si immagina disteso accanto a Helen. Ricorda come spesso gli tenesse la mano mentre si addormentava, come lo cercasse con le braccia e le gambe, persino nel sonno. Non sente niente di tutto ciò. Easley si sforza di evocare i suoi occhi, il suono della sua voce. Scopre che non ci riesce. Ora, tagliato fuori da qualsiasi contatto umano, la memoria è lesta a tradirlo. Piomba in un sonno profondo.

Easley cammina per strade deserte finché non raggiunge il parco. È un tiepido giorno d'estate, dovrebbe esserci gente, traffico per le strade. Invece ci sono solo uccelli che razzolano sui marciapiedi, che hanno fretta di scappare. Lo fissano con aria allocchita, poi si voltano per sussurrarsi l'un l'altro. Oltrepassa campi e una maestosa douglasia costiera finché nel parcheggio non scorge un veicolo. Un vecchio pick-up Ford. Che sia l'auto di Karl? Pare ci siano delle persone a bordo. Easley schiva e scavalca gli uccelli che continuano a mormorare per avvicinarsi all'abitacolo.

Dal finestrino laterale, intravede la testa e le spalle nude di un uomo. Mentre si accosta, l'uomo si nasconde nell'ombra. Easley raggiunge il pick-up, sbircia all'interno e vede una donna seduta sull'uomo. Gli stringe la spalla sopra ciò che sembra l'appendice di un tatuaggio. Ma non è Karl. È Warren che le accarezza le cosce fino a stringerla per i fianchi, massaggiandole la carne. La donna ha i capelli sugli occhi, poi rovescia la testa, e appare Helen.

Easley scatta a sedere e sbatte le palpebre verso il cielo abbagliante, la testa che pulsa al ritmo del suo cuore. Il sole ha abbandonato l'isola e adesso protende le braccia oltre le nuvole lontane verso il mare. Due distinti fasci di luce, come nei dipinti religiosi d'altri tempi. Illuminano due zone di mare con la promessa di un futuro migliore.

Molto prima di conoscere Helen, quando aveva ventidue anni, Easley aveva presentato alla famiglia l'unica altra ragazza che avesse significato qualcosa per lui. Fin dall'inizio aveva capito che suo fratello costituiva un problema. Il modo in cui Warren sfoderava il suo sorriso, raccontava storielle a sproposito, facendola ridere, e ridere, e ridere.

Non che suo fratello facesse il cascamorto in maniera consapevole. Warren era un seduttore nato. Tuttavia, vederlo accadere sotto il proprio naso, con la ragazza che Easley aveva scelto, aveva scatenato qualcosa di terribile dentro di lui. Quando lo aveva affrontato, Warren aveva riso definendo ridicole le sue accuse. Poi aveva affermato che avrebbe potuto avere decine di ragazze più belle di lei con un solo schiocco delle dita. Easley aveva colpito il fratello diciottenne con violenza e rapidità; Warren non aveva nemmeno avuto il tempo di alzare le mani. Lo aveva lasciato al tappeto nell'ingresso della casa dei genitori, con lo zigomo rotto e uno squarcio sotto l'occhio.

Easley non voleva solo rimettere il fratello minore al

suo posto. Voleva anche ferirlo. E soprattutto voleva ferire quel bellissimo viso. Voleva lasciare un segno. Anni dopo, quando Warren aveva conosciuto Helen, l'aveva ignorata volutamente, finché Easley non gli aveva detto di piantarla.

Tornando in piedi, Easley si mette in cammino di buona lena. Deve continuare a muoversi. Muoversi significa sopravvivere. Poco dopo si ritrova nel posto del palo marcio, ovvero della stecca spezzata. Si ferma e ispeziona di nuovo il luogo. L'unico segno creato dall'uomo incontrato fuori dal villaggio. Cosa ci fa?

Il palo è ridotto a pezzi, sparsi dove sono stati scaraventati durante l'ultima notte di vita di Karl. Il profilo del corpo di Easley è rimasto impresso sul sedano selvatico dove è inciampato e caduto. C'è un avvallamento a sinistra del palo, dove l'erba dell'anno passato è particolarmente folta. Una tomba? Se è il risultato di una bara crollata, perché le pietre sono state ammassate sei metri più in là? Gli aleuti non seppelliscono i loro cari nei cimiteri russi? Easley cammina intorno al cumulo, guardando prima le pietre poi l'erba, e viceversa. Si inginocchia.

La pila è alta appena mezzo metro. A meno che uno non sappia dov'è, probabilmente passerebbe inosservata. Non è lì da molto. Dopo aver tolto le pietre, scava con le mani. La terra è soffice, forse smossa da poco. Ha scavato appena trenta centimetri nel suolo quando con un dito intercetta qualcosa di metallico. Si succhia il dito, sputa fango rosso tra i vecchi steli di segale.

Easley scava intorno a quella che pare una scatolina di metallo avvolta da uno strato di carta stagnola. Non è sepolta da molto. Un barattolo di tè? Lo scuote e all'interno sente un acciottolio attutito. Lo capovolge, lo ispeziona da ogni lato. Easley se lo schiaccia al petto e scruta la terra deserta e il mare. Ricopre la buca, pesta la terra, poi ridispone le pietre più o meno come le ha trovate.

Giunto all'ingresso della grotta, dove c'è ancora abbastanza luce, Easley stacca con esitazione la carta stagnola, come fosse la confezione elegante di un regalo di Natale. Quando raggiunge il barattolo, sorride alla vista delle familiari lettere sullo sfondo verde e oro, trovando conferma ai suoi presentimenti. Nabob Pure Indian & Ceylon Tea, Kelly, Douglas & Co. Limited Vancouver, B.C. 3 lbs net. Apre il coperchio, estrae e dispiega un taglio di flanella rossa che nasconde la punta d'avorio di un arpione. Finemente cesellata, completa di barbigli e di un incavo per l'asta, è lunga pressappoco quanto la sua mano. Riposta sotto la punta dell'arpione c'è una piccola fotografia incorniciata di una ragazza indigena con un cappotto scuro di lana, in procinto di partire. Sta appoggiata alla battagliola di una nave e agita una mano inguantata verso il fotografo. Ha un sorriso sereno, ma la postura denota incertezza.

Osserva il ritratto a lungo, poi pulisce una macchiolina di fango fresco dal vetro con la parte meno sudicia della manica. Sotto la fotografia c'è un'icona sacra di Madonna con Bambino su foglia d'oro. Probabilmente russa. Poi, un fascio di banconote legato da un elastico rosso. Conta 373 dollari americani. Il resto del contenuto è avvolto in un rettangolo ripiegato di lino candido ricamato con ranuncoli e camenerio. È impressionante vederne la purezza nella grigia cicatrice del burrone. Easley lo tiene nelle mani gelide e imbrattate come fosse la Sacra Sindone.

In fondo al barattolo c'è un pezzo di carta ripiegato in mezzo ai rimasugli di tè nero in polvere. Easley estrae il foglio con una mano, si succhia l'indice libero, poi se lo pulisce sul davanti della camicia. Lo schiaccia sul fondo del barattolo, quindi lo porta alla lingua. Trattiene il sapore, premendo la polvere dolce contro il palato molle. Chiude gli occhi e sorride.

Una folata di vento ripiega il foglio a metà, e Easley lo scuote per aprirlo. Lì, in elegante calligrafia blu:

10 agosto '42

Amore mio carissimo,

hai scoperto che me ne sono andata e che le nostre cose sono al sicuro.

Sono entrati al villaggio il 7 di giugno e temiamo che ci portino via.

Ti aspetterò. Ripensa alla promessa che mi hai fatto e ricorda, il vento non è un fiume.

Tua,
per sempre,
Tatiana

Easley rilegge più volte, poi ripiega con cura il foglio e lo rimette in fondo alla scatolina. *Il vento non è un fiume?* Vi ripone anche le banconote, il fazzoletto di lino, l'icona russa, la punta d'arpione d'avorio, poi nasconde il barattolo su una mensola alta in fondo alla grotta. Liscia e ripiega la carta stagnola per chissà quale uso futuro.

Si siede con la fotografia in mano, sforzandosi di vedere l'espressione vulnerabile della ragazza nella luce calante. Sente qualcosa muoversi dentro di sé.

SECONDA PARTE

10

Helen siede schiacciata come una sardina in mezzo a Stephen e Judith, e sussurra un infinito rosario di Avemarie sotto il rombo costante dei motori. Sarah e Jane sono legate con la cintura ai loro sedili lungo il fianco opposto, le gambe accavallate, mentre sfogliano maldestramente gli ultimi numeri di «Life» e «Look» con le mani inguantate. Sopra le divise indossano giacconi nuovi con la cerniera chiusa fino in cima. Essendo cresciuta a Chicago, Gladys è più abituata al freddo. È seduta al capo opposto rispetto a Sarah, la testa rovesciata all'indietro, e dorme saporitamente. Il resto dello spazio è occupato da un carico di scrivanie, schedari e sedie, enormi pneumatici neri, carote e barbabietole in scatola. È la terza tratta del primo viaggio in aereo di Helen. Quella scena in penombra così poco lussuosa non somiglia per niente alle fantasie che si era fatta sul viaggiare in aereo.

Toccano terra mille chilometri a nord di Portland nell'aeroporto militare dell'aviazione canadese di Prince Rupert, nella Columbia Britannica; una base che sembra appena intagliata in una foresta altrimenti impenetrabile. Le montagne sono ancora incappucciate di neve, ma al di là della pista l'erba verdeggia in previsione della primavera. Pranzano sull'erba al limitare della pista di rullaggio mentre l'aereo fa rifornimento. Mangiano panini con uovo e insalata al sole, la carta cerata in equilibrio sulle ginocchia, mentre gli uomini corrono avanti e indietro come per un'emergenza improvvisa e invisibile. Un membro del reparto femminile della RCAF li accoglie in uniforme portando del caffè, che distribuisce in bicchierini di carta sottile. Helen ne assorbe il calore tra le mani. Quando è tempo di andare, si alza e fa una serie di saltelli aprendo e chiudendo gambe e braccia per allungare i muscoli della schiena. Le altre ragazze si uniscono a lei e poco dopo stanno tutte saltellando su e giù, agitando le braccia a fianco dell'aereo.

Durante la tratta finale del viaggio, cantano a squarciagola tutte le canzoni del numero di apertura sopra il persistente rombo in la bemolle dei motori, poi si accalcano all'oblò per guardare il sole che scompare in un cielo porpora e arancio.

Quelle donne hanno tutte lo stesso desiderio: lasciare il segno nel mondo dello spettacolo. Gladys considera quella tournée come un trampolino di lancio, l'occasione per essere notata e apprezzata al di fuori di Chicago, l'opportunità di ottenere la meritata visibilità. Judith, con la sua esperienza cinematografica, la considera invece uno scivolone, un sacrificio necessario per affinare il proprio talento nell'attesa di offerte più allettanti e della fine della guerra. Jane e Sarah sono contente di lavorare. Hanno tutte una persona cara nell'esercito e credono di essere utili alla Causa, di avere un ruolo nello svolgersi della storia.

A notte inoltrata l'aereo sobbalza, poi procede inclinandosi sulla pista di atterraggio vicino alla città di Anchorage. Lì fa più freddo che all'aeroporto di Prince Rupert, ma la temperatura è appena sotto zero. Il vento è gelido e umido contro le guance di Helen mentre si trasferiscono dall'aereo all'autobus e infine alla caserma al buio. Un sottile manto di neve primaverile ricopre il terreno sotto la luce di un faro scheggiato, tranne nel punto in cui la terra è solcata da due piste parallele di fango. Nessuno proferisce parola. Il rombo del motore dell'aereo è stato sostituito da un fischio costante nelle orecchie e dal ronzio lamentoso dell'autobus.

Inchiodano traballando davanti all'ultimo capanno Quonset della fila, simile a un enorme barattolo di latta steso di lato e sepolto a metà nella terra. Una lampadina spoglia è appesa su una porta contrassegnata dal numero 17. L'autista spegne il motore, poi si guarda alle spalle ed esibisce un sorriso ammirato. «Be', siamo arrivati!» annuncia.

Judith si è addormentata sulla spalla di Jane, che non ha fretta di finire la sigaretta. Sarah si lega un foulard intorno alla testa mentre confabula con Gladys. Qualcuno deve fare la prima mossa. Helen raggiunge la testa dell'autobus, ringrazia il conducente, poi scende nel fango e si ricorda che ha ancora gli scarponi nella borsa. Le resta un solo paio di scarpe buone. Accantonando quel pensiero per un momento, alza lo sguardo al cielo per cogliere un barlume di aurora boreale, di cui ha letto tanto, ma le nubi oscurano la vista. La soddisfazione di aver fatto tanta strada è presto travolta dal pensiero che John possa trovarsi in qualche tenda dalle pareti sottili, a rabbrividire di freddo per tutta la notte.

Le altre ragazze scendono dall'autobus con le acconciature cadenti e un'aria stizzita, stringendosi i giacconi all'altezza del collo. Stephen dà la mano al conducente, poi scende mentre lo sportello ruota chiudendosi alle sue spalle. Guarda Helen e abbozza un sorriso.

«Ragazze più deboli non sarebbero sopravvissute» dice lei, premiandolo per lo sforzo.

All'interno del capanno Quonset, Helen scopre una spaziosa stanza aperta con una decina di brande di tela. Il carbone arde nella stufa al centro. Le ragazze avanzano dietro di lei. Persino le espressioni più arcigne si sciolgono quando scoprono che su ogni cuscino delle loro brande immacolate è stata posata una rosa di carta. Sul tavolo accanto alla stufa c'è una bella fruttiera piena di arance e una torta alla crema di burro con su scritto BENVENUTE IN ALASKA, USA in glassa rosso ciliegia. Oltre alla torta, un biglietto scritto a mano attira la loro attenzione, pieno zeppo di saluti e firme. Le ragazze sorridono e schiamazzano per il biglietto, mentre Stephen taglia la torta. Helen è in piedi accanto alla stufa, a scaldarsi le gambe, quando da fuori erompe un canto.

Helen è la prima a raggiungere la porta. Le altre ragazze si accalcano dietro di lei mentre vengono accolte da un coro di una decina di uomini che cantano e ondeggiano al buio. Si puntano le torce ai giovani visi, e sembrano dei bambini la sera di Halloween. Le voci si trasformano in vapore che sale mentre intonano *I'm in the Mood for Love*. Al termine della canzone, le ragazze applaudono e li acclamano: «Bravi!». Gli uomini augurano loro sogni d'oro e chiedono se possono fare qualcosa per rendere il loro soggiorno più piacevole. *Qualsiasi cosa*, ripetono.

«Grazie per essere passati» dice Judith a nome di tutte. «Domani daremo a voi ragazzi qualcosa per cui sognare.»

Quelle parole suscitano fischi e gemiti di impazienza. Gli uomini le salutano agitando la mano e si incamminano lungo la strada, canticchiando e spintonandosi a vicenda.

Sarah decreta che è ora di far festa e sbrigativamente spegne tutte le luci. Helen si spoglia al buio e si accomoda sulla branda.

Ora che il moto costante è finalmente cessato, tutti i

timori le si stringono intorno. Il vuoto incolmabile che ha provato in alto sopra quel territorio selvaggio, dove ci sono pochissimi segni di civiltà. La sterminata distesa del Pacifico settentrionale. La consapevolezza che John debba trovarsi in un posto ancora più desolato.

Nelle sue orazioni, Helen prega anche per l'equipaggio che l'ha portata sana e salva a nord, per le sue compagne esauste e per gli uomini inspiegabilmente dolci e gioiosi che hanno fatto del loro meglio per metterle a proprio agio. Si chiede se John gode della compagnia di uno di quegli uomini. Questi sono i pensieri che cerca di trattenere mentre giace in attesa del sonno.

L'indomani mattina, Helen trasporta un sottile vassoio di latta in fondo alla sala mensa deserta e scivola sulla panca accanto a Judith. Le ragazze occupano uno dei lunghi tavoli disposti a decine di file. La sala è impeccabilmente pulita e ben ordinata dopo aver ospitato centinaia di uomini affamati. Sulla parete opposta, campeggia un poster della USO con il volto disincarnato di Teresa Wright che rovescia i capelli all'indietro in una specie di estasi canora, un microfono vagamente fallico davanti a un paio di labbra troppo rosse. Sotto il nome «Teresa Wright», sta scritto «& le USO Swingettes» in carattere più piccolo e dimesso.

La USO ha dimenticato di informare gli uomini che la signorina Wright non si esibirà. Stephen ha comunicato la notizia alle ragazze appena due giorni prima della partenza. Il che ha generato un attacco d'isteria collettiva, con le recriminazione di Sarah sulla deontologia professionale di Stephen e dell'intera United Service Organizations, e l'uscita teatrale e astiosa di Judith. Impassibile, Stephen si è limitato a fumare la pipa e ha affermato che si sarebbero spartite le canzoni che avrebbe dovuto cantare la signorina Wright, mentre le più difficili sarebbero spettate a Judith, che non era più presente per protestare. Non tremate, lo spettacolo andrà avanti.

Il caffè è amaro per essere stato troppo sulla stufa. Helen tortura con la forchetta un pasticcio di bollito sotto sale, senza riuscire a scovarne i pezzi più appetitosi. Si accontenta del pane tostato, che imburra e intinge nel caffè. Sono le otto e mezza passate e il sole sta già salendo in cielo. Gli uomini sono andati da tempo verso i campi di aviazione e gli hangar, occupati a trasferire aerei, soldati ed equipaggiamento dagli Stati Uniti alle Isole Aleutine. È quasi certo che John sia passato da quella base per procedere a ovest, che abbia mangiato in quella stessa sala.

«Oggi daranno la notizia» le rassicura Stephen. «Già prima che saliremo sul palco saranno informati che Teresa non c'è. Fidatevi di me. Si faranno in quattro per vedere voi ragazze. Credetemi.»

«Ma mettiti nei loro panni» commenta Gladys.

«È come ordinare del filetto di manzo e ritrovarsi nel piatto una salsiccia pidocchiosa» sbotta Judith. «A te farebbe piacere?»

Jane, che da poco ha interrotto la sua relazione con un medico sposato, afferma: «Io non direi di no a un salsicciotto bello caldo». Sorride e soffia sul caffè.

«Faccio finta di non aver sentito» dice Stephen. «E non vi azzardate a parlare così davanti a loro. Se si accorgono minimamente che una di voi ha i bollori, avremo guai peggiori dei giapponesi.»

Judith tenta inutilmente di nascondersi mentre si stuzzica i denti per togliere pezzi di carne. «Non puoi trascinarci quassù e poi buttarci sul palco quando i ragazzi si aspettavano una vera star» replica. «Non è giusto.»

«Ti ho forse promesso che sarebbe stato giusto?» Stephen incrocia le braccia sul petto. «Non c'è giustizia a questo mondo ed è nostro compito regalare una vacanza a questi ragazzi, almeno per una sera all'anno.»

Le ragazze si scambiano occhiate, poi si concentrano su Judith.

«*Ma insomma*... Non siamo mica a Broadway!» Stephen tace, poi si ricompone. «Questi ragazzi vi adoreranno. Li lasceremo di stucco.»

«Io parlo di *onestà*...» protesta Judith, la tensione che sale nella sua voce.

Tra undici ore, si aprirà il sipario. Helen sente l'ansia torcerle corpo e mente. Un anno fa, se le avessero chiesto dove sarebbe stata in quel momento, si sarebbe immaginata a spingere una carrozzina per il parco di Green Lake con John, a inspirare la delicata fragranza dei fiori di melo, cercando di capire come crescere bene il figlio senza l'aiuto o i consigli di una madre. Ma sa che tutti in quella base dovrebbero essere altrove. Quanti milioni di vite sono stati dirottati dalla guerra? Le navi, i dollari e i morti si possono contare, ma non c'è matematica che regga per le perdite personali, le perdite silenziose e invisibili. E non esiste ricompensa.

Helen si alza con il vassoio e torna verso la porta. Getta gli avanzi del pasto nel cestino e posa il vassoio vuoto sul bancone. Un ragazzino in grembiule bianco lo intercetta e le chiede se vuole ancora qualcosa. Ossuto, le spalle cadenti, il pomo d'Adamo appuntito quanto il mento. Avrà diciassette anni al massimo. Messo di fianco sarà quindici centimetri di spessore. L'unico tratto di spicco sono gli occhi, di un verde strabiliante.

«Non vedo l'ora di assistere al vostro spettacolo» dice. «Siamo davvero contenti che siate qui.»

«Teresa Wright non verrà. Stasera saremo solo io e le ragazze.»

«L'ho saputo ieri. I ragazzi di Prince Rupert ci hanno detto che non era sull'aereo. Ma tanto io non credevo che venisse.»

«E non t'importa?»

«A me non sembra nemmeno umana. Voi sì che siete reali.»

Helen vorrebbe dirgli che quello è il più bel complimento che riceve da mesi. Che le sue parole sono un'iniezione di coraggio. Invece gli risponde: «Hai dei bellissimi occhi».

Il sorriso che ottiene lo sorprende e lo disarma, trasformandolo completamente. Distoglie lo sguardo, poi indietreggia. Si passa una mano sulla testa di capelli biondicci tagliati a spazzola, emette un verso simile a una risata, poi si eclissa in cucina.

* * *

Prima che l'applauso scemi, Helen scappa nel capanno Quonset nell'oscurità, schizzandosi la fanghiglia tra le cosce. Non è abbastanza veloce a scappare. Richiude la porta, poi si ferma, il cuore che batte all'impazzata. Nella stufa la brace è ancora accesa. Getta dentro una palata di carbone.

Si siede a gambe e braccia incrociate, ripensando al disastro della sua performance, alla vergogna di aver deluso tutti la sera della prima, al pericolo che rappresenta l'essere smascherata per le sue possibilità di ritrovare John.

Sul palco, tutto è iniziato con un'occhiata confusa e in tralice da parte di Judith durante la terza canzone. Mentre le altre cantavano un verso ciascuna di *Don't Sit Under the Apple Tree*, Helen ha in qualche modo ignorato l'imbeccata. In realtà è stata una sciocchezza. Gladys ha cercato di spronare Helen con un bel sorriso d'incoraggiamento. Gli uomini non se ne sono accorti, acclamavano a gran voce ogni volta che le ragazze giravano, cambiavano posizione o – il cielo non volesse – si piegavano in avanti. Ma la gola di Helen era già strozzata dalla paura. Quel primo passo falso si è espanso in una nube nera che sembrava ottenebrare ogni sua mossa. Per quanto ci abbia provato, non si è più ripresa.

A metà di *Cow Cow Boogie*, l'intonazione di Helen è andata a farsi benedire. Al primo verso dopo l'interludio musicale, Judith si è guardata dietro. Stephen ha alzato la testa dalla tastiera del pianoforte, le sopracciglia alzate, poi abbassate, infine aggrottate per la frustrazione. Imperterrito, ha ricominciato con più lena, trasformando quella stecca in una parte dello spettacolo. Malgrado il diversivo comico, Helen non è riuscita a intonare la nota giusta. Alla fine Stephen ha sorriso e le ha mandato un bacio.

Helen aveva sistematicamente azzeccato l'intonazione durante le prove. Quella sera è stata costretta a rinunciare al controcanto e si è limitata a pronunciare le parole muovendo solo le labbra per il resto della canzone. Si è esibita con un fil di voce sulle melodie più semplici, e si è sentita più sicura a ballare sulle note di *Chattanooga Choo Choo*. Ma quando ha guardato Stephen in cerca di rassicurazioni, lui ha tirato gli angoli della bocca e scimmiottato un sorrisetto. Per tutta la seconda metà dello spettacolo, il suo unico obiettivo è stato sopravvivere.

Helen alza lo sguardo verso le costole arcuate del soffitto. Cosa ci fa laggiù? John sarà più vicino possibile al fronte, ovvero a migliaia di chilometri sulle isole Aleutine. Dopo Anchorage, la tournée prevede tappe a Fairbanks, per quasi una settimana intera, prima di dirigersi finalmente verso le isole. Stephen le ha confermato che si esibiranno su Adak, a metà circa della catena, la base più avanzata delle operazioni di attacco in corso contro i giapponesi. Di tutti i luoghi sulla Terra, è lì che molto probabilmente si trova John. Una volta arrivata, avrà solo quattro giorni a disposizione per rintracciarlo. E se di punto in bianco le spedissero non a ovest, ma a nord, o a sud? E se i giapponesi avanzassero e fossero espulse dall'Alaska?

La porta si apre e appare Stephen, che si scioglie la sciarpa e scuote via la neve e il fango dalle scarpe. Fischietta la melodia di *Tangerine*, la canzone del bis. Si ferma accanto a Helen, uno sguardo di soddisfazione perso nel fuoco, come se nulla fosse. Come se tutto fosse andato secondo i piani.

«Mi sento come Babbo Natale» dice. «O il proprietario di un locale a luci rosse. Una persona che dona gioia.»

«Ho avuto un crollo di nervi.» Le frasi di giustificazione che si è studiata sono a malapena udibili. «Non risuccederà.»

Stephen si sbottona il colletto e allenta la cravatta.

«Eravamo tutti un po' insicuri» replica.

«No, non tutti. Solo *io*.»

«Va bene, hai ragione. *Tu* sì. E sembrava che avessi una pistola puntata alla testa. Ma almeno non sei caduta tra il pubblico.»

«Mi aspettavo che mi cacciassi dal palco a pedate.»

«Per carità» esclama Stephen. «Abbiamo ancora un sacco di date che ci aspettano. Tutti abbiamo una serata no. Solo che tu hai già sprecato la tua.»

Helen non capisce se Stephen stia cercando di rinsaldare la sua sicurezza, o se sia indulgente con lei in previsione delle bufere che si profilano all'orizzonte.

«Dove sono le ragazze?»
«Stanno ancora firmando gli autografi.»
«Non salivo su un palcoscenico da...» Helen pesca nella memoria la bugia più adatta. «Vancouver.»
Stephen estrae una fiaschetta dalla giacca e le offre da bere, ma lei declina. Lui beve un sorso, poi si accoscia e controlla il fuoco. Sorride e annuisce, come se ripensasse ai momenti clou della serata. Helen sente l'improvviso bisogno di fidarsi di lui.
«Sapevi che mentivo. Vero?»
Stephen si alza, afferra una sedia e si accomoda accanto a Helen. Poggia i piedi su un'altra sedia e osserva la fiaschetta prima di inclinarla di nuovo verso le labbra.
«Hai fatto passi da gigante durante le prove. Hai una bella voce, proprio come le altre. Devi solo fare più esperienza sul palcoscenico.»
«Sapevi che avevo mentito sui miei trascorsi.»
«Eri stata raccomandata, e mi sei piaciuta sin dall'inizio.» Fa spallucce. «E volevo vedere se te la saresti cavata.»
«Stephen...»
«Chi non ha mai finto di essere quello che non è? Pensi che non abbia millantato imprese mirabolanti per ottenere un lavoro stabile a Los Angeles? Ascolta. Il mondo dello spettacolo è solo apparenza. Sai come farti scritturare per dirigere un musical in tre atti, con orchestra e una troupe di venti persone a Sacramento? Di' che lo hai già fatto a New York. Poi da cosa nasce cosa. I produttori non ti chiedono di giurare sulla Bibbia. Ripensandoci, forse dovrebbero.»
Manda giù un'altra sorsata. Non molto tempo prima, Helen lo avrebbe giudicato male per la sua concezione superficiale di verità.
«Alla gente non importa cos'hai fatto» conclude. «Im-

porta solo cosa puoi fare per loro. Ti suona nuovo? Tesoro, suvvia!»

«Non voglio deluderti.»

«E allora non farlo. Impara ad ascoltare la tua voce. Poi trova la melodia e seguila. Io ti verrò dietro. E *sorridi*, per l'amor di Dio. Non smettere mai di sorridere. Se non ti vedo sorridere ogni secondo di ogni singola canzone, ti lancio qualcosa. Sorridi alle altre, sorridi a qualche ragazzo, sorridi al pubblico. Mantieni il contatto visivo e provocali.»

Judith arriva da sola. Appende la giacca a un gancio, poi si avvicina barcollando, e scalza i piedi di Stephen dalla sedia prima di accomodarsi. Lascia una scia di gin. «È stata la cosa più eccitante che abbia mai fatto, e nessuno mi ha toccato.»

«Congratulazioni» commenta Stephen. «Ti va una sigaretta?»

Helen è sollevata che Judith abbia preso il suo posto sotto i riflettori. Se intende criticarla aspramente, non è il primo punto sulla sua lista. Le altre ragazze varcano insieme la porta, ancheggiando e rischiando di capitombolare tutte insieme. Gettano i cappotti sulle brande, calciano via le scarpe, si tirano i calzettoni di lana sulle calze di seta. Mentre si radunano intorno alla stufa, in Helen cresce una sensazione di isolamento. Avverte una stretta allo stomaco quando le altre chiudono il cerchio, facendo a gara a chi ha firmato più autografi. Quando il cicaleccio si spegne, Helen lancia uno sguardo a Stephen, che le fa l'occhiolino. Lei indica la fiaschetta. Quando il whiskey le giunge in fondo alla gola, respinge l'impulso di tossire. Le sfugge invece una lacrima, che le rotola sulla guancia. La asciuga all'istante e si schiarisce la voce. «Sant'Iddio. Sono stata un disastro. Ero stonata come una campana e mi dispiace.» Helen solleva di nuovo la fiaschetta attirando l'attenzione delle ragazze. «Magari questo mi farà bene.» Manda giù un altro sorso.

«*Gne gne*» la canzona Judith. «Io ho toppato *Just Squeeze Me*, Jane ha cantato tutta *A Good Man Is Hard to Find* sottotono e – credici o no – Gladys ha sganciato una scorreggia durante *All of Me*.»

«Non è vero!» Gladys si finge scandalizzata a quell'accusa.

«Stavo per scoppiare» insiste Judith. «È questo che vi insegnano alla Julliard? O in qualsiasi altra scuola del selvaggio Illinois.»

Si passano la fiaschetta e dedicano molto tempo a disaminare le sfumature di ogni singola canzone. Ce n'è per tutte.

Quando i festeggiamenti cominciano a esaurirsi, Judith sproloquia di feste segrete di cui ha sentito parlare durante uno spettacolo a New York. Feste in cui mariti e mogli indossano una maschera e finiscono a letto con degli sconosciuti. Feste in cui la gente indossa una maschera e poco più. «Io non ci sono stata di persona, ovviamente, ma se sapeste chi è coinvolto... Pezzi grossi, intendo.»

A turno le ragazze tirano a indovinare i nomi di attori e attrici, ma devono bere ogni volta che colpiscono nel segno. Il gioco continua finché il whiskey finisce. Ma poi si materializza una bottiglia e il giro riprende. Poco dopo, metà delle stelle del grande schermo sono impegolate nella storia di Judith.

Nel cuore della notte, Helen si distende e sceglie un bullone sul soffitto, poi lo fissa per impedire alla stanza di girare. Si è ubriacata solo una volta. E stasera non ha rimpianti. È stata perdonata, accettata da un gruppo di donne determinate a cavarsela da sole. Donne di mondo con poco desiderio di metter su famiglia a breve. Il genere di donne da cui Joe la metterebbe in guardia, il genere di donne che normalmente lei avrebbe evitato. Helen lo considera un dono immeritato. Si addormenta grata per la loro gentilezza, e per la grazia che le offrono nel suo viaggio sulle tracce di John.

L'indomani mattina, Helen si ritrova nella sala mensa, a fissare gli occhi smeraldo del lavapiatti sparuto che adesso arrossisce perdutamente sopra un vassoio di frittatine di uova in polvere.

Uomini. Nonostante la dirompente ondata di testosterone che ha sentito rovesciarsi sul palco la sera prima, Helen li compatisce per la loro debolezza. Lì, in mezzo a soldati riuniti per combattere, si sente imbarazzata dal potere spropositato che esercita su di loro: un potere che deriva esclusivamente dal suo sesso e dal suo aspetto. Lei e le altre ragazze sono il fugace riflesso delle loro speranze e dei loro desideri, un temporaneo sospiro di sollievo dalle ansie e dalle paure. Se avesse incontrato John, i suoi fratelli, o suo padre alla loro età, in quelle condizioni, come avrebbe voluto che fossero trattati?

Mentre Stephen e le altre sono distratti al tavolo, Helen fa cenno al ragazzo di avvicinarsi. Quando il suo viso luminoso è a pochi centimetri di distanza, lo prende fra le mani e gli stampa un bacio sulla guancia; poi si volta e si allontana.

11

La pioggia è cessata, ma il mare è tutto un ribollire. Il vento soffia a velocità esorbitante. Easley si chiede se l'isola è preda di un uragano artico. Le folate più violente si fanno strada dentro la grotta, ma si infrangono e si indeboliscono quando gli lambiscono le guance. Easley giace avvolto nel sudario dei paracadute. È notte inoltrata.

I bordi della piccola cornice sono lisci nel palmo della sua mano, il vetro piatto e freddo. Easley ha fissato il ritratto così a lungo che non ha più bisogno di guardarlo. Talvolta pensa che la donna sia più di una fotografia, più di una donna vera, in carne e ossa: sente il frullio delle sue ali nel gelido cuore della notte. Gli angeli assumono sembianze umane quando discendono nella vita degli uomini? La mente gli proibisce di covare tali pensieri, ma l'anima non esita ad abbracciarli. Tatiana gli dà coraggio, la forza di andare avanti.

All'improvviso, il vento cessa del tutto.

Alzati. È tempo di andare.

Non ha bisogno di vedere per camminare sulla spiaggia. Conosce ogni scoglio e ogni calanco, sente la risacca infrangersi per abbatterlo e trascinarlo via con sé. Cammina nelle tenebre, le braccia aperte; ha l'impressione di volare.

Il carbone è finito da quasi una settimana. L'ultima incursione al villaggio è stata interrotta quando ha notato tre soldati giapponesi che riparavano qualcosa in un avvallamento del terreno vicino alla rimessa. Un mitragliatore inceppato? Una mina terrestre? Sono rimasti lì per ore. Eppure, deviando il proprio percorso, ha scoperto il posto dietro l'accampamento dove buttano gli scarti della cucina. Sotto la protezione della nebbia, ha trovato una cipolla semi marcia e del riso, che ha consumato sul posto. Solo quando ha finito di mangiare ha notato un rotolo di garze insanguinate sepolte nella spazzatura.

Ora, grazie agli scarponi e le orecchie, legge la sabbia, poi l'erba e infine di nuovo la sabbia. Marcia alla cieca nell'oscurità.

«Cosa mi prende?» si chiede a voce alta, sconvolto dal suono della propria voce. Si è invaghito della fotografia di una donna che non conoscerà mai. E Helen... il senso di colpa per averla abbandonata. Affamato e sfinito, deve lottare per ritrovare il senno, evitare di cedere ai filosofeggiamenti e alle fantasticherie. Ma una domanda cresce a dismisura e invade la sua mente escludendo ogni altro pensiero: e se Tatiana fosse l'unica persona ad attendermi?

Stavolta il suo avvicinamento è contrassegnato dalle ombre dell'alba. Le sentinelle dovrebbero essere appostate, ma Easley non rileva alcun movimento. Il villaggio ora appare deserto, l'accampamento stesso sbarrato. E poi li vede, in gruppo di sei, che escono insieme dalle tende, le braccia che oscillano mentre assumono un passo deciso. Easley glielo ha già visto fare: una messinscena per i superiori. Non appena supereranno l'accampamento, il loro incedere degenererà, si fermeranno di quando in quando per guardare le nuvole in cielo o verso il mare. Avendo sottomesso con facilità i pochi abitanti di Attu, i giapponesi sono convinti di avere l'isola a completa disposizione. Easley approfitta della penombra incolore per avvicinarsi alla cresta. Da lassù, attende e contempla il degrado di oltre cento tende, che sembrano un'enorme baraccopoli. Sperando che non ci siano occhi puntati verso di lui, con accortezza si avvicina alla discarica.

Arrivando, si accorge che gli uccelli hanno già fatto piazza pulita. Non c'è niente da mangiare tra le rocce. Easley rimira quella desolazione a bocca aperta, respingendo la fame e la paura. Rastrella il terreno in cerca di qualcosa di vagamente commestibile. Persino i gusci delle uova sono spariti. Rimangono soltanto un chicco di riso qua e là e un mucchietto di grasso congelato. È pronto a voltarsi e ad andarsene quando la vede: la scorza vivace e ammaccata di un limone. La raccoglie, la ripulisce da sabbia e sassolini, e se la infila in tasca.

Da una delle tende, a circa cento metri di distanza, proviene il clangore di quella che immagina sia una pentola vuota. Easley si accovaccia e trattiene il fiato. Dopo una lunga pausa di silenzio, si alza e, sempre con prudenza, ripercorre i propri passi verso la collina.

La cosa più importante ora è riempire la sacca di carbone. Aggira le colline alle spalle dell'accampamento e del villaggio, poi raggiunge la vetta per dare una controllata alla rimessa. Easley fa capolino da sopra le rocce e intravede le case e la chiesa, ma la baracca è scomparsa. Ha una stretta allo stomaco, la bile gli inonda la bocca. Si inerpica sul versante nascosto della collina, poi si avvia verso il luogo dove sorgeva la rimessa. In mezzo alle pietre resta soltanto polvere umida di carbone. Easley non sa come gestire la disperazione che sente crescere dentro.

Con la mano tremante, tira fuori la scorza di limone e se la infila in bocca per evitare di mettersi a gridare.

Poi ecco un inconfondibile rumore dall'accampamento: il *deng* e il *bzzz* di un generatore. Uomini. Macchine. Cibo e calore. Easley succhia la scorza e riflette, poi si incammina verso il villaggio.

La prima casa è silenziosa. Sbircia dalle finestre nell'ombra all'interno. Dove dovrebbero esserci sedie, un tavolo e letti, vede solo uno spazio vuoto. Le pareti spoglie di quadri, calendari o lampade. Gira intorno alla casetta di legno e prova ad aprire la porta. Non ci sono chiavistelli. Con cautela, ruota la maniglia, fa qualche passo in punta di piedi. Si guarda indietro e intravede il tappo di un barattolo e dei fogli sparpagliati. Richiude la porta, appoggia la schiena a una parete mentre il vento soffia attraverso le crepe e gli interstizi. Cosa ne è stato della gente che ha costruito quella casa? Sono ancora vivi? Erano parenti di Tatiana? Scivola lungo la parete fino a sedersi sul pavimento.

Easley si sveglia al rombo di un camion che passa lungo la strada. Trattiene il respiro mentre il mezzo supera la casa e prosegue giù verso la spiaggia. Si è addormentato tra le braccia del nemico? Karl ne sarebbe amaramente deluso. Quando sente solo il vento, Easley si alza in ginocchio e scruta dai vetri infranti. Non vede movimenti, tranne l'immagine distorta di un soldato che solo soletto si allontana dal villaggio in direzione dell'accampamento. L'uomo trasporta un grosso sacco vuoto, ogni due passi accosta la mano libera alle labbra. Una sigaretta.

Quando il camion sarà sulla spiaggia, dovrà fuggire puntando dritto verso la collina. Esce dalla porta e scorge diversi sacchi pieni accanto a una grossa tanica sul retro della casa vicina. Si schiaccia contro la parete.

Easley si tiene al livello del terreno mentre si sposta tra gli edifici. Quando raggiunge la seconda casa, pressoché identica alla prima, tende l'orecchio in cerca di segni di vita. Non sentendone, apre il primo sacco. Tela spessa chiusa da una pinza di metallo, caratteri giapponesi impressi su di un lato. Quando la guerra sarà finita, saremo tutti obbligati a imparare il giapponese? Estrae un paio di pantaloni e un calzino cade nell'erba. Tira fuori l'altro calzino, poi si infila il paio in tasca. Fruga ancora, trova un paio di pantaloni della sua taglia e li mette nella sacca. Richiude il primo sacco e ne apre un altro. Camicie, mutandoni. Easley ne afferra due paia, poi richiude il sacco come lo ha trovato.

Strade. Case. Abiti che appartengono ad altri. Malgrado il pericolo, si sente meglio che nella grotta, da solo con i suoi pensieri. Lì, il pericolo immediato fa sembrare il mondo più luminoso, quasi più vivo, più netta la linea che separa realtà e immaginazione. Eppure l'istinto di protezione è forte. Tatiana è tutta sola.

Mentre perde di vista il villaggio, Easley ha la sensazione di essere seguito. Invece di aver paura, prova una calda ondata di sollievo. E così ecco la fine. Non conoscendo le regole della resa, senza il desiderio di nascondersi né di un posto dove rifugiarsi, procede lontano dal porto. Gli spareranno alle spalle, o lanceranno l'allarme e alzerà le braccia. Dal momento che ciò non avviene, entra in gioco l'impazienza. Raggiunge un fosso percorso da un fiumiciattolo. Si accovaccia, nascondendosi dietro il terrapieno di erba e pietre.

Quando infine alza la testa, si ritrova a fissare il muso di un cane. Non si accuccia e non abbaia. Invece si siede sulle zampe posteriori sei metri più in là, a fissarlo di rimando. Poi sbadiglia, tirando indietro le orecchie e arrotolando la lingua in un lungo ricciolo rosa. Easley aspetta per vedere se il cane ha tradito la sua posizione, ma non succede niente. Guarda dritto nel muso indagatore dell'animale. «Vieni qui.»

Si avvicina scodinzolando.

«Allora tu parli inglese.» Easley allunga la mano per salutarlo. Il cane la annusa, poi torna nella sua posizione a sei metri di distanza. Indeciso sul da farsi, Easley osserva il nuovo compagno – un incrocio con un cane da pastore – che però si alza e se ne va.

«Ehi, bello. Torna qui!»

Il cane fa dietrofront come ordinato, il posteriore che dondola a destra e a manca. Stavolta Easley riesce ad accarezzarlo; chiaramente l'animale apprezza le sue attenzioni.

«Chi ti ha mandato? Hanno preso prigioniero anche te?»

Il cane si accuccia, facendosi accarezzare la testa. Intorno al collo ha un sottile nastrino giallo con una medaglietta che gli penzola sul petto. Si rivela una moneta con un forellino al centro. Giapponese. Il cane si sdraia sulla schiena, esponendo l'addome per una bella strofinata.

Easley lo gratta e lo massaggia. Il cane rotola sul fianco ed Easley affonda il viso nella sua pelliccia. Aspra. Polverosa. Altamente confortante. Il cane lo osserva con un'aria affettuosa. Per la prima volta dopo settimane, si sente quasi umano. Poi avverte il vuoto che lo attanaglia e le sue mani ricominciano a tremare.

Il cane si dimena e si gratta la schiena sulla ghiaia. Easley afferra la sacca. Recupera una funicella del paracadute e ne taglia un pezzo. Fa un cappio a un'estremità e un nodo scorsoio all'altra, poi lo passa intorno alla testa del cane. Easley si alza con il resto della corda in mano. Si guarda indietro verso il villaggio, scruta il crinale, ma non vede tracce di inseguitori. Soddisfatto, si china, prende il muso del cane tra le mani e lo bacia sulla testa. Bravo ragazzo. Un sospiro profondo, un rapido strattone alla fune e il cane si contorce come un pesce preso all'amo. È l'unico modo che conosce per tenerlo lontano dal suo corpo ormai debole.

Per finirlo, Easley dà uno strattone con tutte le forze. Il cane prova ad abbaiare, ma il suono gli resta intrappolato in gola. Cerca di mordere la corda che però resta fuori dalla sua portata. Easley deve fare appello a tutte le sue energie per sollevare l'animale da terra mentre scalcia e scalpita. Altri due strattoni e finalmente gli spezza l'osso del collo.

I muscoli del cane si rilassano mentre lo infila nella sacca per la groppa. Vi entra soltanto metà del corpo. Per impedire che cada, Easley si siede e passa le braccia nelle bretelle, poi si tira la fune sulla spalla in modo che la testa del cane – ancora stretta nel cappio – posi accanto alla sua. Si alza, sistema il carico, poi torna da dove è venuto.

Le forze di Easley sono allo stremo. Il carico è pesante, ed è costretto a riposare diverse volte. Le zampe anteriori si liberano e puntano dritte verso il cielo. Quando Easley si ferma per riposizionare il carico, evita di guardare il muso del cane. Una volta rimessa la sacca in spalla, la testa dell'animale ciondola al ritmo dei suoi passi.

Il pelo soffice gli solletica il collo per tutto il tragitto fino alla grotta.

12

Passeggiano per le vie di Anchorage in cerca di souvenir. Judith compra un cappello di pelliccia che le dà l'aspetto di un cosacco. Invita le altre a provarlo, ma nessuna vuole rovinarsi l'acconciatura. Helen compra delle cartoline del monte McKinley sormontato da un cielo di un azzurro soprannaturale. Il cassiere le spiega che in realtà la montagna – la più alta dell'America settentrionale – è generalmente avvolta dalle nuvole e probabilmente quello sarà l'unico modo in cui riuscirà a vederla. Sono fortunate ad avere trovato cartoline, aggiunge il cassiere. L'esercito ha confiscato gran parte delle immagini del panorama per paura che contenessero indizi utili al nemico.

Quel mattino, hanno fatto i bagagli e lasciato Fort Richardson, poi hanno fatto un giretto in città e adesso hanno a disposizione alcune ore di libertà. Si concedono il lusso di comprare i biglietti per la proiezione pomeridiana de *L'ombra del dubbio* di Hitchcock, in cui, guarda caso, recita la sfuggente Teresa Wright. Il cinema, di nuovissima costruzione, presenta una facciata in stile Déco, che sembra già irreparabilmente fuori moda. L'atrio tappezzato di moquette è circondato da una boiserie. Ai lati dello schermo ci sono imponenti bassorilievi in rame di macchine e di uomini eroici che estraggono le risorse naturali dell'Alaska. Helen si accascia sulla poltroncina di velluto. Sul soffitto, le luci fioche formano la costellazione del Grande Carro con la Stella Polare, come sulla bandiera dell'Alaska. Helen si ritrova in un'inattesa oasi di civiltà.

Dopo quindici minuti di quel film inquietante, il proiettore si inceppa, la pellicola si spezza in due e lo schermo diventa tutto bianco. Le ragazze siedono nella penombra, a criticare l'interpretazione della Wright, in attesa di ulteriori istruzioni. Alla fine le luci di sala si accendono e un'anziana maschera puntella le porte dell'atrio. Vengono risarcite del costo del biglietto e si avviano verso la stazione ferroviaria.

Mentre aspettano il segnale per salire sul treno, le ragazze ballano a turno, indossando finalmente il colbacco di Judith prima di prendere l'iniziativa. Le altre attendono impettite, il mento in fuori, cercando di assumere una posa risoluta, ma la vera rivelazione è Gladys, che conduce meglio di molti uomini. Poi tocca a Helen, che si stupisce della fluidità con cui si muovono a coppie senza mai scontrarsi, per la gioia di nessuno tranne dei corvi enormi che si lisciano le penne fuori sul marciapiede e sbirciano attraverso i finestrini.

Il treno parte nel tardo pomeriggio. Stranamente sono le uniche occupanti della carrozza passeggeri in testa a una lunga carovana di carri a tramoggia per il carbone, vuoti, diretti a nord verso Fairbanks, nella direzione opposta rispetto alle Aleutine. Un falco, o forse un'aquila, volteggia lentamente sulle colline che di chilometro in chilometro si fanno più alte. John saprebbe di quale uccello si tratta.

A Fort Richardson non avevano sue notizie. Le indagini circospette di Helen hanno incontrato fronti aggrottate, alzate di spalle e cenni di dissenso. Ciononostante, ha continuato a porgere la mano e a presentarsi a chiunque, sperando di incontrare qualche pilota che avesse volato sulle Aleutine o che conoscesse gli uomini di stanza laggiù. Al posto della verità, si è inventata di avere un cugino da ritrovare. Non lo vede da anni, dice, ma ha sentito che è di guarnigione nell'arcipelago. Essendosi costruita con cura una biografia di falsità, continuare a mentire è facile e necessario.

Dopo il secondo spettacolo, un pilota si è avvicinato per presentarsi. Era un uomo trasandato di circa trent'anni, occhi cerchiati e barba di una settimana. Stava per tornare in Idaho in licenza straordinaria per la morte di un congiunto e voleva ringraziarla personalmente dello spettacolo. Aveva alleviato il suo dolore in un modo che lei non poteva nemmeno immaginare. Quando le ha detto che era rimasto di guarnigione per più di un anno sulle Aleutine, Helen ha trattenuto il fiato e lo ha portato in disparte.

Gli ha chiesto del cugino immaginario. Lui ci ha riflettuto, ma poi ha scosso la testa. Non ha mai sentito parlare di un certo Connelly di Olympia, Washington. Ma tra Dutch Harbor, Umnak e Adak, c'erano migliaia di uomini. Ovunque fosse, il pilota le ha assicurato che era al sicuro. Per ora.

Helen lo ha incalzato: e i giornalisti? Ha un amico che lavora per la stampa. Ha mai incontrato qualche reporter? L'espressione dell'uomo si è inasprita. In effetti aveva incontrato a Dutch Harbor una donna che si definiva giornalista. Prendeva sempre appunti, faceva domande sul benessere delle truppe. Lui le aveva risposto che il morale era basso e l'insubordinazione imminente. Ma quando il reportage era arrivato all'agenzia di stampa, era un insabbiamento bello e buono, ha detto. Dava l'impressione che tutto fosse rose e fiori. Quella donna doveva lavorare per la Marina. E lui non avrebbe sprecato più il suo tempo.

Fuori, ora, il giorno cede il passo a una limpida notte gelida. In mezzo ai pecci neri, le betulle riflettono il lieve lucore lunare. Quando oltrepassano una palude, Helen vede un alce alzare il palco di corna e osservare il treno in corsa. È il primo alce che vede, benché ne scorga solo la sagoma. Prova l'impulso di balzare in piedi, di indicarlo a Gladys, ma in un attimo non c'è più. Oltre alle rotaie e ai cavi del telegrafo, non ci sono segni di presenza umana. Si volta e guarda in fondo alla carrozza, dove Stephen si abbottona la giacca sportiva richiudendo la porta della toilette. Sorride e chiede alle ragazze se va tutto bene, poi sceglie di sedersi accanto a Helen. In men che non si dica, si è addormentato con la testa sulla sua spalla.

Sul sedile dirimpetto al loro, Sarah tira fuori una penna e inizia a scrivere una cartolina su un libro aperto in grembo. Le hanno avvisate di non accennare alla guerra nelle comunicazioni, né di dare indicazioni sulla posizione, sulla destinazione, o informazioni sui soldati o le basi che hanno visitato. Devono limitare le notizie al clima, alle canzoni dello spettacolo, alla felicità di coloro che le vedono. Poco dopo sono tutte impegnate a scrivere.

Judith suggerisce alle ragazze di fare dei disegni. Passa la sua cartolina, con un lusinghiero ritratto di se stessa che canta una canzone a squarciagola, circondata dalle altre relegate a ruoli di contorno. Il seno disegnato è un paio di taglie in più rispetto alla realtà. Quando la cartolina le torna fra le mani, qualcuno ha scritto «Una ragazza deve pur sognare!» su di un piccolo stendardo in alto, con frecce che puntano ai seni procaci.

Helen trae conforto dalla calda presenza fisica al suo fianco, dall'odore di tabacco e dopobarba. Il suo peso e la sua mole, in particolare, sono gratificanti per lei. Studia le lunghe gambe, le ginocchia che premono contro il sedile opposto. Per un istante si sente infedele, poi ci ripensa. È una sensazione stranamente liberatoria avere un uomo che occupa uno spazio tanto intimo senza che per forza sia un amante.

Fruga nella borsa ed estrae una cartolina. Si ferma a pensare per un momento, poi sceglie le parole con cura.

Caro papà,

quanto mi manchi! Rimarresti affascinato dall'Alaska. È abbastanza grande da poter essere una nazione a sé. Ho incontrato poca gente del posto, ma dissuaderei chiunque dal prendersi gioco di loro. Scommetto che sanno come maneggiare il fucile. Non hanno grande considerazione per gli ordini dei forestieri. Ho il presentimento che, se la situazione qui si infiammasse, potrebbero scomparire tutti nella boscaglia e generare il caos in eterno.

Ti sorprenderesti nel vedere quanto facciamo con il poco che ci danno. Le ragazze, e Stephen, illuminano il palcoscenico ogni sera. Non so dirti quanto mi manchi. Ti riscriverò presto quando avrò trovato il nostro comune amico.

Ti voglio bene,
Helen

Scrive una seconda cartolina al sacerdote della parrocchia di St. Brigid, ringraziandolo di essere passato a trovare suo padre una volta a settimana. Per accertarsi che ricordi la promessa che le ha fatto, Helen lo ringrazia vivamente per la cura pastorale e le preghiere che ha dedicato alla sua famiglia in tanti anni.

Poi ripone le cartoline. La carrozza si dimena e ondeggia dolcemente mentre il treno fa una lunga virata verso est.

Helen è colta dal dubbio di essere diventata un'esperta

di elusione. Perché John non si è messo in contatto con lei o con i genitori? Niente telefonate, lettere, telegrammi o cartoline. Nessuna notizia per interposta persona. Silenzio. Di tutte le terribili ragioni, sceglie la prigione militare, ma certamente le autorità l'avrebbero informata. E poi c'è il pensiero assillante che sia stato preso prigioniero dai giapponesi. Oltre a ciò, non ammetterà altre casistiche non dimostrabili. Lui è vivo, fino a prova contraria.

Il treno fa sosta in un posto chiamato Curry, ma non c'è nessuno ad accoglierli. Uno a uno, escono nella pungente aria notturna e percorrono un breve sentiero di ghiaia che conduce verso un albergo silenzioso, che potrebbe fare da sfondo a uno dei film di Hitchcock. È un bell'edificio illuminato, ma l'ininterrotto oceano della notte che si estende per chilometri tutt'intorno gli conferisce un'aria spettrale. All'interno, un fattorino adolescente mette da parte l'albo a fumetti per aiutarle tardivamente con i bagagli. Dietro il bancone, un uomo abbastanza vecchio da poter essere suo nonno si anima e sorride meccanicamente all'avvicinarsi delle ragazze. È come se quei due aspettassero in silenzio da mesi, rimandando quell'inevitabile sconvolgimento fino all'ultimo.

Scoprono di avere una stanza ciascuna al piano di sopra, completa di un vero materasso a molle, lavandino e asciugamani. Una sciccheria. Sono tutti d'accordo: è quello lo stile di vita a cui sperano di abituarsi. Helen chiude la porta, passeggia per la stanza, poi si siede sul letto, desiderando di avere con sé uno di quegli interminabili romanzi russi.

Stephen è in canottiera quando Helen apre la porta. Benché sia mezzanotte, è chiaro che lei non lo ha svegliato.

Ha gli occhi brillanti e la luce è ancora accesa. Scruta dietro la porta, nascondendosi dalla vita in giù. «Non potevi aspettare domattina?»

«Non è niente, davvero. Volevo solo… Scusa, è una sciocchezza. Buonanotte.»

Stephen si tira le bretelle sulle spalle e guarda a destra e a sinistra lungo il corridoio.

«Forza» le dice. «Vieni dentro. Siediti.»

Sulla spalliera della sola sedia a disposizione è appesa la giacca sportiva, probabilmente l'unica giacca sportiva da Curry al Polo Nord. Helen posa le mani sulle cosce e tiene il busto in avanti per non schiacciarne il colletto.

«Va tutto bene?»

«Avevo solo bisogno di compagnia.»

Stephen si fruga in tasca ed estrae la fiaschetta. «Vuoi un goccio?»

Lei declina agitando la mano.

«Preferisco non bere da solo, ma lo faccio comunque.» Si siede sul letto, svita il tappo e manda giù un sorso. Poi riavvita il tappo, come se per la serata ne avesse avuto abbastanza.

«Ti spiace se resto un po' qui?»

«Se non ti disturbano i pettegolezzi.»

Siedono uno davanti all'altra per qualche minuto, a disagio, senza sapere cosa dire. C'è un silenzio tale nella stanza, nell'albergo e, così pare, nella natura selvaggia che li circonda da spingerla a chiedersi se ci sia già stata la fine del mondo e loro fossero semplicemente troppo lontani per ricevere la notizia.

«D'accordo» esordisce infine Stephen. «Comincio io. Posso farti una domanda?»

Helen annuisce.

«Perché sei qui?»

Helen si sente avvampare su viso e collo. «Te l'ho detto, perché ho bisogno di compagnia.»

«Quassù, intendo. Con noi. A passare la primavera in Alaska.»

«Per trovare una persona… e riportarla a casa.»

«Ho sentito dire che hai fatto domande.»

Helen tace, contenendosi per un ultimo istante, ma non riesce a trattenersi. «Sono qui per ritrovare mio marito.» Come deve sembrare patetica, abbandonata, incredula. Fa un respiro profondo. «È triste il fatto che l'amore incrementi la fiducia. Ti illudi di poter fare qualsiasi cosa, e invece…»

Stephen svita di nuovo il tappo e beve un altro sorso.

«Si è sempre sacrificato per il lavoro» racconta lei, riconoscendo lo stereotipo che si nasconde in quella lamentela che riecheggia di generazione in generazione. «Ma dopo che suo fratello è stato ucciso in Europa, il lavoro è diventato una croce pesante da portare.»

Stephen le offre di nuovo la fiaschetta. Stavolta Helen accetta.

«Si chiama John. Fa il giornalista. Prima si occupava di animali e di natura. Adesso fa il reporter di guerra. Era sulle Aleutine durante l'attacco giapponese, ed è uno dei pochi giornalisti che le conosce a menadito. Per lui è un dovere scrivere quel reportage. È un uomo d'onore. E so anche che adesso è da qualche parte sulle Aleutine e che deve essere in pericolo. Voglio solo riportarlo a casa.»

Helen inclina la fiaschetta. Arriccia il naso per l'asprezza del whiskey, agognando invece un assaggio del dolce rum di suo padre. Guarda Stephen che mette ordine tra tutte quelle informazioni e che riconcilia la persona che conosceva con la nuova Helen.

«Sei sposata…»

«Mi dispiace non avertelo detto prima. Temevo che se la USO avesse conosciuto i miei piani non mi avrebbe permesso di partire. O che mi avresti giudicato come la classica moglie abbandonata che ha perso il senno.»

Stephen annuisce lentamente, scegliendo la prossima mossa con attenzione.

«C'era un'altra donna?»

Lei scuote la testa. Respinge quell'insinuazione con tale rapidità da accorgersi che si tratta di un dono. Nemmeno per sbaglio ha messo in dubbio di non essere l'unica donna nella vita di John.

«E così ti ha abbandonato per il suo lavoro...»

«Non è così semplice.»

«Non lo è mai. Fammi capire bene. Pensi di riuscire a trovarlo sulle Aleutine, di convincerlo a fare i bagagli e a tornare a casa con te solo perché hai fatto tanta strada.»

«Messa così sembra un'impresa disperata.»

«Disperata? *Con me* funzionerebbe alla grande.»

Helen lo guarda negli occhi e capisce che è sincero.

«Allora, dimmi di lui.»

Ciò che Helen ha trattenuto nel profondo riaffiora con una tale potenza che è a malapena in grado di coprirsi il viso con le mani in tempo. Finalmente scoppia a piangere. Stephen si alza, afferra una canottiera pulita dalla borsa, le fa cenno di prenderla.

«È determinato.» Helen si asciuga il viso, fa un respiro. «È fin troppo gentile e leale. Quando si concentra su qualcosa, esclude tutto il resto. E una volta che sei stata oggetto di una tale attenzione...»

«Sembra un tantino possessivo.»

«Devoto, direi. A prima vista lo giudicheresti tranquillo, ma quando lo conosci bene...» Si toglie i capelli dal viso. «Ed eccomi qua a inseguirlo con uno spettacolo di varietà. Mi sento una sciocca... Mi avrebbe contattato, se avesse potuto. Devo agire con cautela.»

«Il tuo segreto è al sicuro con me.»

Stephen si alza e le tende la mano. Helen gliela stringe con delicatezza. La aiuta ad alzarsi e la abbraccia forte.

«A volte mi chiedo se qualcuno mi amerà mai così» dice. «Io l'ho fatto, ma non sono mai stato ricambiato.»

Stephen la lascia con un bacio sulla fronte, poi prende le francesine a coda di rondine, la spazzola e la cera per scarpe. Si siede e si mette a lucidarle. Helen ha l'impressione che quella storia possa aver pizzicato le corde della sua memoria.

«Stephen, c'è...»

«È tardi.»

Helen annuisce, restituendogli la canottiera.

«Hai visto come vanno di fretta quassù» conclude lui. «La guerra potrebbe rovesciarsi in un battibaleno. E siamo diretti al fronte... Spero che quest'uomo ti meriti.»

* * *

Il cielo sopra Fairbanks è tutto un brulichio. Helen è così distratta dai ruggiti e dalle fusa degli aerei che volano in formazione, compiono cerchi, atterrano a turno, da dover abbassare lo sguardo ogni tanto mentre percorre il campo d'aviazione. Uno dopo l'altro, gli aerei si precipitano a terra, poi rullano sulla pista di atterraggio. Si parcheggiano in file irregolari vicino al piazzale, con la foresta di rachitici pecci neri che si estende più in là.

Alcuni dei piloti devono essere sollevati dalla cabina e trasportati da altri uomini. Altri scendono dall'aeromobile da soli, ma dopo un paio di passi capitombolano e si aggrappano al personale di terra. Quando Helen chiede cosa affligga quegli uomini, le rispondono che sono stati in volo così a lungo da aver perso la sensibilità e l'uso delle gambe. Ma durante la cena in loro onore, quella sera, Stephen viene tratto in disparte e informato che Roosevelt intende inviare migliaia di aerei ai sovietici, facendoli passare in gran segreto dalla porta posteriore, dal Montana al Canada occidentale, poi alla base di Ladd a Fairbanks. È lì che entrano in gioco i russi, che volano verso la Siberia.

L'indomani mattina la temperatura precipita a meno dieci. Helen non ha mai sentito un'aria tanto gelida da strinarle il naso o da farle dolere i polmoni. Sotto il cappotto è avvolta da numerosi strati di vestiti, si copre la bocca con la sciarpa, ma vede i russi che passeggiano per il campo d'aviazione e la caserma con indosso cappotti relativamente leggeri e calzoni *jodhpur*, larghi sulle cosce e stretti al ginocchio. Sono uomini più vecchi e temprati che, dicono gli americani, hanno una considerevole esperienza nell'uccidere i nazisti e nel vedere la propria gente massacrata. A Helen sembrano sospettosi, spaesati. Quando adocchiano lei e le ragazze non reagiscono con il solito sorriso o il complimento ironico. Quegli uomini le fissano con aria maliziosa. Mormorano e soffiano sottili fili di fumo da denti marci, mentre studiano la preda.

Nella sua ricerca del cugino perduto, Helen interpella piloti americani e canadesi di passaggio per entrare in azione sulle Aleutine, ma nessuno va nella direzione opposta. Ci sono circa duemila uomini schierati alla base di Ladd e quasi altrettanti civili, impegnati nel rifornimento degli aerei e diretti a ovest, per costruire hangar e caserme, e a condurre ricerche aeronautiche per la guerra nei climi artici. Gli uomini si vantano di aver goduto di condizioni meteo ideali, ultimamente. L'inverno passato è stato il più freddo a memoria d'uomo, con crolli delle temperature fino a cinquantadue gradi sotto zero.

Le tre serate sono un successo straordinario. Lo spettacolo fila liscio come l'olio, anche se Helen sente naufragare le sue ricerche. Ma poi sul palco, mentre fissa la folla di uniformi, le viene un'idea. Un'idea vincente che la riaccende di speranza. Perché non rivolgersi all'organizzazione che ha del personale sulle isole, e in tutto il mondo? Uomini devoti e intenzionati ad aiutare i compatrioti? L'organizzazione di cui è membro a vita.

Sulla porta dell'ultimo capanno Quonset della fila è appesa una croce. Dalla traversa pendono dei ghiaccioli come piume da ali spiegate. Un cero rosso balugina dalla finestra, a indicare la presenza del Santissimo Sacramento. Il cumulo di neve davanti alla porta è crivellato da mozziconi di sigaretta. Helen bussa due volte. Non ricevendo risposta, entra comunque.

Alcune file di panche conducono a uno spartano altare di legno posto in fondo. Le pareti ad arco sono spoglie, la stanza vuota e funzionale: essenzialmente presbiteriana, pensa. Non una chiesa, ma una cappella. Pronta ad accogliere soldati di qualsiasi confessione. Helen percorre la navata e si genuflette. Come evocato da quel gesto, da dietro il dossale appare un cappellano. Quando la vede, però, pare colto alla sprovvista. Come gran parte degli uomini che Helen sta incontrando ultimamente, non è abituato a vedere una donna senza l'uniforme da infermiera. Sotto il pesante cardigan verde, indossa una camicia nera con il collarino bianco. Avrà circa quarantacinque anni, ma trasuda un'aria autoritaria e stanca che lo fa apparire più vecchio. Quando Helen gli porge la mano, cincischia con gli occhiali, quindi si presenta come il cappellano locale, padre Michalski, e si scusa per il freddo. La chiesa non si scalda mai finché non è piena di gente, la domenica.

«Padre, ho bisogno di aiuto e non so a chi rivolgermi.»

«Be', vediamo cosa posso fare, con l'aiuto di Dio.» Estrae un fazzoletto dalla manica, si soffia il naso e lo infila nel polsino. «Lei è nello spettacolo di stasera?»

«Esatto.»

«Siete di grande conforto per gli uomini. Ma sicuramente lo saprete già.»

Helen sorride. «Fa sempre piacere sentirselo dire.»

L'uomo la squadra, inclinando la testa all'indietro per vederla meglio.

«Avere qualcosa da attendere con ansia è determinante... Non crede?» Non aspetta una risposta. «Da dove viene?»

«Da Seattle, la parrocchia di St. Brigid.»

«*Seattle*. Questo nome inizia ad avere un che di nostalgico.» Si toglie gli occhiali ed estrae il solito fazzoletto. Lo usa per pulire le lenti, poi verifica il risultato. «Cosa posso fare per lei?»

«Be', è una questione privata.»

«Vuole che la confessi, allora.»

«No. Ma speravo di poter parlare con lei... in confidenza.»

«Capisco.» Incrocia le braccia e solleva la testa, preparandosi – o così pare – a dispensare giudizi.

Helen è una donna adulta, sposata, di venticinque anni. Eppure non fa differenza. Forse non è nelle intenzioni del sacerdote, ma il suo sguardo la fa sentire come una bambina spaventata. Indica la panca in prima fila, e si siedono insieme.

«Mio marito è un corrispondente di guerra. Stava lavorando in Alaska quando il governo ha espulso tutti gli organi di stampa. Ma è tornato.»

«Capisco.»

Ancora una volta, «capisce». Per Helen, quello scambio non trasmette il sollievo di una buona confessione. È come se l'uomo non volesse essere coinvolto.

«Non abbiamo sue notizie da mesi.»

«Be', se si trova quassù, e contro le disposizioni del governo, è molto probabile che sia stato arrestato. Quella dell'informazione è una faccenda delicata, come può capire.»

«Credo che sia sulle Aleutine. Quasi certamente su Adak.»

«È molto lontano da qui.»

«Be', speravo che conoscesse qualcuno laggiù. Un collega sacerdote o un pastore? Magari potrebbe contattarlo e verificare se ha sentito parlare di un giornalista incarcerato, o...»

Un aviatore entra nella cappella e si toglie cuffia e guanti. Incrocia lo sguardo del sacerdote per qualche decimo di secondo, poi si siede timidamente su una panca vicina alla porta.

«Signora...?»

«Easley.» Un nome che non pronuncia da mesi.

Il cappellano studia la sua espressione, forse ricordandosi cosa significava prestare aiuto a una donna. Ricordandosi di un tempo in cui era uno dei tanti sacerdoti della canonica a condividere il carico, quando non doveva occuparsi di fare una diagnosi emotiva su uomini che rischiavano regolarmente la vita.

«Deve sapere che ci sono molti dispersi.» Abbassa la voce. «Uomini in uniforme. Ora, c'è un giovane aviatore che mi attende.»

«La gente ha diritto di sapere cosa succede quassù, se questa guerra arriverà fino alla loro porta. È territorio americano.»

«Fidiamoci del nostro presidente riguardo a ciò che la gente dovrebbe o non dovrebbe sapere.» Le posa una mano sulla spalla con un atteggiamento sommario tale da indurla a pensare che lo abbia già fatto innumerevoli volte. «Le dispiace rimandare?»

«Padre, non c'è altro. E ho poco tempo.»

Padre Michalski solleva una stola di colore violaceo da una mensola accanto all'altare. La bacia, se la posa sulle spalle, poi si volta verso Helen. «Telefonerò al cappellano su Adak. Non so se servirà a qualcosa, ma ha un sesto senso per capire cosa succede lassù. Torni domattina dopo colazione.»

Helen si gira verso l'uomo seduto in fondo. Capelli biondi e radi, le spalle ricurve del condannato. Raccoglie la forza necessaria ad alzarsi e presentarsi al cappellano.

Uscendo, Helen gli guarda le mani. Macchie giallo scuro si intravedono ai polsi fasciati e scompaiono sotto le maniche del giubbotto. In quel momento, l'uomo allunga una mano e sfiora l'orlo del suo vestito che spunta da sotto il cappotto. Impietrita, Helen non trasalisce né indietreggia. L'uomo non la guarda in cerca del permesso né si avvicina alla sua gamba. Passa semplicemente le dita gonfie sotto l'orlo, poi ritrae la mano. Blu notte, con fiorellini gialli e bianchi. Helen si volta per vedere padre Michalski che osserva in silenzio dall'altare. Il sacerdote incrocia il suo sguardo soltanto per un secondo, poi si volta e scompare dietro il dossale.

L'aviatore si alza e Helen si fa da parte. Percorre la navata, si inginocchia all'altare, poi si inchina dietro il dossale. Non resta che pregare. All'inizio, Helen prende posto sulla panca dove era seduto il soldato, ma si sposta non appena avverte il calore che ha lasciato.

Sulle ginocchia, si sente lontana: da Dio, dagli altri, da se stessa. Ciononostante, rende grazie per quella nuova, esile speranza.

Alla porta, affonda istintivamente le dita nell'acquasantiera, per scoprire che è colma di ghiaccio.

L'indomani, Helen torna come indicatole e trova la cappella chiusa a chiave. Bussa alla porta finché non è certa che non ci sia nessuno. Marcia fino all'ufficio vicino, dove un aviatore piuttosto in carne siede a una scrivania. È solo metà mattina, ma sembra esausto. Si sforza di sorridere. Il cappellano è in città a officiare messa per gli indigeni, non tornerà prima dell'ora di cena.

«Mi ha detto di passare da lui stamattina.» Helen cerca di controllare il tono di voce, ma non riesce a dissimulare la propria frustrazione. Non si aspettava che la freddezza del sacerdote nei suoi confronti si sarebbe tradotta in un secco rifiuto.

«Le ultime ventiquattr'ore sono state un caos.» L'aviatore si abbandona allo schienale della sedia. «Tutti i suoi programmi sono saltati. Ieri abbiamo ricevuto la notizia che l'aereo disperso un mese fa è stato finalmente localizzato. Un equipaggio di sei uomini, ancora allacciati ai sedili... Il cappellano è stato in piedi tutta la notte in attesa dei corpi.»

«Mi dispiace.»

L'addetto le porge un biglietto ripiegato.

«Ha detto che sarebbe passata.»

Cara signora Easley,

come me, il cappellano di Adak lavora in concerto con

il comando militare. È suo dovere tenere nota delle partenze e degli arrivi sull'isola. Non sa di alcun giornalista in visita su Adak. I reporter non sono i benvenuti in questo momento. Da parte mia, le suggerisco di tornare a casa e di attendere l'arrivo di suo marito, o di comunicazioni ufficiali. Che Dio la benedica. Pregherò per lei e per suo marito. Lei preghi per me.

Suo, in Cristo,
capitano Francis Michalski,
cappellano militare, USAF

13

Le pietre sono state selezionate e trasportate dalla spiaggia sacca dopo sacca. Easley le ha depositate e sistemate all'entrata della grotta. Il progetto di ristrutturazione è in corso da due giorni e adesso si intravede la fine. Karl ne sarebbe stato fiero.

Il muro è stata un'idea grandiosa. La migliore da settimane. Gli ha dato qualcosa con cui occupare la testa, oltre al fatto che ormai può contare le costole, che le gambe sono ridotte a due stecchi, che a questo punto mette in dubbio la distanza tra il reale e l'immaginario. Tuttavia si sente rinvigorito. E per questo deve ringraziare il cane. Vedere il muro che prende forma gli infonde un'idea di progresso. Raccoglie un'ultima chiave di volta e la incastra perfettamente nella nuova costruzione. Poi fa un passo indietro nella nebbia ed esclama: «Avrei dovuto fare il muratore!».

Easley parla tra sé per rammentarsi che un tempo stava con altri simili. Canta, recita poesie, calcando l'accento come fanno gli attori dilettanti con Shakespeare. Ha iniziato a descrivere a voce alta ogni singola azione, per non perdere traccia del suo vero obiettivo. Per lo più, parla alla donna nella fotografia.

Il muro gli arriva al petto. Una stretta apertura fornisce l'accesso alla grotta. Contribuirà a tenere lontani il vento e la pioggia, a tenere il calore all'interno. Easley pensa che conferirà a quel luogo l'aspetto di un'antica abitazione pueblo sulle muraglie di roccia del Colorado, una Mesa Verde in miniatura. Come possa apparire dalla spiaggia sottostante, se mai il nemico dovesse capitarvi, non lo preoccupa più.

Una volta terminato il lavoro, si cambia i vestiti sporchi e indossa i nuovi mutandoni, i pantaloni e i calzini dei giapponesi. Per festeggiare la realizzazione del progetto si concede uno sperpero di carbone. Non ha mai scoperto dove l'esercito imperiale giapponese avesse trasferito il piccolo deposito di carbone, né è riuscito a localizzarne un altro, ma in compenso ha trovato un piccolo quantitativo di combustibile nascosto in una delle case aleute abbandonate. Sufficiente forse per due serate, o per una notte luminosa. Ora raccoglie una manciata d'erba secca e si inginocchia per accendere il fuoco. Quando si accorge che l'accendino non funzionerà, lo rimette in tasca. In effetti sapeva che il combustibile liquido era terminato, ma sperava in un'ultima scintilla. Affonda il viso nelle mani tremanti.

Poi si ricompone e fissa il mucchietto di paglia e carbone. Protende la mano, immagina le fiamme, il pizzicore sulle dita e il palmo mentre la pelle inizia a disgelarsi. Evoca l'odore di fumo, il rilassarsi dei muscoli man mano che l'aria calda sale turbinando. Sposta la gamba a distanza di sicurezza perché le fiamme hanno subito reso incandescenti i pantaloni.

Se si voltasse, vedrebbe la sua ombra ingigantita, proiettata sulla parete della grotta? Almeno sarebbero in due. E avrebbe un po' di compagnia.

Gli torna in mente una lezione all'università. Platone? Prigionieri in una caverna, incatenati nell'oscurità da tutta la vita, alle loro spalle brucia un fuoco. Tra il fuoco e i prigionieri passa una parata di animali e persone, ma i poveri sciagurati vedono solo le loro immagini riflesse sul fondo della caverna. Quegli uomini percepiscono la differenza tra la realtà e le ombre sui muri che li imprigionano? Se venissero liberati dalla prigionia, e quindi portati alla luce e alla vita, tornerebbero dentro la caverna perché le ombre sono tutto ciò che conoscono.

Meglio non rimuginare troppo su quei pensieri. Meglio non voltarsi.

Al mattino, si ritrova a contemplare l'immagine di Tatiana. Conosce a memoria ogni piega del cappotto, il modo in cui i capelli neri le sfiorano il collo, il numero di rivetti sulla chiglia della nave. In piedi dietro di lei c'è un vecchio che dà le spalle all'obbiettivo. Easley non lo vede in volto, ma prova invidia nei suoi confronti perché le sta vicino. E poi la rivelazione: l'orecchino di perla. Una perla giapponese? Come ha fatto a non vederlo? Tatiana riesce sempre a sorprenderlo. Easley accosta la fotografia alle labbra.

Il calare della notte porta con sé luce ma anche un vento implacabile. Le stelle scintillanti offrono la speranza di qualche ora senza pioggia. Easley prende la sacca, infila la fotografia nel taschino della camicia, poi si mette in marcia verso il proprio destino.

Sull'altura che domina l'accampamento, distingue tre fonti di luce provenienti dalle tende più sotto. È sbalorditivo come tanti uomini producano così poco rumore. Riesce a intravedere dove sorge la tenda di comando, come pure l'artiglieria pesante e l'ospedale, e sul bagnasciuga quella che sembra una base per sommergibili. File di tende a casaccio, cumuli e l'ingresso di tunnel dove devono rifugiarsi dai continui raid aerei. Tutto è collegato da una rete di sentieri fangosi e travicelli di legno. Dopo ore di attenta osservazione, intuisce dove tengono le scorte.

Una delle luci si spegne, e adesso ne rimangono solo due.

La sua visione notturna è ben sviluppata. Avanza con prudenza, tenendosi sull'erba bassa per evitare di produrre fruscio con gli scarponi tra gli steli più lunghi. Mentre si avvicina alle tende, appare in cielo la prima pennellata di aurora boreale. Easley si sofferma solo un attimo per contemplare il rosa che si addensa, poi si dirige verso il perimetro esterno dell'accampamento.

Ciascun passo pretende una decisione. Ogni nuovo rumore una rapida valutazione: il mormorio delle voci, uno scoppio di risa, lo stridore di una lima contro il metallo. Quando Easley gira l'angolo, vede il polpaccio e lo scarpone di un uomo scomparire dietro una tenda. I passi strascicati si dissolvono in lontananza. Lo schiocco del lembo di una tenda che si apre. Easley accosta l'orecchio alla tela di quella che immagina sia la tenda della mensa, ascolta il mugghiare del vento. Non sente movimenti all'interno. Silenziosamente, si distende e rotola sotto il bordo.

All'interno vedere è impossibile. Piega le ginocchia, tende le mani in avanti, si sposta con cautela sul terreno di ghiaia. Le sue dita incontrano il profilo di un tavolo basso. Si accorge di essersi smarrito, quindi decide di costeggiare la tenda dove dovrebbero esserci meno ostacoli e, in caso di necessità, potrebbe accovacciarsi velocemente e rotolare fuori.

Inspira l'aroma di pietanze che non ci sono più. L'odore della carne arrosto è travolgente. Manzo. Maiale. Pesce. I pasti dimenticati lo assalgono e gli pare quasi di sentirne il sapore. Il potere degli odori conosciuti. Cerca in punta di dita, scoprendo pentole e padelle. Accanto alla stufa c'è un grosso mastello di metallo, come quelli che si trovano nei cortili delle fattorie. Lì vicino, una cassa con decine di piccole scodelle impilate l'una dentro l'altra. Malgrado le attente ricerche, non trova niente da mangiare.

La stufa è larga e bassa. Il pantalone gli resta impigliato appena sopra il ginocchio. Quando abbassa la mano per liberarlo, si taglia la base del palmo con una flangia. Il sangue sa di metallo.

Sente passare gli uomini, gli scarponi pesanti sul sentiero, impegnati in una discussione piuttosto accesa. Un uomo, nel tentativo di convincere gli altri di qualcosa, parla con tono supplichevole. Un secondo lo interrompe con asprezza. Questo pone fine alla conversazione.

Se lo troveranno, lo schiacceranno a terra e lo tempesteranno di calci nelle costole. Una volta accortisi che è disarmato e denutrito, riporranno le armi e lo picchieranno comunque. Sarà il preludio per l'interrogatorio che sicuramente verrà. Esigeranno informazioni sulla sua provenienza e sulle intenzioni degli Alleati: di quanti aerei dispongono, i piani in generale e nello specifico. Dirà loro tutto ciò che sa, modificando i dettagli fondamentali. Poi lo tortureranno per avere mentito.

Giù sulla ghiaia, su mani e ginocchia. Magari uno di loro ha fatto cadere un panino al burro. I giapponesi mangiano panini?

Ritorna alla stufa, alla griglia sono appiccicati grumi di grasso carbonizzato. Li stacca, si lecca le dita, innescando ricordi di grigliate estive, di suo padre che stendeva le bistecche sulla brace. Insalata di patate. Pannocchie bollite. Burro e sale. Sale. Cosa non darebbe per un pizzico di sale. Sua madre che gli chiede se vuole un altro po' di gelato.

«Sì, grazie» sussurra Easley.

Tiene la griglia tra le mani, e ascolta. Il mormorio e le risate sono svaniti; rimane solo il fruscio del vento. Chiude gli occhi un istante, poi prova a rimettere la griglia al suo posto. Non è semplice. Quando cerca di riassestarla, sferraglia contro la cornice.

La discussione si riaccende. Gli uomini si urlano addosso, cercando di far valere le proprie ragioni. Easley trasalisce, come se quelle parole fossero dirette a lui. Qualcun altro si avvicina a passo rapido. Easley si distende a pancia in giù, solleva lentamente il bordo inferiore della tenda, scruta oltre la ghiaia. Sente lo scalpiccio di altri uomini, ma non vede scarponi. Poi il rumore sembra scemare. Striscia sotto la tenda, sente avvicinarsi dei passi. Si alza, si spolvera il giubbotto, affonda le mani in tasca sperando di mimetizzarsi con le sagome indistinte nell'oscurità. Non ha idee migliori. Un uomo lo supera con gli occhi rivolti al cielo, lanciando commenti di ammirazione in giapponese. Sarà alto un metro e mezzo; sembrano tutti dei nani. Certamente quell'uomo si è accorto della sua presenza incombente, ma non lo guarda mai negli occhi. Easley si volta e se ne va.

Gli uomini emergono dalle tende, a bocca aperta, la testa rovesciata come pulcini nel nido. Seguendo i loro sguardi, Easley vede una cortina al neon verde e rossa che si increspa nel cielo. Lo spettacolo prodigioso dell'aurora boreale. Mentre attraversa il firmamento, singole lame di luce puntano verso la terra prima di ritrarsi.

È il momento, il diversivo che gli permetterà di passare inosservato. Di evitare la cattura e la tortura per morire al freddo in solitudine. Che sia un dono di Tatiana?

Qualcuno esce dalla tenda e si accende una sigaretta. Il lampo dell'accendino rivela un paio d'occhi scuri e un giovane volto asiatico. Ormai un'ombra, l'uomo dà una lunga tirata alla sigaretta. Sembra puntare dritto verso

Easley, che si volta, come se avesse incrociato lo sguardo di un conoscente che preferirebbe evitare, e si allontana dall'uomo senza fretta, fingendo di non averlo visto.

Easley attende le grida che non arrivano. Cammina per cinquanta metri prima di guardarsi alle spalle. Il cielo è un tripudio di luci come per il Canada Day, o il Giorno dell'Indipendenza. La sagoma del soldato si staglia accanto alla tenda. Easley china il capo e procede.

* * *

Due giorni dopo, Easley sta raccogliendo cozze nella nebbia di mezzogiorno quando li sente arrivare. Le dita intirizzite, è riuscito comunque a racimolarne una discreta manciata. Quando si accorge di cosa sta accadendo, si infila subito la sacca in spalla e si nasconde a guado dietro uno scoglio. Le onde si riversano negli stivali infradiciandolo fino alle cosce; l'acqua è così gelida che gli sembra di stare sui carboni ardenti.

Sono in quattro. Appaiono da sopra il crinale, uno dopo l'altro, a meno di un chilometro e mezzo dalla grotta. Non si sono mai avvicinati tanto. Sembra che si siano perduti: si fermano con le mani piantate sui fianchi, si voltano in ogni direzione. Superano la spiaggia dove è nascosto Easley e proseguono verso le colline.

Alla fine Easley si asciuga, indossa i calzini dei giapponesi e gli scarponi asciutti del ragazzo, ma ci vorrà tutto il giorno perché il dolore nei piedi svanisca. Dopo una breve ispezione in cerca di intrusi, spacca e mangia le cozze, infine torna alla grotta e si addormenta.

L'indomani, nel tardo pomeriggio, un aereo sorvola la spiaggia con il suo rombo. La nebbia si è alzata, la temperatura è precipitata. Nubi di lana d'acciaio gravano sulla terra. Il pilota sfrutta al massimo lo spazio che li divide. Quando l'aereo passa sopra di lui per la terza volta, Easley pensa di correre fuori agitando le braccia in aria. Invece, fa capolino dall'ingresso della grotta e vede due cerchi rossi gemelli sotto le ali, mentre il velivolo sbanda verso il mare aperto.

Quando il ronzio del motore è scomparso, Easley resta a riflettere su alcuni punti fermi. La speranza e la paura si consumano con l'uso, solo i dati di fatto restano. Punto primo: alla fine tutto muore. Punto secondo: meglio morire che vivere da soli con il silenzio, il gelo e una mente che gioca brutti tiri. Punto terzo: è troppo vigliacco per morire. Punto quarto: le più piccole vittorie contaminano il sangue come una droga.

Easley afferra il barattolo del tè sulla mensola in alto sopra di lui. Lo stappa e apre la lettera. La legge, la rilegge e la rilegge ancora, crogiolandosi al pensiero di saperlo ancora fare.

Il vento non è un fiume.

Rimette tutto dentro il barattolo e si siede sulle pietre intorno al focolare. Strappa pezzi di carta dai margini del biglietto ancora asciutto, lasciando lo scritto intatto. Quando ha terminato, tiene la lettera senza più bordi in una mano e un mucchietto di petali bianchi nell'altra. Infila il biglietto nel barattolo, poi lo ripone sulla mensola. Estrae Tatiana e la sistema su una roccia così da poterla guardare.

Apre l'accendino vuoto, sfila lo stoppino dalla cassa, lo schiaccia contro la guancia. È ancora umido. Per impedire che il combustibile liquido evapori, ci inzuppa rapidamente i pezzetti di carta. Con il pollice, gira la rotella finché non genera una scintilla, ma è troppo lontana dallo stoppino. Ci riprova, ma non funziona. La pietrina è consumata fino alla base.

«Aiutami tu.»

Easley stacca la rotella dal parafiamma con l'unghia del pollice per avvicinarla alla pietrina, che è quasi finita. Si china sopra lo stoppino quasi asciutto e riprova a girarla. La scintilla salta, dalle sue mani allo stoppino, poi alla carta. La fiamma si diffonde dalla carta all'erba secca. Non ci vuole molto prima che il carbone si accenda.

Easley protende la mano sul fuoco, ricordandosi del papa che benediva le moltitudini in piazza San Pietro al cinegiornale. Quando è sicuro che il fuoco abbia preso bene, giunge le mani.

La sua ombra sulla parete della grotta è ben delineata. Espande la sua sagoma in qualcosa di grosso e minaccioso. Ma quel fuoco non è un miraggio. Il calore che rimbalza contro il muro appena costruito gli permette di asciugare gli abiti e gli scarponi. Fa talmente caldo che si toglie il giubbotto. Alza lo sguardo verso il ritratto di Tatiana, verso il riflesso delle fiamme ai suoi piedi. Quando lo tiene in quella posizione, il vetro diventa uno specchio. Lo fissa un paio di occhi infossati di cui non si fida. Una barba rognosa sulle guance incavate.

Si toglie tutti i vestiti. Si avvicina pericolosamente alle fiamme.

Le prime luci dell'alba rivelano una spolverata di neve fresca. Vicino alla spiaggia è umida e alta appena cinque centimetri, ad altitudini maggiori se ne scorgono cumuli più importanti. Ed è maggio. Appena rientrato dopo aver scrutato il panorama, Easley resta impietrito quando sente lo schianto e il rombo di una valanga dalle montagne. Si precipita all'aperto per vedere se il pericolo è diretto verso di lui.

Alza lo sguardo appena in tempo per vedere la piccola

valanga esaurirsi ai piedi di un uomo che scia sul pendio. Lo sciatore compie curve eleganti, soffermandosi sul bordo di un bacino nevoso prima di scivolare verso il successivo. Non si tratta solo di spostarsi sulla neve appena caduta; pare che l'uomo scii per puro divertimento. Easley lo osserva dalla spiaggia per qualche secondo ancora prima di inerpicarsi sulla collina e perderlo di vista. La neve si anima di mosche volanti.

Il ruscelletto è una cicatrice nera sul volto candido della terra. Per evitare di lasciare tracce sulla neve, Easley sacrifica gli scarponi e i piedi all'acqua gelida, risalendo il corso d'acqua verso monte. Mezz'ora dopo, quando raggiunge la vetta della collina, si accovaccia e cerca altri intrusi con lo sguardo. Non vedendo nessuno, si tiene basso, spostandosi furtivamente sulla neve a carponi, fino a che non individua il soldato giapponese in piedi a circa duecento metri di distanza. L'uomo si porta il binocolo agli occhi, concentrandosi sulla spiaggia.

Lo stomaco di Easley si torce mentre si ritrae dal crinale. Fa qualche sospiro profondo. Per accertarsi che la mente non gli stia giocando uno dei suoi tiri, si arrischia a ricontrollare. Ma si ritrova solo. Easley cammina fino al punto in cui i binari si interrompono bruscamente, dove gli sci e le racchette del soldato hanno rimestato la coltre candida, poi ballonzola giù per il bacino di neve. Con le energie in calo, si arrampica dall'altro lato e scruta oltre il bordo appena in tempo per vedere le derapate leggiadre e flessuose dello sciatore che si avvicinano alla grotta.

La rabbia e la gelosia sorpassano la paura di Easley. Di fronte alla recente incertezza del proprio destino, la forza di quelle sensazioni lo mette in allarme. Su quell'isola dimenticata da Dio, la grotta – i ricordi e i tesori che contiene – è sua, da difendere e conservare.

Quando raggiunge la cima del burrone, il sole è una palla infuocata e l'aria si sta scaldando. Sulle chiazze rivolte a sud vicino alla discesa che porta alla spiaggia, nota che la neve è sottile come pizzo. Ne resta comunque abbastanza per individuare le tracce parallele che terminano sul margine più basso del burrone. Laggiù, l'intruso ha abbandonato sci e racchette, e ha continuato a piedi. È all'interno della grotta.

Da dentro proviene lo schiocco di pietra contro pietra. Al pensiero del nemico che raggiunge il fondo della grotta, che maneggia la fotografia di Tatiana, i suoi ricami immacolati, per poco non gli cedono le ginocchia. Indietreggia dal bordo e cerca tra la neve una pietra delle giuste dimensioni. Ne prende una grossa quanto un melone dalla diga costruita da Karl. La porta fino al margine e la tiene tra le mani malferme.

Una zucca di capelli neri emerge circa tre piani sotto di lui. Il bersaglio si ferma, si volta, guarda all'interno. Easley fa un rapido calcolo, prende la mira, poi lascia andare il masso. Un tonfo sordo all'impatto. L'uomo crolla come una marionetta. È sorprendente, quanto sia stato facile.

Easley si precipita giù per il burrone, fino al luogo in cui il sangue sgorga dalla bocca dell'intruso sotto forma di schiuma rosso vivo. Dalla gola proviene un ticchettio che non sembra umano. Easley lo domina dall'alto, lo guarda morire, chiedendosi quanto ci vorrà. All'improvviso, l'uomo lascia andare il colbacco che stringeva tra le mani. Spinge indietro il gomito nel tentativo di alzarsi a sedere. È il nucleo più profondo del suo cervello rettiliano che ordina al corpo di alzarsi e scappare. Probabilmente anch'esso è irreparabilmente danneggiato.

L'uomo agita le braccia lungo i fianchi, incapace di gestire la gravità.

Easley si accovaccia nella neve accanto all'intruso e fa scivolare il braccio sotto il collo. Il corpo continua a cercare una via di fuga. Easley gli afferra il lato posteriore della testa con una mano, la fronte con l'altra; i capelli neri sono untuosi al tatto. Uno scatto secco e l'agonia è finita.

Il cappello è ancora tiepido quando Easley se lo cala sulle orecchie.

Attraversa il nuovo muretto di pietre, aspetta che la vista si abitui. Prima alza lo sguardo verso il barattolo di tè, che è ancora celato sulla mensola accanto al libro con le memorie di Karl. Il nido è intatto. E Tatiana nella cornice. Anche se i suoi occhi hanno assistito all'intrusione nemica, sembra impassibile sia al crimine sia alla reazione di Easley. Alla fine vede una scatola davanti al cerchio di pietre del focolare.

Dapprima Easley l'ha ignorata poiché è quasi dello stesso colore della roccia. Bassa e squadrata, come una scatola di cioccolatini. Caratteri giapponesi sul coperchio di cartone. Lo solleva e trova la scatola piena di sardine, una palla di riso, caramelle dure gialle avvolte nel cellofan trasparente. Un messaggio, in inglese, scritto all'interno del coperchio:

Coraggioso yanqui
Ti visto la notte di luci
Arrenditi e starai bene
Con onore
Serg. magg. Uben Kubota

Easley si ferma davanti al corpo che appartiene a un uomo di circa venticinque anni. Nota una pistola nella fondina alla cintura. La prende tra le mani. Anche le loro pistole sembrano più piccole.

Studia il volto di Uben Kubota, lo stesso volto che crede di avere visto illuminato dalla fiammella dell'accendino. È indubbio che chiunque avesse visto Easley quella notte avrebbe potuto freddarlo sul posto. Perché allora consentirgli di fuggire? Tradimento, puro e semplice. Perché poi passare in visita durante una gita sugli sci con una scatola di sardine e caramelle? Cos'è, il comitato di benvenuto? Il tentativo di fiaccarlo, di fargli credere che i giapponesi non sono poi così cattivi. Forse un goccio di sake quando si sarebbe arreso. Qualche dettaglio sui piani degli Alleati, e amici come prima. Sì, e magari ci scambiamo pure gli indirizzi.

«'Fanculo, vicino.»

Un ufficiale stasera non tornerà alla base. Alle prime luci dell'alba partirà una squadra di ricerca. Forse sarebbe meglio risparmiare loro il disturbo. Una pallottola alla tempia di Easley risolverebbe tutti i problemi che ora sembrano sfuggire completamente al suo controllo.

Osserva il vento scompigliare i folti capelli neri, poi scruta l'orizzonte.

Alcuni uomini hanno la disgrazia di trovarsi sullo spartiacque della vita e vedere che al di là la terra è un deserto. Voltarsi è impossibile. Cosa fare di fronte a quella vista?

Gli ci vuole il resto della giornata, ma la risposta lo travolge come un'epifania. Con gli occhi sbarrati, Easley si alza per accoglierla. È quella frase, quell'indovinello che ripete come un mantra. È, naturalmente, Tatiana.

Il vento non è un fiume.

La catena di isole che osa separare il Nord Pacifico dal Mare di Bering. Una catena sopra la quale il vento genera le tempeste più spaventose al mondo. Un minuto prima, l'uragano. Un minuto dopo, una brezza. Ma i fiumi! I fiumi scorrono attraverso le stagioni – sotto il brillante sole estivo, sotto le lastre di ghiaccio invernale – giorno e notte. Il vento si alza e poi scompare. Il fiume scorre incessantemente.

E le sofferenze? Anche quelle passeranno. *Il vento non è un fiume.*

14

È conosciuto come "sguardo aleutino". Il modo in cui fissano nel vuoto, senza parlare. A Helen sembra una specie di terrore panico. Tre uomini colpiti dal morbo attendono in disparte a lato della pista di atterraggio mentre Stephen e le ragazze scendono finalmente dall'aereo su Adak. Gli uomini indossano la camicia di forza e sono scortati dalla polizia militare. Quando è il momento di imbarcarli sull'aereo, gli agenti aiutano ciascun uomo a risalire la scaletta, sospingendolo delicatamente oltre il portello. I tre saranno trasferiti in un manicomio degli Stati Uniti.

«Mi dispiace che abbiate assistito a questa scena.» Il sergente Cooper si liscia i capelli neri con le dita, ma sono così corti che quel gesto si dimostra inutile. È raggiante. L'idea di scortare delle donne in visita alla base gli dà la carica. Sopra il sorriso radioso c'è un sottile paio di baffi a penna, passati di moda a causa della loro popolarità tra i fascisti.

Helen si ferma un momento per ricatturare qualche frammento del sublime slancio di speranza che ha provato alla vista dell'isola attraverso le nuvole, la sensazione palpabile di vicinanza a John. Nonostante il messaggio del cappellano, resta della convinzione che suo marito sia lì, con ogni probabilità.

Adak si trova a circa mille chilometri a ovest dalla terraferma, quattrocento a est dai giapponesi sull'isola di Kiska. Attu è ancora più lontana. Non fa freddo come a Fairbanks, ed è una sorpresa. Li attendono quattro jeep vuote, coperte da una capote di tela per proteggere i passeggeri dal vento e dalla pioggia. La troupe e i bagagli vengono suddivisi tra i mezzi. Helen prende posto accanto a Gladys, che si sistema il trucco mentre le valigie vengono caricate.

Quelli che sembrano campi ondulati di orzo sono solcati da sentieri di terra battuta di recente. Ci sono quindicimila uomini di stanza sull'isola, e quel posto sembra una cava a cielo aperto. Attraverso il parabrezza imbrattato di fango della jeep, Helen non vede né alberi né arbusti di sorta. Dai pini e abeti imponenti di Prince Rupert, ai pecci della terraferma alascana, ha visto le foreste e gli alberi rimpicciolirsi fino a scomparire. Su quell'isola, pare che nessun essere vivente alto più di un metro abbia la benché minima possibilità di resistere al vento.

Il campo d'aviazione è sterminato. Al momento potrebbe non apparire in fermento come la base di Ladd a Fairbanks ma, come spiega il sergente Cooper, tutto può cambiare da un momento all'altro. «Siamo la base più avanzata per le operazioni di attacco contro i giapponesi. Da qui decollano raid aerei verso Kiska e Attu. Intendiamo far vedere loro i sorci verdi finché non si getteranno in mare.»

La "pista di decollo" è qualcosa di mai visto prima. Anziché di asfalto o ghiaia, consiste di una serie di grelle metalliche unite insieme in un enorme mosaico che si estende per centinaia di metri sulla sabbia satura di una laguna drenata da poco. Qua e là si sono formate pozze di acqua piovana. Cooper si ferma e tutti assistono all'atterraggio di un altro aereo. La rete metallica si deforma secondo un movimento ondulatorio quando il velivolo tocca terra, con il carrello che solleva enormi ali d'acqua, come se fosse atterrato su un lago.

Poi tutti restano a guardare l'aereo con a bordo i tre pazzi legati che ballonzola sollevando spruzzi prima di salire in cielo.

Il sergente Cooper guida con il viso accostato al parabrezza, le mani in cima al volante. Cerca invano di evitare le buche, così profonde da far sibilare il motore. Considerato ciò che Helen ha visto sino ad allora, quell'uomo sembra eccessivamente felice di starsene lì. Stephen siede al suo fianco con la mano puntellata contro il cruscotto.

Una città di tende piramidali e capanni Quonset è stata eretta tra le pozze increspate dal vento. Il fumo sale libero dalla punta delle tende. Gli uomini si trascinano tra i rifugi a spalle ricurve, facendosi strada in quel pantano. I cani zampettano in giro, cercando e trovando affetto da uno qualsiasi degli innumerevoli padroni di passaggio. Tutto ha il colore della paglia, del fumo, tutto è verdognolo. Il carminio del rossetto di Gladys spicca su quel fondale come un fiore nel deserto.

Ci sono hangar, magazzini, uffici, strutture ricreative, sale mensa e innumerevoli tende separate da distese di fango. Alcuni degli edifici sono collegati da assi di legno o passerelle. I cavi dell'alta tensione che corrono lungo le direttrici principali sono le strutture più alte del panorama, a eccezione delle colline e delle vette in lontananza. Il sergente Cooper indica tutto ciò con una specie di orgoglio civico che suscita compassione in Helen.

«Un anno e mezzo fa su quest'isola non c'era praticamente nulla» racconta. «Era disabitata. Tutto questo lo abbiamo tirato su con i materiali che avevamo a disposizione.»

Gladys finge un genuino interesse per le spiegazioni del

sergente. Siede sul bordo del sedile ad annuire vigorosamente. Helen è abbandonata allo schienale e osserva gli uomini che attraversano i sentieri di melma. Si fermano e incrociano il suo sguardo, domandandosi se credere o meno ai propri occhi.

«Attirerete un sacco di attenzione» osserva Cooper. «Qui abbiamo un detto: "Sulle Aleutine c'è una donna nascosta dietro ogni albero".»

Ai loro alloggi ricevono la notizia che Judith si è sentita male. Già nauseata sull'aereo, il viaggio in jeep le ha dato il colpo di grazia. Costrette a rinunciare alla visita in auto, le altre ragazze sono arrivate agli alloggi prima di loro. Il capanno Quonset che è stato loro assegnato è normalmente riservato agli ufficiali in visita. Ha un pavimento di legno: un lusso su Adak, dove gran parte delle truppe stanziate deve accamparsi direttamente sul terreno. La stanza è circa la metà di quella di Fairbanks ed è destinata a un solo occupante. Sono state disposte sei brande, una accanto all'altra. Judith siede a un piccolo tavolo sotto la finestra, la testa fra le mani, le scarpe fangose scaraventate da una parte. A Helen pare di vederle un grumo di vomito sulla punta del piede.

Judith alza la testa. «Nausea mattutina» dichiara. «Niente che un goccio di scotch non possa curare.»

Helen sembra l'unica a non avere colto l'ironia. Si volta e cerca un bollitore. Prima che l'acqua sia pronta, ha già radunato una manciata di tè, un secchio e i suoi ultimi cracker. Bagna un canovaccio con un po' d'acqua bollente e lo porge a Judith che, grata, si pulisce il viso.

Le altre ragazze sono impegnate a disfare i bagagli. Si scambiano sguardi d'intesa, sperando di non essere contagiate da Judith, chiedendosi come potranno esibirsi con la protagonista in quelle condizioni.

Stephen accende la pipa e si addossa alla porta. «È stata un'odissea» commenta. «Un po' di nanna e sarà pronta ad andare.»

Tutti sperano che sia vero. Stephen prende una corda e appende le coperte di lana per separare la branda di Judith dal resto della stanza. Mentre si mette all'opera, spiega che è per il bene della malata, perché stia in pace e tranquillità, ma è chiaro che si tratta di una quarantena. Alla fine, Stephen si mette il borsone a tracolla ed esce per scoprire dove alloggerà per la notte.

Il rombo dei motori che si scaldano sul campo d'aviazione inizia prima dell'alba. Alle sei e dieci Judith sveglia tutte le occupanti della stanza per uscire a vomitare. Un'ora dopo, Stephen passa a prendere Sarah e Jane per controllare il palcoscenico e fare una prova al pianoforte. Alle otto e mezza, Helen e Gladys fanno una visita in ospedale.

L'aria all'interno è calda e umida, filtrata attraverso i polmoni di trentadue pazienti solo in quel reparto, forse centinaia in tutta la struttura. Helen e Gladys si tolgono il cappotto mentre ciascun occhio aperto le guarda con una certa meraviglia. Gladys si accosta a Helen e sussurra: «Ci stanno spogliando con gli occhi».

Gladys indossa un abito blu reale e una sciarpa di seta bianca chiusa da una spilla di strass, un dono di sua madre per augurarle buona fortuna per il viaggio. Non avendo mai conosciuto il padre ed essendo cresciuta sotto la tutela di una donna energica nei sobborghi di Chicago, Gladys ha affinato molte delle doti femminili di cui Helen si sente priva. Sa come interpretare i mutevoli umori della folla, accentrare il consenso su di sé, comandare senza dare l'impressione di farlo. Sa parlare una lingua che Helen non ha mai avuto l'occasione di imparare.

Quella mattina, Gladys porta i capelli biondo cenere arricciati all'indietro sulla fronte e raccolti in una reticella. Ha le unghie laccate di smalto rosso, e Helen pensa che Gladys sia perfetta per quanto possibile per una donna che si trova anni luce dal salone di bellezza più vicino.

Il medico avrà sui ventotto anni, ma si atteggia neanche fosse il chirurgo generale degli Stati Uniti. È lieto di presentare le ragazze ai pazienti. Helen nota con piacere che ci sono alcune infermiere a disposizione, tuttavia all'avvicinarsi delle due ragazze si mettono in un cantuccio. Segue un'agitazione generale mentre gli uomini si sollevano in posizione seduta, coprono le membra scoperte, raddrizzano le spalle, si appiattiscono i ciuffi ribelli, chiudono le vestaglie aperte. Chi ci riesce applaude.

Sopra i letti campeggiano enormi collage di ragazze pin-up attaccati con le puntine. Ci sono le Betty Grable e le Rita Hayworth d'ordinanza; i ritratti di madri e fidanzate offrono un'ampia gamma di taglie e problemi ortodontici. Un ragazzo ha appeso la fotografia del suo cavallo.

Helen si sente mossa a pietà. Stringe mani, accarezza braccia, toglie i capelli dalla fronte. L'istinto di confortare e proteggere. Quello, e la costante consapevolezza che ciascuno di quegli uomini potrebbe avere incontrato suo marito.

Si presentano con nome e rango, le dicono da dove vengono, descrivono le loro ferite. Quando le annunciano che hanno un'innamorata a casa, Helen annuisce, ma non può esimersi da chiedersi quante di quelle ragazze stiano ancora aspettando. La parte più commovente è l'impegno dei soldati alla parola data. Come se la presenza di Helen al loro capezzale evocasse una galanteria fuori del comune. Come se ci fosse bisogno di ricordarle che, al momento, sarebbe sconveniente far sbocciare l'amore tra di loro.

Ci sono ustioni e fratture. Un paziente ha un tubicino

che gli spunta dal petto e finisce in una sacca piena di pus, un altro porta il collare. Il dottore spiega che le ferite d'arma da fuoco provengono dagli ordigni antiaerei che esplodono in aria e colpiscono gli aviatori «nelle chiappe» durante i raid sulla roccaforte giapponese di Kiska. Alcuni di quegli uomini sono tornati alla base con i compagni morti seduti al loro fianco. Due sono stati miracolosamente salvati dal mare. La maggior parte, però, muore di assideramento. Fino ad allora, il clima ha mietuto più vittime del nemico.

Un ragazzo, capelli color ruggine e lentiggini sulle guance, è disteso sulle coperte, intento a sfogliare una rivista sportiva sbrindellata. Ha le caviglie incrociate e batte i piedi al ritmo di una melodia silenziosa. Helen apprende che il sergente Michael Kenny si è spezzato la schiena a scaricare gli aerei. Gli era già successo, ma stavolta è molto più grave. Potrebbe essere un'ernia al disco, spiega con l'accento strascicato dell'Arkansas. Gli somministrano morfina per il dolore, insieme con la promessa di venire assegnato a mansioni più leggere, una volta guarito. Si scusa per la natura poco prestigiosa delle sue ferite. Helen gli chiede da quanto tempo è lì.

«Su Adak, da poco più di un anno. Qui, da tre giorni.»

«È un bel po'. Dev'essere roba da matti.» Helen si morde la lingua.

Il ragazzo fa spallucce. «Per qualcuno sì, immagino.»

«È uno scandalo che la gente non sappia niente di quello che voi ragazzi dovete sopportare. Sui giornali c'è poco o nulla.»

«È il silenzio stampa. Ma tutto cambierà quando uscirà il film.»

«Quale film?»

«Sono venuti a girare un documentario. Hanno filmato i raid aerei in technicolor. John Huston. Ho aiutato la troupe a spostare le attrezzature per tutta la base. Ho volato con loro durante una sortita su Kiska e impedito al cameraman di far cadere il cavalletto dal portello. Quando la censura lo farà uscire, tutti sapranno.»

Non è mai stata tanto vicina. Quel luogo, quegli uomini. Sente le distanze ridursi. «Hai mai sentito di altri reporter di passaggio?»

Una rapida smorfia sfigura il volto di Kenny mentre cambia posizione. «Li hanno sbattuti fuori secoli fa. Questo posto è più chiuso di una cassaforte. Dovresti vedere come trattano le nostre lettere. Qualsiasi notizia proviene direttamente da Washington.»

Tutt'a un tratto, Helen è sommersa dai dubbi. Forse John non è lì. Forse non ci è nemmeno arrivato.

Gladys si avvicina dall'altra parte della corsia, dimenando i fianchi, salutando gli uomini al suo passaggio. Sorride a Kenny e gli indica di farle spazio. Si accomoda sulla branda, il fianco schiacciato contro la coscia del ragazzo. «Quest'uomo mi sembra in perfetta forma» afferma.

Kenny arrossisce, tutto impettito.

Gladys guarda l'orologio. «Meglio darsi una mossa. Stephen sarà in ansia.»

Augurano buona fortuna a Kenny, poi fanno una breve capatina a qualche altro paziente, lasciando più impronte di rossetto possibile sulle guance. Prima di uscire, il dottore le ringrazia e si congratula con loro per lo splendido lavoro che stanno facendo nel sollevare lo spirito dei soldati. Se solo lo vendessero in bottiglia, dice. È la migliore medicina che ci sia.

Le ragazze siedono nella sala mensa in attesa del grande annuncio. Hanno la sala tutta per loro, a eccezione di un uomo tarchiato con il grembiule che impila tazze su una mensola all'estremità opposta. Su Adak, gli ufficiali mangiano insieme ai soldati. Helen ha notato un certo atteggiamento lassista nei confronti del protocollo su quell'isola remota: capelli più lunghi e barbe incolte, saluti militari sporadici. Ora ha l'impressione che l'uomo impili, sposti e risistemi le tazze solo per poter adocchiare le ragazze un po' più a lungo. Sente che il tempo che ha disposizione per le ricerche è agli sgoccioli.

Finalmente arriva Stephen, carica la pipa e comunica alle ragazze ciò che già sanno: che Judith non si esibirà. Lunghi sospiri e bronci a tutto spiano. Judith è il cardine intorno al quale ruota tutto lo spettacolo. In assenza di Teresa Wright, è Judith a interpretare i ruoli da solista del repertorio. Senza la star né la controfigura, non dovrebbero annullare lo spettacolo? Fare i bagagli e tornarsene a casa? Stephen sta covando l'ispirazione.

Sarah non esita a tarpargli le ali. «Niente da fare. Non ci sarà uno "spettacolo" senza Judith.»

Helen prova una stretta al petto.

«Non così in fretta.» Stephen poggia i piedi sulla panca. «*Rimandiamo*. Dividiamo le sue canzoni e dedichiamo il pomeriggio a provare. Perfezioniamo lo spettacolo e ci esibiremo domani sera. Se Judith si sente meglio, la reinseriamo. Altrimenti, continuiamo senza di lei.»

«*Se* diciamo di sì, chi prende cosa?» Gladys si accende una sigaretta. Intravede un'occasione, ma aspetta che sia l'occasione ad andare da lei.

«Be', tanto per cominciare, tu prendi *One for My Baby* e *Time Goes*, Sarah prende *Don't Fence Me In* e *Tangerine*, e Helen *The Nearness of You*.»

Nessuno fiata. Il rombo distante dei bombardieri di ritorno. Helen sa che deve agire. Non può permettere di perdere le staffe, di mettere a repentaglio la propria permanenza su Adak.

«Senza offesa,» interviene Sarah lanciando un'occhiata a Helen «ma perché non lasciamo perdere *The Nearness of You*?»

Gladys spalanca gli occhi. Si volta verso Jane, in cerca di un'alleata.

«Non è colpa di Helen.» A ogni affondo, la bocca di Sarah diventa sempre più tesa e piccola. «Quella canzone è più complicata di quanto non sembri. Richiede un'intonazione e un tempismo perfetti. Forse è meglio lasciar perdere finché siamo in tempo.»

«Forse sono io a dirigere questo maledetto spettacolo.» Stephen balza in piedi e annuisce, convenendo con se stesso. «Forse dovrei ricevere qualche merito per quello che *so* fare.»

Sarah incrocia le braccia. «Sono l'unica qui a ricordare cosa è capitato a Fort Richardson?» Adesso anche lei è in piedi, troppo irritata per restare seduta. «Insomma, siamo sinceri. Helen è brava nei cori e nelle melodie. Sa ballare meglio di me, ma la stai mettendo in una posizione...»

Stephen alza la mano. «Ora basta.»

«No, Sarah ha ragione.» Helen la guarda dritto negli occhi. È giunto il momento di mettere le carte in tavola, di confessare la verità. «Vi prego, sedetevi, voi due.»

Stephen è riluttante a seppellire l'ascia di guerra. Alla fine obbedisce e guarda Helen con un'espressione confusa, in attesa della sua prossima mossa.

«È vero» spiega Helen. «Non ho la vostra esperienza, per quanto abbia provato a fingere. Tranne che al liceo, non mi sono mai esibita davanti a un vero pubblico.» Il sollievo della confessione è subitaneo, travolgente. «Tutto ciò che vi ho raccontato delle mie esperienze era una bugia per arrivare sulle isole Aleutine affinché potessi trovare mio marito, un giornalista, che in teoria non dovrebbe essere qui, ma che spero vivamente lo sia.»

Tutti guardano la sua mano in cerca di un anello.

«Vi ho nascosto tutto questo perché avevo paura di essere licenziata e rispedita a casa. Non ve l'ho detto perché mi vergogno di aver perso mio marito. Non posso immaginare il mio futuro senza di lui… E anche perché non voglio che proviate compassione per me, non lo tollero. Non ho mai mentito a nessuno come ho fatto con voi. Mi dispiace.»

Gladys guarda Stephen, poi Sarah. Jane non riesce a staccare gli occhi da Helen. Il silenzio è tanto breve quanto straziante. È Gladys a romperlo. Si alza, allarga le braccia e le richiude intorno a Helen. «Oddio» esclama. «Com'è romantico.» Si uniscono anche Jane e poi Sarah. Helen non ha mai ricevuto una tale profusione di affetto femminile.

Finalmente parla: «La canzone dovrebbe interpretarla Sarah».

«È tutto molto commovente» interviene Stephen. «Ma la canterà Helen. È migliorata molto di più, e più in fretta, di tutte voi. È un soprano versatile e potente. E ha la presenza scenica più adatta a quella canzone… Per quanto riguarda le esperienze inventate, credo sia il caso di dire: scagli la prima pietra chi è senza peccato.»

Helen si sente al contempo umiliata e sconvolta.

«Dobbiamo stare uniti» conclude Stephen. «Ho bisogno che vi fidiate di me. Incontriamoci qui alle tredici ora Zulu.»

Lo spazio per le prove su Adak è un lusso. La privacy, un ricordo sbiadito. Ovunque Helen si volti, ci sono uomini che la fissano a bocca aperta quasi fosse un'attrazione da circo.

Prende in prestito l'ombrello di Judith, afferra lo spartito e marcia verso le colline chiedendosi – nonostante i commenti lusinghieri di Stephen – se la sera successiva li deluderà di nuovo. Se suo padre sia riuscito ad alzarsi quel mattino e se i vicini siano a casa, nel caso fosse costretto a trascinarsi da loro in cerca di aiuto. Se si sbaglia, e se John non si trova su quell'isola, come riuscirà a trovarlo? In attesa delle risposte, si limita ad accumulare domande. Tutte le ricerche, i piani, gli intrighi e le menzogne l'hanno portata in quel luogo improbabile. Non ha un piano di riserva. Deve agire in fretta, con efficienza, trarre il massimo da ogni singolo minuto.

Helen lascia il sentiero fangoso per l'erba appiattita e fradicia finché non è lontana da tutto, tranne il vento. Si ferma, dando le spalle alle tende e agli spettatori indesiderati.

Apre lo spartito tra i pugni. La pioggia tamburella sulla carta a ritmo disarmonico. Nonostante tutto, Helen alza il mento e canta.

15

Easley getta gli sci e le racchette nel burrone e contempla l'effetto della composizione generale. Il viso di Uben Kubota posa direttamente sulla ghiaia, le braccia spalancate come ad abbracciare la terra. Il fiumiciattolo scorre sullo scarpone e la caviglia sinistra. Ipotizzando che gli sci siano troppo lontani, Easley discende per la terza volta e con un calcio ne avvicina uno al corpo. Prova una fitta di rimorso a lasciare l'uomo in quel modo, ma non ha molta scelta. La sua speranza è far sembrare che Kubota sia scivolato e morto sul colpo.

Negli ultimi giorni, gli americani hanno bersagliato il nemico come mai dall'arrivo di Easley, più di un mese prima. Ieri pomeriggio, e di nuovo oggi, il cielo è stato squarciato da P-36 e B-24 che hanno riversato tonnellate di esplosivo sull'accampamento giapponese. Probabilmente l'intensità degli attacchi è l'unica ragione che impedisce a una squadra di partire alla ricerca di Kubota. Ma intanto i cieli piombano nel silenzio. Presto verranno a prenderlo.

La neve cede terreno alla pioggia, così rapidamente che è impossibile ricordarne l'integrità del giorno prima. Considerato ciò, al secondo tentativo di occultare il cadavere, Easley lo ha portato in braccio fino alla base di un dirupo a quattrocento metri in direzione dell'accampamento e a debita distanza dalla grotta. Gli ci sono volute diverse ore e ha dato fondo a tutte le forze rimaste. È sudato fradicio e tremante di freddo.

Easley gli ha restituito la pistola e il colbacco, e ha represso il desiderio di tenersi il pastrano, che è in condizioni migliori del suo giubbotto e di quello di Karl. Ha frugato tutte le tasche in cerca di accendino e sigarette. Invece ha trovato una fiaschetta d'acqua, due fiammiferi umidi e spezzati, un orologio rotto, un bottone di riserva, della filaccia. Ha tenuto la sciarpa, confidando sulla probabilità che l'assenza passi inosservata.

Durante il tragitto di ritorno alla grotta, Easley infila i pollici nella cinta dei pantaloni e tiene la stoffa staccata dalla pelle. Le ossa del bacino sono così sporgenti che nei punti in cui la pelle sfrega contro la stoffa sudicia si sono formate due piaghe. Raggiunge la grotta camminando in quel modo, crogiolandosi in un sollievo momentaneo. Non si volta mai a controllare di non essere seguito, non si volta mai verso il cadavere.

A un osservatore qualsiasi, offrirebbe uno spettacolo penoso. Easley si chiede cosa penserebbe Warren se potesse vederlo. Molte volte durante quel calvario si è chiesto cosa avrebbe fatto il fratello minore. Easley ha sempre giocato secondo le regole, mentre Warren aggirava istintivamente qualsiasi norma o convenzione. In genere era troppo accorto per ritrovarsi in situazioni compromettenti, perfettamente in grado di usare il proprio fascino per cavarsi d'impiccio. Quando niente di tutto ciò funzionava, si rivolgeva al fratello maggiore.

Sei anni prima, Warren si trovava in uno di quei rarissimi pasticci, posto di fronte a un dilemma da cui non sapeva districarsi. Aveva messo incinta una ragazza. Una ragazza di cui i genitori non dovevano sapere, una ragazza che non voleva più saperne di lui. Questo molto prima che Warren approdasse al lavoro presso la ditta di legname. Easley gli aveva prestato dei soldi per mantenere la ragazza in attesa del giorno in cui avrebbe dato il figlio in adozione e si sarebbe gettata quell'errore alle spalle. Warren piangeva apertamente ed era spesso scontroso, ma alla fine aveva acconsentito a non chiamarla o andarla a trovare, a lasciarla semplicemente in pace, insomma.

Adesso Easley pensa che porterà con sé nella tomba la conoscenza di quel bambino abbandonato, insieme ai rimpianti suoi e di Helen, insieme alla convinzione dei suoi genitori che non avranno discendenti.

Quando Easley entra nella grotta, Tatiana lo attende davanti a un fuoco scoppiettante. Non è sorpreso di trovarla lì seduta, di sentire il profumo di sapone della sua pelle dopo il bagno. Sa che è entrata nella grotta attraverso la sua immaginazione. Decide però di non fargliene una colpa; poi all'improvviso cambia idea.

Easley si precipita nel burrone e fissa il cielo grigio fumo. Segue con lo sguardo uno stormo sempre più numeroso di mosche volanti finché non gli gira la testa ed è costretto a sedersi. Sente il proprio corpo indebolirsi, diventare sempre più leggero, pronto a fluttuare via. Per il momento riesce a distinguere il reale e l'immaginario, ma per quanto ancora? Quante altre ore gli restano, ad aspettare, a vagare, a nascondersi da ciò che inevitabilmente accadrà? La grotta contiene le sue uniche consolazioni, comunque lo siano diventate. Deve negarsi persino l'ultimo conforto che gli concede quel gelido inferno?

Tatiana siede, con indosso lo stesso cappotto scuro della fotografia, e intreccia un cestino con gli steli di segale. Alza lo sguardo e sorride. Easley non la disturba. Si dirige verso il nido e si distende sul paracadute di seta. Lei canticchia una melodia che è convinto di aver già sentito. Quando le chiede se ha passato una buona giornata, lo fissa sorridendo. Easley sente qualcosa disincagliarsi, poi iniziare a scorrere.

Le dice che è stanco e pronto a addormentarsi per sempre. Le spiega che è approdato su quell'isola per mostrare al mondo cosa stava succedendo e che ha fallito miseramente. Che è caduto con i piedi in avanti nella neve, la fame e il freddo. Che ha cacciato con Karl, e poi lo ha abbandonato al mare. Che prova invano a evocare Helen. Una punizione, ecco cosa è giunto a credere, per il modo in cui si è congedato da lei. Che il passato ora sembra averlo abbandonato. Che forse tutto ciò che è successo prima era solo una preparazione per quella fine, per Tatiana.

Lei piega e intreccia gli steli di segale. Le dita graziose e affusolate. Il cestino prende forma tra le sue mani. Malgrado lo slancio di affetto apparente, prova tristezza nel guardarla lavorare, sapendo che potrebbe svanire da un minuto all'altro. Vorrebbe stringerla tra le braccia quanto disperderla come un riflesso in una pozza. Paralizzato, resta in piedi davanti al fuoco, a bocca aperta. La sua canzone affiora dal brusio, Tatiana aggiunge le parole alla melodia.

A-tisket-a-tasket
A green and yellow basket
I sent a letter to my love
And on the way I dropped it…[4]

Gli aerei rombano in cielo. Gli americani attaccano di nuovo. Tatiana lascia svanire le parole, ma canticchia più

4 "Parapiglia parapaglia / una cesta verde e gialla / ho scritto una lettera all'amore mio / e mi è caduta per la via."

forte per coprire il rumore. Il fuoco antiaereo risponde con una successione crepitante. Le bombe continuano a cadere lo stesso. *Tump, tump, tump*. Tatiana scuote la testa e canticchia ancora più forte in segno di sfida. Alla fine, alza lo sguardo: *Esci, così che possano vederti*.

Easley raccoglie il paracadute alla rinfusa ed esce.

Risale il fianco del burrone a grandi balzi. Il rombo dei bombardieri della Marina, invisibili attraverso le coltri di nubi, è superato dalle sue grida rivolte ai piloti affinché abbassino lo sguardo e lo vedano. Ma sono tutti concentrati altrove: sull'accampamento nemico, sui cannoni antiaerei, sullo spazio aereo contiguo. Lavora in fretta, stendendo la seta sulla segale appiattita. Zoppica qua e là, stendendo i bordi per formare un cerchio. Alza lo sguardo e vede un aereo spuntare per un attimo dalle nubi. Prima di scomparire, non dà segno di averlo individuato, nessuno sbandamento o inclinazione delle ali.

E poi il bombardamento cessa del tutto. Un secondo aereo traccia un varco tra le nuvole uscendo allo scoperto. Appare sopra le colline alla volta della spiaggia. Non sa se il pilota lo ha visto. Prosegue verso il mare aperto.

Easley salta intorno al paracadute, agitando freneticamente le braccia. Il pilota non fa alcun cenno di risposta. Poi, come dopo un ripensamento, oppure per alleggerire il carico per il viaggio verso la base, una sola bomba sibilante si sgancia mentre l'aereo prende quota. La bomba traccia una linea elegante sopra la testa di Easley. Si libra sopra la grotta, e sopra Tatiana. Entra in acqua poco lontano dalla costa, alzando un geyser di roccia e spruzzi. L'onda d'urto lo fa crollare in ginocchio. Si schiaccia i palmi contro le orecchie, riuscendo solo a trattenere il dolore che gli riecheggia nel cervello. Quando alza lo sguardo, l'aereo è solo un puntino, perso nella foschia di un'altra nuvola.

La fine è ormai in vista. No – si rimprovera, ancora una volta – ha solo bisogno di un buon pasto, cucinato e servito dalle mani di Helen. Ma quella menzogna non ha più effetto. Da troppo tempo ormai, Easley si consuma. Se Helen fosse lì, vedrebbe una creatura diversa. Un miserabile con il sangue di un altro uomo sui vestiti. Una persona che non riesce a distinguere tra luce e ombra. Una persona dal cuore insincero. Se solo fossero riusciti a mettere su famiglia. *Quella* sì che sarebbe stata un'occasione di proseguimento, una vita oltre quella che è ormai destinata a finire.

Easley raccoglie il paracadute, poi si avvia verso il burrone. Non ne giunge alcun suono. Guarda verso il punto in cui la bomba ha sconquassato il mare. Le onde si sono richiuse e hanno guarito velocemente la breccia, come se non ci fosse mai stata. Distingue macchioline bianche che galleggiano tra i flutti, vede un paio di pesci sulla spiaggia. Easley lascia cadere la seta e corre.

Riesce ad agguantare otto pesci prima che la corrente trascini via il resto. Si sfila la stringa dallo scarpone destro, la passa attraverso le branchie e le bocche aperte. Li immerge di nuovo in acqua, per scrollare la sabbia dalle pelli lucenti.

Alla grotta, tutti i segni di luce e di vita sono svaniti. Nessuno canticchia. Tatiana è tornata nella cornice, gli rimane solo un sibilo nelle orecchie.

16

Il palcoscenico si staglia contro la parete posteriore dell'hangar. I velivoli sono stati trasferiti all'esterno per fare spazio a un pubblico di duemila uomini, il più numeroso fino a quel momento. È stata innalzata una piattaforma su misura alta un metro, con un piccolo camerino sulla destra. All'interno ci sono una panchina, uno specchio, una bacinella e una caraffa. L'unica parte degna di nota della struttura, l'unico tocco davvero creativo, è una fila di granate disposta davanti al palcoscenico come una minacciosa chiostra di denti color muschio che separa lo spettacolo dal pubblico.

Un uomo conficca chiodi nel compensato. La tuta color kaki copre una corporatura atletica. La punta degli scarponi si è quasi bucata per il troppo tempo trascorso a lavorare in ginocchio. Da sotto il berretto spunta una capigliatura castana scarmigliata, notevolmente più lunga del previsto. Helen gli si avvicina con le braccia incrociate per proteggersi dal freddo. Lo osserva piantare un chiodo, alzarsi e poi saltare su e giù per metterne alla prova la tenuta.

«Spero lei abbia costruito anche una botola» dice Helen rivolgendosi alla schiena dell'uomo. «Ne avrò bisogno per scappare dalla folla inferocita.»

L'uomo si ferma sobbalzando, ma non si volta. È consapevole della sua presenza da quando è arrivata.

«È fantastico» soggiunge lei. «Grazie per il duro lavoro.»

«Signora, non deve ringraziarmi. Siete voi a farci un favore.»

Lui si gira rivelando un volto pensieroso e intelligente, la mascella larga e pronunciata. Non si rade da giorni. Evita di guardarla negli occhi.

«Vi abbiamo messo una stufetta là dentro per riscaldarvi prima dello spettacolo.» Indica con il martello. «O per quando farete pausa tra un numero e l'altro.»

«L'abbiamo vista stamani. Grazie ancora.»

L'uomo salta su altri punti del palcoscenico, non curandosi di lei. Quando individua una tavola che scricchiola, estrae un chiodo dalla tasca e lo pianta con due colpi ben mirati.

«Io sono Helen. Spero che lo spettacolo sia di suo gradimento.»

«Perera. Aviere Thomas Perera.»

Helen porge la mano e aspetta. L'uomo sembra disavvezzo a quella consuetudine, o alla compagnia di civili. Alla fine si fa avanti e le stringe la mano, sempre evitando il suo sguardo. Ha gli occhi azzurri, incastonati all'ombra delle sopracciglia. È di origine italiana, del Nord. Si volta e sposta il peso su un'altra tavola, che non emette alcun rumore.

«Non vedevamo l'ora che arrivaste.»

«Be', speriamo di non deludervi.» Lo osserva ancora un istante, poi riprende il controllo di sé. Fa per andarsene.

«Le granate sono scariche» dice lui. «Non c'è da preoccuparsi. Pensavo che avrebbero fatto figura.»

«E infatti. È così… Mi chiedevo. Ha mai incontrato qualche reporter quassù? Un giornalista che voleva scrivere un reportage?» È diventata bravissima a entrare in argomento, volgendo ogni conversazione ai suoi scopi.

«Ne uccide più la lingua che la spada, dice il saggio... Non ho mai sentito parlare di giornalisti. Ma scommetto che arriveranno a frotte quando avremo ripulito questo casino.»

«Certo. Immaginavo che un mio amico potesse essere passato di qui.»

«Ma io sono arrivato solo nove mesi fa» si scusa lui, mitigando il tono di voce. «Abbastanza a lungo da avere dimenticato le buone maniere. Se cerca qualcuno in particolare, può rivolgersi all'ufficio approvvigionamenti, il Supply Corps. Tengono una nota di carico per ogni nave e aereo approdati qui. Potrebbero controllare i documenti, se sono dell'umore adatto. Chieda di Ralph Rosetta. E gli dica che la mando io.»

Per lui, è una sciocchezza. Un normale gesto di cortesia. Non ha idea che la sua generosità potrebbe cambiare tutto.

«Be', non so come ringraziarla.»

Dopo quello che pare un ripensamento di carattere più serio, esclama: «Mi faccia ridere stasera».

Stephen siede proteso in avanti, la pipa in mano, i gomiti piantati sulle ginocchia. L'ha accesa due volte poiché il fornello si è spento a causa della sua disattenzione. Judith è nascosta dietro la tenda di lana e si finge addormentata. Gladys posa lo specchio con un sospiro, scontenta dell'acconciatura, delle chiazze che lo stress le ha impresso sulla pelle del viso, convincendosi di essere pronta ad assumere il comando. Sarah serra le labbra e si guarda intorno come in cerca di qualcosa. Jane si sistema gli orecchini, apparentemente serena e soddisfatta. Helen preferisce concentrarsi sulla tranquilla e ingenua Jane perché irradia sicurezza. Si è dimostrata l'attrice più esperta. Stephen guarda di nuovo l'orologio, si alza e fa un cenno della testa. È ora.

Fuori, il clima sembra determinato a seppellire gli uomini. La troupe, ormai ridotta a un quartetto, stringe il cappotto intorno al collo, si copre la testa con la sciarpa, e si precipita dentro l'hangar passando dalla porta sul retro, celata dai paracadute. La seta conduce a un sipario ininterrotto verso il palco e il camerino. Il pubblico invisibile impone la propria presenza dall'altro lato, ridendo e cantando in un'attesa impaziente.

Il minuscolo camerino offre a malapena lo spazio per accoglierli tutti. Gladys, Sarah e Jane si siedono sulla panchina, Stephen resta in piedi insieme a Helen. La stufetta arde al centro. L'atmosfera, simile a quella di una sauna, fa pizzicare le guance a Helen. La moltitudine all'esterno comincia a reclamare l'inizio dello spettacolo. Helen cerca nella borsetta un barattolo di vaselina. Se ne spalma una noce sui denti per lubrificare il sorriso. Abbassa lo sguardo e recita una sequela di Avemarie sottovoce. Tutti restano impietriti quando sentono un *clic* elettrico seguito da due tonfi sordi.

«Signore e signori, vi prego di accomodarvi... Oh, mamma, che brutto pubblico abbiamo stasera!» Il suo tono di voce ricorda a Helen quello del padre. «La messa sta per cominciare. Prego, aprite l'innario a pagina duecentododici.»

Risate.

«Dicono che a nessuno interessano le imprese degli aviatori aleutini.» La frase è accolta da fischi e parole di scherno. «Dicono che a nessuno importa un fico secco degli uomini che proteggono i cieli americani.» Altre grida di disapprovazione. «Vorrei proprio sapere chi sono questi qua.» Acclamazioni. «*Loro* non hanno mai volato attraverso un uragano, o fatto atterrare un B-24 sulle grelle allagate.» Ovazioni ancora più forti. «Adesso vi dico io una cosa sullo spettacolo a cui state per assistere, sulle ragazze della USO. Loro sanno dove si trovano gli uomini più coraggiosi di tutto il Pacifico. Ecco perché sono venute su Adak: per dimostrarci riconoscenza da parte di tutto il Paese. Ora, riposo! Liberatevi dagli affanni e divertitevi. E accogliete con un caloroso benvenuto aleutino le USO Swingettes!»

Le luci si abbassano e il piccolo camerino è colpito da una raffica prolungata di applausi.

Stephen afferra la mano di Gladys, la conduce fuori dalla porta e sul palco buio. Sarah, Jane e Helen li seguono dappresso. Lungo il tragitto, oltrepassano la banda musicale di dodici elementi che prova il repertorio da settimane. Tutte le ragazze si dispongono sul palco. Stephen prende posto al pianoforte e strimpella le prime note al buio, poi si ferma. Ricomincia, prosegue per un po', infine fa una pausa più lunga. Lo fa per stuzzicarli. La melodia è familiare, è un semplice arrangiamento al piano che serve a confondere gli spettatori. Poi, dalle ultime file, si leva un grido. Stephen aggredisce la tastiera mentre i fiati si uniscono a lui. Le luci si accendono sulle ragazze. Danno le spalle al pubblico, le mani sui fianchi, e fischiettano l'attacco di *In the Mood*.

La reazione del pubblico è in assoluto la più entusiastica. Helen ha un brivido lungo la schiena e per poco non perde l'equilibrio. Tra gli scrosci degli applausi, lancia un'occhiata di sottecchi a Sarah, la vede sorridere da orecchio a orecchio. Una a una le ragazze si voltano, si avvicinano al microfono e intonano una strofa della canzone.

Who's the lovin' daddy with the beautiful eyes
What a pair o' lips, I'd like to try 'em for size.

I'll just tell him, «Baby, won't you swing it with me»
Hope he tells me maybe, what a wing it will be...[5]

Helen fissa la luce, sopra le teste degli uomini. Quando si decide a guardarli in faccia, si sente al contempo potente e disarmata. Quando è il suo turno di cantare, trattiene il volume della propria voce. Deve raccogliere la fiducia prima di spingerla al di là delle prime file. Il risultato è che ogni verso acquisisce forza sul finale. Guarda Stephen in cerca di rassicurazioni.

Quattro canzoni sono terminate, le luci si concentrano su un unico punto. Sarah si fa avanti con *'Tain't What You Do (It's the Way That You Do It)*. Helen scivola fuori dal palco e torna in camerino. Apre la porta e attraversa una cortina di calore. Le ci vuole un po', ma quando i suoi occhi si abituano scorge Judith seduta in un angolo, la coperta intorno alle spalle, che la guarda con un sorriso sbiadito. Afferra la mano di Helen e la stringe. Insieme ascoltano Sarah che manda il pubblico in estasi.

A metà circa della canzone, la voce dall'impianto classico di Sarah si ritrae e i fiati aumentano d'intensità uno dopo l'altro. Helen e Judith tacciono in attesa della coreografia di *Shim Sham* che Sarah ha limato alla perfezione. Fissano nell'oscurità, poi Helen incrocia per un attimo lo sguardo di Judith proprio quando la folla strepita per la piroetta di Sarah prima che ricominci a cantare. Alla fine, l'applauso sembra durare quanto la canzone stessa. Sarah concede due bis.

Helen ha un nodo allo stomaco quando per lei arriva il momento di tornare sul palco. Ha cantato bene sino ad

5 "Chi è quel tipo adorabile dagli occhi belli? / E che labbra! Vorrei proprio assaggiarle. / Gli dirò: Ti va di uscire con me? / Spero mi risponda chissà, che fortuna sarebbe..."

allora, ma adesso deve portare avanti una canzone intera. Si appoggia al pianoforte e si concentra sui capelli neri e lucenti di Stephen, capelli troppo belli per un uomo. Il suo battito accelera quando sente i soldati fischiare e rumoreggiare. È il momento di rallentare il ritmo. Stephen alza la testa e annuisce. Attende il minimo segnale, poi si protende in avanti e affonda le dita sui tasti. Dopo qualche nota introduttiva, Helen canta.

It's not the pale moon that excites me
That thrills and delights me, oh no,
It's just the nearness of you.[6]

Helen si volta e intona la strofa successiva sul proscenio. Appena oltre le granate, un uomo si alza, allunga le braccia e le richiude sopra la testa.

La strofa non era perfetta, ma tant'è. Niente stecche, niente impappinamenti. Conosce le canzoni di Judith bene quanto le proprie, come pure ogni altro pezzo del repertorio. Poco dopo, si sente mancare il terreno sotto i piedi; non ricorda il verso successivo. Ma non si perde d'animo, si concentra sulla musica e, quando tenta di afferrarla, ci riesce. Trova la corrente e si lascia trasportare. Cosa penserebbe John se potesse vederla?

Helen canta con voce sommessa, fragile. Dà le spalle a Stephen, lo guarda con la coda dell'occhio, lo provoca, gli fa gli occhi dolci. Ma è l'amore del pubblico davanti a sé che deve conquistare. Quegli uomini vogliono che la canzone sia dedicata a loro. Anche se solo per un istante, vogliono credersi innamorati, o quantomeno trasportati in un altro luogo, in un luogo caldo e accogliente. Per man-

6 "Non è la pallida luna a emozionarmi, / a farmi vibrare e fremere di piacere, oh no, / è stare vicino a te."

tenere l'equilibrio, Helen fa spaziare lo sguardo sopra le teste del pubblico, evitando il contatto visivo con i singoli individui, cercando di concepirli come un'entità unica.

Ma sulla strofa finale non riesce più a trattenersi. Attraverso le luci abbaglianti e la caligine del fumo distingue soldati alti e bassi, che ondeggiano, che si inclinano, o che stanno fermi come statue. Si è imposta al centro dell'attenzione di duemila uomini. Fa un passo malcerto, poi guarda Stephen. Il suo sorriso la risolleva, la riporta al presente.

I need no soft lights to enchant me
If you'll only grant me the right
To hold you ever so tight
And to feel in the night the nearness of you.[7]

Stephen si alza al prorompere delle acclamazioni. Prende Helen per mano e l'accompagna al centro della ribalta. Si inchinano profondamente mentre gli uomini balzano in piedi. Sarah, Gladys e Jane emergono dall'ombra per unirsi a Stephen e Helen sul palcoscenico con il trombettista. Chiudono quella parte dello spettacolo con *Tuxedo Junction*. Al primo «*Way down South in Birmingham*», alcuni dei soldati hanno aperto un varco ai piedi del palco, esibendosi a coppie nel Lindy Hop; certi tentano persino prese e salti. Finalmente le ragazze salutano e fanno un ultimo inchino prima di ripiegare dietro le quinte mentre il pubblico chiede il bis. E siamo solo all'intervallo!

Nell'ombra, per poco non vanno a sbattere con tre uomini mascherati da Carmen Miranda. Indossano abiti

7 "Non ci sarà bisogno di luci soffuse / se mi concederai il piacere / di tenerti stretto / e di stare vicino a te tutta la notte."

di colori vivaci, turbanti di frutta, grossi cerchi alle orecchie. Hanno vinto un concorso di talento e con esso l'onore di esibirsi durante l'intervallo. Passando accanto alle ragazze in direzione del palco, le tre Mirande scuotono i seni finti e arricciano le labbra rosse. Una di loro è di una bellezza mozzafiato.

Stephen discute la scaletta con il presentatore della serata e le donne vanno difilato in camerino. Mentre la banda attacca un samba, Helen si allontana dietro i paracadute. Solleva un lembo di seta e spia il pubblico di lato. Cerca John con lo sguardo. Gli uomini nelle ultime file stanno su sedie pieghevoli, pneumatici e tela cerata. Le reazioni all'esibizione dei travestiti sono varie. Alcuni soldati sorridono e scuotono la testa, altri li fissano con disapprovazione. La maggior parte li acclama o rivolge loro frasi tra l'indecente e l'incoraggiante.

Helen scorge l'aviere Perera stravaccato su una sedia pieghevole. Scosta la seta un po' più in là. Lui si volta nella sua direzione, ma guarda l'uomo che gli siede accanto, piegato in due dalle risa. Perera gli molla una pacca sulla schiena, poi balza in piedi e lancia un fischio penetrante.

Dopo lo spettacolo, nel camerino gira una bottiglia, i segni di rossetto cancellati a ogni sorso. Il calore e l'euforia post-spettacolo si mescolano con l'alcol e, nel giro di poco, le ragazze perdono la bussola. Parlano dei musicisti della banda. Gladys e Sarah si spogliano davanti a Stephen, lo provocano, gli stampano baci su tutta la faccia. Come un bambino sorpreso nella camera della sorella, lui avvampa, la prende con naturalezza – almeno per un po' – poi si dilegua alla prima occasione. Helen lo imita poco dopo.

L'hangar vibra ancora di energia, anche se rimane solo

un manipolo di soldati. Vicino al gigantesco portone, due di loro stanno arrotolando un cavo elettrico intorno a un fusto, spintonandosi come bambini. Quando vedono Helen, si voltano intonando alcuni versi di *The Nearness of You*, facendola arrossire.

È il momento, la piacevole confidenza di un'esperienza condivisa. Gli uomini vorranno aiutarla in qualunque modo, e faranno a gara per trovare la risposta alle sue domande. Ne approfitterà per il bene di John. Helen si stringe il cappotto intorno alle spalle e si dirige verso di loro.

L'aviere Perera appare dal nulla, una sigaretta spenta gli penzola dalle labbra. Ha il viso rasato di fresco, i capelli pettinati con cura. Diversamente dal loro primo incontro, non riesce a staccarle gli occhi di dosso.

«Be'» esordisce lei. «Di' qualcosa.»

«Bello spettacolo.» Si accende la sigaretta e fissa intensamente i suoi occhi, poi la sua bocca.

«Ti sei fatto quattro risate? Non chiedevi altro.» Guarda dietro di lui e ricambia il saluto degli uomini che stanno uscendo.

Lui si fa avanti e le posa la mano sulla guancia. È calda e odora di tabacco. Colta alla sprovvista, Helen arretra.

Si voltano entrambi al fragore di una sedia di metallo che cade sul palcoscenico. Helen sente le ragazze nel camerino, la risata isterica di Gladys. Si guarda intorno nell'hangar pressoché deserto. Poi la porta accanto al palco si apre di scatto. I paracadute si gonfiano, garriscono e si torcono all'improvvisa raffica di vento.

«Devo tornare...» Helen si volta e fa per andarsene.

Perera la raggiunge velocemente e afferra la sua mano. Lei si libera con uno strattone.

Impassibile, l'uomo la fissa dritto negli occhi. «Dove?»

«Non so cosa ti sia messo in testa...»

Il suo sguardo sfrontato esprime possesso, una pretesa di inevitabilità. Di nuovo le chiede: «Dove?».

Helen gli tira uno schiaffo, spaventata da ciò che ha provocato. «Da *mio marito...*»

L'uomo si massaggia la mascella e le fissa di nuovo la bocca, poi il seno. Si china per raccogliere la sigaretta. Inspira un'ultima volta prima di gettarla. Il fumo gli stilla dalle labbra. «Non vedo anelli.»

Lei si volta e marcia verso il camerino. Si precipita all'interno e scopre che le ragazze se ne sono già andate. Sbatte la porta e si siede sulla panchina, tremante. E adesso? L'aria è stantia e afosa. Spegne la stufetta e la grata scricchiola passando dal porpora al grigio.

Helen attende che il battito del cuore torni regolare, il respiro controllato. Mentre infila la spazzola e la sciarpa nella borsa, le tornano in mente le parole di suo padre. La rabbia è annichilita dal pensiero di avere sottovalutato i suoi avvertimenti. Stephen si era raccomandato più volte di non concedere troppa attenzione ai singoli uomini. Eppure è sconvolta da quell'improvvisa disinvoltura fisica. Quell'uomo nella cappella a Fairbanks. E ora l'aviere Perera. Lo ha in qualche modo incoraggiato? Che impressione gli ha dato? Si dice che era semplice gratitudine. E si rifiuta di considerare quegli uomini come detenuti. Ma chi li autorizza a... Si dirigerà subito fuori di lì, raggiungerà le ragazze. Qualcuno deve avere notato cosa stava succedendo. Perera non si azzarderà ad avvicinarsi di nuovo.

Come c'è finita in quel guaio? È cresciuta pensando che un'occhiata di troppo equivalesse all'adulterio. Un peccato mortale. Meglio cavarsi gli occhi e gettarli via, piuttosto che finire all'inferno con tutto il corpo. Dal catechismo in poi, è stata avvisata. E sino ad allora per lei si è trattato di una logica accettata a priori. Non ci sono dubbi sul suo amore nei riguardi di John. Ma adesso Helen mette in discussione tutto ciò che le hanno insegnato. Davvero non c'è differenza tra un pensiero imprudente e un'azione vera e propria? *Un solo* pensiero di troppo? Quale adulto dotato di raziocinio crederebbe a una storia simile?

Perera entra e si chiude la porta alle spalle.

«Esci!» urla. «Chi ti credi di essere?»

Lui la fronteggia. Dove sono le ragazze? Qualcuno la sentirà se grida? Cerca disperatamente di alzarsi, ma lui la preme per le spalle, schiacciandola contro la parete. Si toglie rapidamente la giacca, si tira via la canottiera, mentre lei lotta per superarlo. Lui la agguanta per i capelli e la trae a sé, affondandole il viso contro il suo addome. Helen si puntella, poi balza all'indietro usando tutta la forza nelle gambe e nelle spalle, spingendosi verso l'alto. Perera inciampa e cade all'indietro sulla stufetta e contro la parete opposta mentre lei si precipita fuori dalla stanza.

L'uragano entra di potenza quando Helen apre il portone. Ci vuole tutta la sua forza per richiuderlo. Una lamiera di metallo acuminata vola via, vorticando nella notte. Non ha mai visto una tempesta simile. Gli aerei si staccheranno dagli ormeggi? Le tende e gli edifici rotoleranno in mare? Helen si stringe il cappotto intorno alla gola e, chinando la testa, decide di affrontare il vento. *Padre nostro, che sei nei cieli...*

L'acqua che le frusta il viso e gli occhi non è né pioggia né nevischio; brucia, come acqua di mare. Non ha idea di dove sia. L'oscurità si chiude intorno a lei, pochi gli spilli di luce in lontananza. Cerca di visualizzare mentalmente la cartina. L'ospedale, la sala mensa, le tende e i capanni Quonset sono tutti uguali. Helen avanza a fatica. *Sia fatta la tua volontà come in cielo così in terra...*

Il rombo è disorientante. Perché non hanno avvisato dell'arrivo dell'uragano? Cinquanta metri oltre l'edificio e ancora è impossibile vedere dove sta andando. Il fango le inghiotte le scarpe. Le pozzanghere le arrivano ai polpacci. Uno strato di terra battuta sembra una strada asfaltata. Lo seguirà verso la costellazione di luci che crede possa essere la sala mensa. *Non ci indurre in tentazione, ma liberaci dal male...*

Le folate si caricano di nuova intensità. I suoi progressi si arrestano. Solleva le braccia per ripararsi da quelle che sembrano altre lamiere trasportate dal vento, un gesto che compromette il suo equilibrio e la fa cadere. Helen si rialza. Deve rimettersi in piedi. Deve continuare.

Da dietro, il fascio di una torcia fende l'oscurità. È il suono di una voce, ma è impossibile distinguere le parole. Non c'è riparo, non ci sono posti dove nascondersi. La voce – allarmata, insistente – si infrange di nuovo contro il vento.

La luce della torcia rimbalza e ruota per cercarla, si ingrandisce man mano che si avvicina. Helen scorge la propria ombra sul terreno, protendersi dai piedi verso l'infinito. Le sillabe, ripetute: «Hel-len!». Sta per raggiungerla. Lei si ferma e si gira dritto verso il fascio di luce, piegando le ginocchia, accovacciandosi per resistere al vento.

La persona è a meno di quattro metri da lei prima che Helen riesca a riconoscere Stephen, i capelli fradici incollati alla fronte, gli abiti zuppi appiccicati al corpo. Il biancore sconvolgente della sua mano che le si posa sulla spalla. Grida: «Che diavolo stai facendo?».

Lei scuote la testa.

«Vuoi farti ammazzare? Stai andando nella direzione sbagliata.»

Lui la prende sotto la spalla e lei gli cinge la vita con il braccio. Avanzano, insieme. Il fascio della torcia si rifrange sulle pozze più grandi, illuminando incalcolabili nastri di pioggia. Un uomo li supera arrancando, un pezzo di tela vola via, un cane terrorizzato si rifugia trotterellando sotto un automezzo. Finalmente la torcia incontra il retro di una jeep coperta. Stephen apre lo sportello dal lato del passeggero. Helen si precipita all'interno mentre lui corre dall'altra parte. Una volta al sicuro, Stephen spegne la torcia. Il vento scuote la jeep come un giocattolo.

«Dove diavolo eri finita? Eravamo tutti spaventati a morte!»

«Mi sono persa» risponde lei riprendendo fiato. «Più che persa.»

«Cos'è successo là dentro? Sei corsa fuori come se fosse scoppiato un incendio.»

Helen non sa come dargli forma, come definirlo. Da dove cominciare. Di una sola cosa è sicura: «Mi ha aggredito, ma sono scappata in tempo».

Nei secondi che Stephen impiega ad assorbire quell'informazione, Helen lo vede bollire di rabbia.

«Ti prometto che troverò quel pezzo di merda... Helen, stai bene?»

Lei annuisce, rabbrividendo per il freddo e l'umidità.

«Quel bastardo marcirà in galera.»

Ascoltano il vento che imperversa.

«Avrei dovuto restare a proteggerti. Non posso perdervi di vista un attimo, maledizione...»

«Stephen, ti prego. Ho detto che sto bene.»

«Helen, ascolta... Mi dispiace sollevare l'argomento

proprio adesso, ma non posso rimandare. Sono venuto a dirti che ho incontrato un tizio che potrebbe avere visto tuo marito.»

Il cuore di Helen ha un sussulto. La sua bocca si apre. Si volta verso Stephen, ma al buio non riesce a distinguerne il viso.

«È un meccanico. Fa parte della squadra dell'hangar. Sa chi decolla e chi ritorna. Ha detto che circa un paio di mesi fa un uomo si è aggregato all'equipaggio di un raid aereo. Era in avanscoperta per conto della Royal Canadian Air Force. Non ha parlato di un giornalista, ma quando ho sentito "canadese", ho pensato che fosse la pista giusta. Ha detto che si chiamava Warren Easley.»

Helen si protende in avanti, coprendosi il viso con le mani. «È suo fratello.»

Come ha fatto a non pensarci? Per tutto quel tempo, ha cercato nel posto giusto, ma l'uomo sbagliato. «Deve aver falsificato i documenti. Forse rubato l'uniforme.»

Helen alza la testa e fa un respiro profondo. Affonda lo sguardo verso i radi grappoli di luci. Un oceano nero si estende in mezzo.

Vede John frugare tra i documenti e gli effetti personali di suo fratello a casa dei genitori. Ha dato per scontato che gli ingranaggi della burocrazia non lo avrebbero raggiunto in tempo. Come faceva la Marina statunitense su Adak a sapere della morte di un aviatore canadese sul Canale della Manica? E gli ordini scritti dalla Royal Canadian Air Force per richiedere l'accesso? Sorride al pensiero di John che si diverte a imitare un perfetto gergo militaresco. Per tutto quel tempo, lei ha seguito le tracce di un reporter, di un giornalista. Mesi di ricerca, tremila chilometri. Helen sapeva che Adak era la soluzione, ma c'è voluto Stephen per trovarla.

«Dov'è John?» La sua voce, monotona, appena udibile sopra la tempesta.

«Helen…»

«Maledizione! Dov'è?»

Il vento si burla dell'esitazione di Stephen. «L'aereo è caduto da qualche parte tra qui e Attu. L'equipaggio era composto da sei persone. Helen, nessuno è tornato.»

«Magari hanno fatto un atterraggio di emergenza da qualche parte.» Nel momento in cui quelle parole le escono dalle labbra, si rende conto che quell'idea sarebbe stata più potente se taciuta.

«Dicono che la speranza di sopravvivenza in mare aperto ammonti a cinque minuti. All'incirca.»

«O magari è stato catturato. Su Kiska, o Attu.»

Stephen trova la sua mano nell'oscurità. «Helen… Devi ascoltarmi. Mi hanno detto che le possibilità che siano sopravvissuti sono pari a zero.»

Helen percepisce l'irrevocabilità di quella frase, ma si affanna a cercare falle in quella logica, i dettagli mancanti. C'è stato un errore. John non era a bordo di quell'aereo, la fonte di Stephen confonde le informazioni. Di nuovo si ritrova a gettare il cuore oltre l'ostacolo. Scavalca barriere, sfonda porte che le sono state chiuse in faccia. John è troppo intelligente per morire.

Stephen si protende verso di lei, le bacia la mano, la culla tra le sue. «Ci vorrà tempo, mesi, forse anni. Ma alla fine troverai conforto nel sapere che non sei l'unica ad aver perso qualcuno» le dice. «Pearl Harbor. È come il *Mayflower*, il nostro passato comune. In verità, anch'io ho perso una persona laggiù.»

Helen sbatte le palpebre, si costringe a tornare al presente. Riascolta nella mente le parole che ha appena udito.

«Stephen. Oddio, mi dispiace. Non mi hai mai detto niente. Raccontami...»

«Un'altra volta.»

E poi si obbliga a immaginarlo, l'aereo di John che precipita dal cielo, la sensazione che ha provato. L'urlo del vento attraverso le eliche morte. L'impatto del metallo su un oceano di cemento. L'acqua gelida che si richiude, risucchiandolo giù, lontano dalla luce. Proprio come suo fratello. Helen lancia un grido, sorprendendo persino se stessa. Stephen le mette un braccio intorno alle spalle e la stringe a sé.

Vorrebbe afferrare la consolazione del paradiso, la consapevolezza che un giorno si ricongiungeranno, ma è John stesso a impedirglielo. Perché l'ingresso in paradiso presuppone la fede nella sua esistenza. E lui ha dimostrato più volte di non volerci credere. Quella terrena è l'unica vita che hanno potuto condividere.

A meno che, all'occasione, non venga concesso il perdono a chi non lo chiede. A meno che la fede di uno sia abbastanza forte da portare in salvo anche altri.

Alla fine Helen si dà una scrollata e si soffia il naso. «Quante isole ci sono tra questa e Attu?»

«Non saprei. Cinque?»

«Aiutami a trovare una cartina.»

17

Rubare carbone è diventato praticamente impossibile a causa dell'intensificarsi delle attività nell'accampamento giapponese. E la penuria di carbone rende impossibile accendere un fuoco con gli ultimi ramoscelli umidi raccolti sulla spiaggia. E ora non c'è nemmeno modo di accendere né carbone né legna. Se Easley sapeva che l'assenza del fuoco avrebbe messo a dura prova i suoi nervi, era completamente impreparato ai danni che avrebbe inflitto ai suoi piedi.

Siede nella grotta umida a valutare le condizioni degli scarponi che si è appena tolto con quelli che tiene nel nido. Il primo paio è bagnato e caldo, il secondo umido e freddo. Da tempo ha tolto le stringhe per dare più spazio alla carne enfiata. Tutti i calzini sono bagnati e non c'è modo di asciugarli. Quelli che indossa sono appiccicosi di pus. Li sfila con attenzione.

Il piede sinistro è il doppio del normale. Il destro è più piccolo, ma ricoperto da cinque o sei pustole, alcune delle quali grosse come tappi di Coca-Cola. Finora solo due sono scoppiate. Il colore dei piedi è tra il bordeaux e l'azzurro, a chiazze. In contrasto con il biancore sporco dei polpacci, sembrano appartenere al corpo di qualcun altro. Ripensa alle storie della Grande Guerra e delle trincee. Di tutti i modi in cui si è immaginato di morire – d'inedia, di freddo, per avvelenamento, per una caduta – non si era mai sognato che la sua fine sarebbe cominciata dalla punta dei piedi.

Easley trascorre la giornata dentro la grotta, ad ascoltare il vento e gli aerei. L'acquerugiola costante del giorno prima ha ceduto il passo alla nebbia, e i piloti non riescono a vedere i bersagli. Li sente volteggiare intorno all'isola, in cerca di un varco attraverso cui sfogare la propria rabbia. Non trovandone, gli aerei abbandonano l'isola con il ventre pieno, rinunciando a lasciare ferite fresche sulla propria scia.

Si sveglia nel cuore della notte, circondato da gelo e tenebre. I piedi nudi sono intorpiditi. Li ritira e li avvolge nella seta. La risacca sembra stranamente lontana, considerando anche la marea. Il gocciolio all'ingresso della grotta richiama la sua attenzione perché è come se tenesse il ritmo per una canzone. Sente un lieve fischiettio, e si chiede se Karl sia tornato a fargli visita.

Ha il sospetto che l'immaginazione si stia approfittando del suo stato di indebolimento. È sempre stato in grado di riconoscere quei fenomeni per ciò che sono – allucinazioni – ma adesso corre dietro ai fantasmi, inseguendo ciò che è diventato più importante della sua presa sulla realtà. Easley si scopre a fischiettare, poi lancia un richiamo verso l'oscurità.

Il fischiettio si fa più forte e adesso scorge una luce gialla risalire il burrone dal mare. Quando la luce raggiunge l'ingresso della grotta, Easley si alza a sedere per accogliere suo fratello. Warren indossa una canottiera e un paio di mutandoni puliti, calzini neri con il reggicalze. La luce illumina il suo bel viso, i capelli arruffati come dopo aver dormito. La lanterna che porta dipinge la grotta di un bagliore caldo e confortevole. Warren fischietta le note, mentre Easley ricorda le parole.

So long, it's been good to know you
So long, it's been good to know you
There's a mighty big war that's got to be won
And we'll get back together again.

La lanterna viene posata sulla pietra piatta che Easley usa come tavolo. Lì accanto ci sono gli oggetti che il fratello è venuto a riprendersi: l'uniforme della Royal Canadian Air Force, pulita e inamidata, e ripiegata a regola d'arte. Sopra l'uniforme ci sono il berretto e i guanti di pelle. Mentre si riveste, Warren fischietta la melodia ricominciando sempre da capo, senza mai smettere. Prima la camicia, poi i pantaloni, la giacca e gli scarponi. Si calca il berretto in testa. Easley è sopraffatto dall'ansia quando lo vede pronto ad andarsene.

«L'ho solo presa in prestito,» dice «perché immaginavo non ti servisse più.»

Approfittando dell'occasione, dice al fratello che gli manca. Che lo ha sempre ammirato per il suo atteggiamento nei confronti della famiglia e degli amici, degli insegnanti e degli allenatori, e degli estranei per strada. La sua innata sicurezza, la disinvoltura. La sua fiducia negli altri, come pure la convinzione che tutto sarebbe sempre andato per il meglio. Warren non si era mai reso conto – o non si era mai concesso di pensare – che il fratello maggiore avrebbe voluto tutte quelle cose per sé. Che avrebbe voluto prendere il suo posto, scalzarlo dal centro delle attenzioni e dei complimenti, toglierlo di mezzo. Warren non aveva mai sospettato che i ruoli naturali fossero rovesciati, che fosse il primogenito a idolatrare il secondo.

Warren fischietta soddisfatto.

«Perdonami» conclude Easley. «Per non essere stato un fratello e un amico migliore. Per essermi tenuto tutto dentro. Ho vissuto la mia vita come un perfetto sconosciuto. E a cosa è servito? Adesso capisco che è stato uno sbaglio... Ho sempre saputo che non sarei mai stato all'altezza dell'uomo che vedevo in te.»

Warren non concede risposte. Si sistema la cravatta e dà uno strattone ai polsini, poi alza lo sguardo e annuisce. Si tocca la tesa del berretto, la lanterna gli scintilla negli occhi. Esce così com'è entrato, facendo ondeggiare la lanterna attraverso il burrone finché la luce non svanisce e la notte torna a regnare.

Easley, ancora seduto, sente il sangue salirgli alla testa. Si alza sui piedi purulenti e arranca verso l'esterno.

Il vento è sceso. Il nevischio gli cade sulle guance rivolte al cielo. Il mare è addormentato e il mondo così silenzioso che riesce a sentire la fanghiglia che si posa a terra. Easley ha il presentimento di essere vicino a morire, o a morire di nuovo, a seconda del caso. Si sbottona i pantaloni, svuota la vescica, poi torna traballando nella grotta.

All'alba, un distante clangore metallico riecheggia sopra le onde. Easley indossa i calzini bagnati e gli scarponi freddi di Karl perché sono leggermente più grandi e perché, se non li indossa subito, teme che non gli entrino più. Il dolore ai piedi che, come sa, dovrebbe provare non raggiunge mai il cervello. Scruta fuori e osserva il mare. Dopo avere guardato in lungo e in largo attraverso la nebbia, pensa di udire il rumore di un motore sopra lo sciabordio dei flutti.

È iniziato un nuovo genere di bombardamento: una dopo l'altra, esplosioni distanti seguite da tonfi sordi in direzione del villaggio e dell'accampamento. L'attacco dura un'ora buona, poi piomba il silenzio.

Easley trascorre gran parte della mattinata rintanato nella grotta, uscendo soltanto per andare a bere al ruscello. Quando si sente dissetato, si alza e coglie una zaffata di olio combustibile trasportata dal vento.

Scruta la fotografia di Tatiana e apre il suo prezioso barattolo. Fissa il lino immacolato, l'icona, la punta d'arpione, il fascio di banconote. Non tocca niente. All'interno, tutto è pulito e lucente, e realizzato da mani umane. Non rischierà di contaminarlo con la sua sporcizia. Richiude il coperchio e fa scivolare il barattolo nella sacca. Poi raccoglie l'accendino esausto, il coltello, il libro in giapponese su cui ha scritto il suo tributo a Karl. Mette tutto in ordine all'interno della tela, poi sigilla la sacca. Fa scivolare la fotografia in tasca.

Si distende e guarda fuori verso la luce velata.

È notte inoltrata quando riapre gli occhi. Il formicolio ai piedi è passato e quando allunga la mano per stringere lo scarpone non sente assolutamente niente. L'ultima decisione rimastagli da prendere è dove e quando. Si alza e si raddrizza, si mette la sacca in spalla. Si sfila le piastrine identificative di Karl dal collo e le posa sul nido, poi abbandona la grotta per sempre.

Una falce di luna fa capolino dalle nubi rendendo possibile, almeno con l'immaginazione, vedere la terra che gli si para davanti. Easley marcia lungo la spiaggia. Avanza sopra il livello dell'alta marea sorprendendosi della facilità con cui si sposta. I piedi non gli danno più fastidio. Non sente nemmeno il terreno sotto di sé, né la corrente gelata nel guadare il fiumiciattolo. È come se camminasse sospeso in aria. La considera un'altra dimostrazione del fatto che è diventato un fantasma, finché non inciampa e si ferisce la base del palmo.

È ancora buio quando Easley supera il punto in cui ha gettato il cadavere, ma non vede né sci né racchette. Non vede alcun segno. Prosegue.

Nella sua mente balenano due scenari. Un proiettile, sparato da grande distanza, gli trapasserà il petto e lui cadrà indietro nell'erba. Il suo sangue verrà assorbito dalla terra, concimando quel luogo dimenticato da Dio. Nel punto dove cadrà, quell'estate i fiori cresceranno rigogliosi. La seconda possibilità è la cattura, poi la tortura e la prigionia in qualche buco sottoterra. Non cambierebbe molto rispetto alla sua attuale condizione. Almeno mangerebbe regolarmente. Easley non ha una vera preferenza per uno dei due scenari, prova solo una certa soddisfazione al pensiero che presto sarà finita, che non dovrà più restare da solo.

Allo spuntare del sole, è a meno di due chilometri dal villaggio. I piedi malandati hanno rallentato la sua andatura. Arriverà in tempo per la colazione. Cosa mangiano i giapponesi appena svegli? Quando raggiunge l'altura che domina il villaggio, regna un'insolita tranquillità. Il villaggio e l'accampamento sono entrambi silenziosi e immobili, sorpresi nel sonno più profondo. Se camminerà nella stessa direzione per altri cento metri, qualcuno lo noterà sicuramente. Sorride: è vicinissimo alla meta.

Poi si siede per controllare i piedi. Stanno raggiungendo dimensioni mostruose. Non prova dolore ma solo un lieve formicolio all'interno. Si sfila il calzino e punzecchia la pelle tesa con l'indice. Per quanto i suoi occhi attestino il contatto, non sente nulla.

Se entrasse nell'accampamento con le mani in alto lo potrebbero risparmiare. Ricordando il fazzoletto ricamato di Tatiana, Easley tira fuori il barattolo dalla sacca e lo posa in grembo. Fa scattare il coperchio ed estrae il lino con la punta delle dita, poi lo scuote per aprirlo. Afferra la sacca e si alza con difficoltà.

È deluso dal non vedere il fumo che sale dagli edifici o dalle tende. Senza un fuoco acceso, ci metteranno un'eternità a scaldargli l'acqua per il bagno. Easley alza la bandiera bianca sopra la testa e la lascia svolazzare alla brezza salmastra.

Le nubi si muovono dietro di lui e il sole dipinge le montagne di un rosa lusinghiero. Ricorda il funesto presagio: rosso di mattina, la tempesta si avvicina.

Il suo braccio è stanco ben prima che raggiunga le rovine del primo edificio. Ha smesso di cantare per annunciare il proprio arrivo, abbastanza forte da farsi sentire ma non da scatenare l'allarme. Easley fa riposare il braccio poggiandolo sopra la testa, il fazzoletto bianco che gli penzola accanto all'orecchio. Il suo battito cardiaco accelera.

Le bombe hanno devastato l'accampamento. Easley si ferma a osservare i veicoli abbandonati, le impronte fresche di pneumatici nel fango. Le case con le porte aperte, i muri abbattuti, i tetti squarciati che si offrono al cielo. Oltrepassando la casa dove si è nascosto settimane prima, non vede segni di vita. Nessuna traccia di Tatiana o della sua gente, né soldati o uniformi da lavare. Solo schegge e vetri infranti. Dove sono finiti tutti? Procede lungo la strada verso i fusti di petrolio e i bunker. Non c'è odore di carbone, fumo o altro. Si ferma alla prima tenda.

«Salve» dice. «Mi arrendo.»

Quindi si accovaccia e abbassa le spalle, come per ricevere un colpo. Niente. Afferra la tela, la scosta lentamente e vede un mucchio di fogli. Una scatola fracassata e una coperta gettata sul terreno di ghiaia. Da sotto la coperta spuntano una canna da pesca spezzata e un groviglio di lenza.

Cammina di tenda in tenda, offrendo educatamente la propria resa, ma non trova nessuno ad accettarla. Invece trova tane di volpe e tunnel aperti, bui e muti. Ogni riparo è cosparso di fogli, casse vuote, arnesi pesanti abbandonati nella fuga. Fuori trova una scarpa – persino più bagnata delle sue – e un cucchiaio, asciutto e pulito.

Easley raccoglie un documento umido dall'aspetto ufficiale con caratteri giapponesi stampati d'azzurro in testa alla pagina. Sotto di essi sono appese colonne di inchiostro nero disciolto e un sigillo nell'angolo in basso a destra. Lo ripiega e se lo infila in tasca. Poi ci ripensa, lo estrae e lo getta via. Meglio non farsi beccare con documenti rubati.

Raggiunge il limitare delle tende e abbassa lo sguardo verso i sentieri che conducono alla spiaggia deserta, poi verso i monti alle sue spalle. Sollevandosi, le nubi rivelano chiazze di neve e lo scisto nerogrigio più sotto. L'unico rumore è quello del vento, delle onde e del costante lamento dei gabbiani. Easley alza il fazzoletto sopra la testa e grida: «Ho vinto… IO!».

Nessuna raffica di mitragliatore né lanci di granate, nessun volto nemico che emerge dall'ombra; soltanto una nuova solitudine che è persino più immensa della precedente. Easley torna nella tenda dove ha visto la coperta. Si distende su un telo cerato ammuffito e si toglie scarponi e calzini. Avvolge i piedi nella lana giapponese e si addormenta.

Quando finalmente riprende i sensi, c'è un gabbiano reale occupato a occhieggiarlo. Se ne sta sull'entrata della tenda a guardare dentro con aria imbambolata. Quando Easley balza a sedere per afferrarlo, gli fa così male la testa che è costretto a ridistendersi. L'uccello saltella indietro di qualche metro, poi se ne va con andatura dondolante.

A giudicare dalla luce nel cielo, la giornata è bell'e che passata. Sverrà di nuovo se non mangerà o berrà qualcosa al più presto. Si alza a sedere, ma ricade per il pulsare del dolore alla testa. La fitta ci mette molto a placarsi.

Adesso i suoi piedi sono troppo gonfi per gli scarponi. Estrae il coltello, pratica un foro nella coperta e ne strappa una striscia. Gli ci vuole tutta la forza che ha per espletare quel compito e aspetta un po' prima di continuare. Al termine, ha a disposizione due lunghe strisce di lana da avvolgere intorno ai piedi. Recupera i lacci degli scarponi dalla sacca, li gira intorno alla lana, poi tenta di alzarsi.

Trova la fotografia di un bambino giapponese che sorride davanti a una montagna scura, oltre alla coda e alla lisca di un pesce. Raccoglie i resti e se li porta al naso. Il pesce è marcio, ingrigito dalla putrefazione, e gli ricorda i suoi piedi. Trova una canottiera imbrattata e una catasta di bossoli vuoti. Tra i cumuli di detriti, i crateri di un bombardamento recente. Non trova niente di commestibile, ma pneumatici, vetro, fil di ferro e artiglieria in abbondanza. Infine, un tesoro: mezzo secchio di carbone.

Dove sono i giapponesi? Se ne sono andati davvero, o la loro scomparsa dimostra soltanto che è passato a miglior vita? No, stabilisce. Il gabbiano è la prova della sua esistenza.

Le nubi si alzano e le vette incombono sul villaggio: Tatiana ne riconoscerebbe a stento le rovine. Qualcosa si muove sul limitare del fondo nevoso. Un sottile rivolo bianco sgorga sulla roccia nera e corre a monte verso il passo. È qualcosa di vivo. La linea bianca si assottiglia, poi si separa dal fondo nevoso più ampio, viaggiando lentamente lungo la roccia finché una nube non la raggiunge, nascondendola alla vista. Non è frutto della sua immaginazione, né un trucco delle ombre nei suoi occhi. I giapponesi si spostano.

Poi il velo cade e vede la realtà dei fatti: l'accampamento e il villaggio abbandonati, il nemico che si sposta in posizione elevata... L'odore di benzina, il clangore metallico dal mare, l'assenza di aerei in volo.

Settimane prima Karl gli aveva spiegato che la Marina non avrebbe mai rischiato di attraccare sulla costa ben difesa del villaggio. Per aggirare i cannoni, probabilmente la fanteria sarebbe approdata oltre le montagne, una decina di chilometri a sud del villaggio, forse nella Massacre Bay, la "baia del massacro", un toponimo che era balzato agli occhi di Easley durante le fasi di ricerca. In quel luogo, duecento anni prima, quindici aleuti erano stati giustiziati dai mercanti di pellicce russi, forse perché avevano osato opporsi agli invasori o al loro conseguente stato di schiavitù. L'altra possibilità era tentare un avvicinamento al villaggio da ovest. Avrebbero potuto attraccare sulla grande spiaggia non lontana dalla grotta. Aveva immaginato spesso quel giorno, ma già da tempo aveva perso ogni speranza. E ora che il momento è arrivato, si è mosso nella direzione sbagliata!

Easley si issa la sacca in spalla e zoppica lungo la spiaggia; lontano da ripari, coperte, lucenti pepite di carbone. Se ne torna da dove è venuto.

La pioggia è leggera, ma si insinua facilmente dentro il colletto. Espira rauche nuvole di vapore.

Alcune ore dopo, non lontano dal punto in cui Tatiana aveva sepolto il suo barattolo, Easley cade per la terza volta. Atterra di faccia nella vecchia segale bruna. L'intorpidimento è salito dai piedi alle ginocchia. E sopra di esse le cosce sono preda di un caldo formicolio. Si rotola sulla schiena, chiude gli occhi, trema per il freddo e l'umidità.

La sua mano non ce la fa ad afferrare il piccolo ritratto nella tasca. Adesso gli appare il volto di Helen, i capelli che le ricadono sulle spalle, il sole tiepido che la illumina da dietro. Ma Easley batte le palpebre e l'immagine scompare.

Quali saranno i primi uccelli ad arrivare per vendicarsi? Gli saliranno sul petto, gli beccheranno labbra e occhi. Quando troveranno il suo cadavere, nessuno saprà mai chi era o cosa gli è successo. E tutto sarà perduto. Forse penseranno che sia Karl.

Questi sono i pensieri di un vigliacco. Alzati! Stai solo perdendo tempo.

«Helen?» La chiama a voce alta.

Lei sta correndo sulla spiaggia, a piedi nudi sulla sabbia rovente, e ha un notevole vantaggio. Easley deve rimettersi in piedi, rincorrerla fin dove le gambe lo porteranno.

Ma il corpo non obbedisce. Una breve pausa è giusto ciò che ci vuole.

Alzati! Apri gli occhi!

Poi sente un afflusso di calore, seguito dalla sensazione di sprofondare. Il cavo si spezza, l'ascensore è in caduta libera. Un tuffo sfrenato, inesorabile.

18

Helen giace sepolta sotto tre strati di coperte, la lana ruvida sul collo e le guance. Odorano di stantio e di muffa, e del sudore degli uomini che le hanno già usate. Alza lo sguardo al soffitto, tende l'orecchio per udire il respiro di Gladys. Non sente niente. Non ci sono suoni umani a confortarla, né risate né sussurri. Nemmeno il ronzio di una jeep che passa. Solo il vento. Scruta nell'oscurità e si stupisce di quanto poco la visione cambi a occhi aperti o chiusi.

In seguito all'improvviso annullamento da parte della Marina dello spettacolo conclusivo, Judith, Sarah e Jane sono decollate il pomeriggio prima occupando gli unici tre posti disponibili a bordo dell'aereo. Stephen ha dato in escandescenze, gonfiando il petto e affermando che mai e poi mai avrebbe perso di vista una delle sue ragazze. Nessuna partirà o resterà indietro senza di lui. Si guardi intorno, gli hanno detto. Il ritmo accelerato dei raid aerei, l'inusitato attracco di navi al porto, l'andirivieni frenetico dell'equipaggio di terra. Qualcosa è cambiato, inutile nasconderlo. La guerra è alle porte. A causa di ciò, e della sfuriata di Stephen, i rimanenti membri della troupe sono stati confinati nei loro alloggi in attesa dell'evacuazione. Helen ha chiesto il permesso di restare con Gladys e Stephen. Clima e posti permettendo, decolleranno l'indomani.

Gladys si gira sulla branda, invisibile nell'oscurità.

Prima di finire agli arresti domiciliari, Helen ha appreso dal clarinettista che un aereo partito da Adak ha dovuto ricorrere a un atterraggio di fortuna su un'isola disabitata. Questo è accaduto tre mesi prima che l'aereo di John decollasse. L'equipaggio è stato tratto in salvo senza perdite di vite umane. Helen ha accolto quella notizia come la prova schiacciante, lo scudo della ragione con il quale difendere la propria fede.

Da quel giorno Helen non fa che chiedersi: e se John fosse su un'isola simile con altri membri dell'equipaggio, sopravvivendo grazie a ciò che offre la terra? Ciascun velivolo che lascia la base è rifornito di attrezzature e derrate alimentari. Le hanno detto che il suo aereo era un idrovolante. Forse sono riusciti ad ammarare vicino alla terraferma. Permette a quel pensiero di sbocciare e mettere radici. E ora, alle tre del mattino, avvizzisce sotto ombre fameliche: il freddo inesorabile, e il pensiero che John giunga alla conclusione che nessuno andrà a salvarlo. Si alza a sedere, spinge via le coperte.

Allora è questo? È questo che ha ottenuto in cambio delle bugie e degli intrighi, in cambio dell'abbandono del padre?

John la vorrebbe a bordo di quell'aereo l'indomani, diretta a casa e a distanza di sicurezza da qualsiasi pericolo incomba su di lei. Di questo, Helen non ha dubbi. Come non ha dubbi sul fatto che se fosse *lei* a essere scomparsa…

Helen si distende, si tira le coperte addosso, cerca rifugio in un ricordo che le si offre spontaneamente. Una calda giornata d'agosto. Una piccola tenda piantata sulla costa della Columbia Britannica. Il cielo intessuto da una filigrana di nuvole, il mare di un placido blu.

Lei lo aveva seguito attraverso il sottobosco, oltre i cedri e gli abeti maestosi, finché non erano emersi alla splendida luce del sole. Avevano fatto un picnic sul fianco asciutto di una collina e avevano stappato una bottiglia di vino. Prima che John lo versasse, una coppia di aquile era discesa dal cielo. Erano atterrate a meno di quindici metri di distanza. Il maschio cercava di dominare la femmina: frullava le ali spiegate, come per prepararsi alla battaglia. La femmina aveva infine ceduto, e il compagno le era rapidamente balzato addosso. L'accoppiamento si era consumato nel giro di pochi secondi. Le aquile si erano separate, ma poi avevano spiccato il volo nella stessa direzione. John aveva riempito i bicchieri. Avevano brindato a quell'incontro amoroso, agli uccelli ormai compagni per tutta la vita. Tornando verso la tenda, lui le aveva tirato via le mutandine, poi l'aveva schiacciata contro un albero.

Due ore dopo, Helen si sveglia con uno scossone. Gli aviatori scaldano i motori e caricano le bombe sempre più presto ogni mattina. Si strofina gli occhi per cancellare il sonno, poi fa penzolare le gambe oltre il bordo della branda.

Il vento è in licenza. Oltre i vetri delle finestre, si vedono pennacchi di fumo che fuoriescono dalle tende sfiorando i grossi fiocchi di neve che scendono. Helen si raggomitola accanto alla stufa, attizza la brace, aspetta che il calore aumenti. Recupera una limetta dalla borsa e si smussa le unghie fino alla carne viva.

Nella penombra, Gladys giace supina con le coperte tirate fino al mento. Il suo viso è pallido, senza trucco, e Helen pensa che così sembri più giovane di almeno cinque anni rispetto alla sua vera età, di ventotto. Per respingere il freddo, in assenza di un berretto, porta un maglione bianco intorno alla testa e alle orecchie, legato sotto il mento con un grosso fiocco. Ha un aspetto ridicolo, e tenero. Helen recupera due coperte dalla propria branda e le stende su Gladys, poi torna alla stufa.

Deve trovare un modo per restare. Se davvero John può essere ritrovato, soltanto quegli uomini sono in grado di farlo. Ed è lì che lo porteranno. Ma Helen non se ne starà con le mani in mano, si renderà utile.

Helen siede da sola, vestita, e in attesa. La mattina volge già al termine. Gladys è fuori, sul campo d'aviazione, a posare per le fotografie e a firmare autografi, offrendo un diversivo a Helen.

Stephen appare sulla soglia mordicchiandosi l'interno del labbro inferiore. Helen ha imparato a leggere i pensieri che porta impressi in fronte prima che riesca a nasconderli. In questo non è diverso da suo padre o dai suoi fratelli, da John o qualsiasi altro uomo, dopo attenta osservazione. Stephen passa quasi mezz'ora ad argomentare l'irrealizzabilità del nuovo piano, la fine tragica e ineluttabile del destino di suo marito, il fatto che Helen deve farsene una ragione. I guai che *lui* passerà se lei non salirà su quell'aereo. È determinato a dissuaderla.

Helen alza lo sguardo verso di lui, illuminato da dietro dalla sporadica luce del sole, e si rende conto di quanto le mancherà.

«Allora hai deciso» dice lui infine. «Non vuoi nemmeno venire a salutarci all'aereo?»

«Non posso.»

«Be', allora non so che altro dirti.»

Helen si alza e gli getta le braccia al collo, con un groppo in gola. L'amicizia di Stephen le è giunta come un dono inaspettato. Un dono istintivo, incondizionato. Se

Helen pronunciasse una sola parola, crollerebbe ai suoi piedi. Invece lo bacia sulla guancia, gli passa le dita tra i capelli. È contenta di vederlo sorridere.

«Se non me ne vado subito,» conclude lui «potrei diventare sdolcinato, e poi tutti sapranno che sono un tenerone.» Si volta e scende nel fango. «Ti scriverò, e mi aspetto che tu risponda.»

Helen lo osserva percorrere il sentiero che conduce al campo d'aviazione, consapevole di aver smarrito qualcosa di raro e di prezioso. Non lo perde di vista finché lui non svolta dietro una tenda, poi d'un tratto non c'è più.

Al suo arrivo, Helen viene fatta accomodare su una sedia davanti al secondo in comando su Adak. Gli porge la mano, si siede, e cerca di ricomporre il suo argomento iniziale. Il soffitto basso della stanza crea una specie di prospettiva forzata, facendo apparire il contrammiraglio Styles e la scrivania di metallo sproporzionatamente grandi. Cartine delle dimensioni di lenzuola tappezzano le pareti, Roosevelt sorride raggiante dalla cornice con quella sua espressione di serio ottimismo che molti trovano rassicurante, persino santa. Helen cerca di afferrare il coraggio nello sguardo del presidente mentre il contrammiraglio sfoglia avanti e indietro un libro mastro.

«Mi dispiace di avere interrotto la vostra tournée. Gli uomini vi sono grati – *io* vi sono grato – per ciò che avete fatto quassù. Ma, come può vedere, la terra si muove sotto i nostri piedi. Avremmo dovuto evacuarvi giorni fa. Ora, cosa posso fare per lei?»

«Sono qui per offrirmi volontaria» risponde Helen. «Voglio restare, aiutare in ospedale. La prego, mi ascolti. Ho visto il carico di lavoro a cui è sottoposto il personale medico. Ho parlato con la capo infermiera, il tenente

Mayfield, e ha detto che mi avrebbe trovato un posto. So di poter...»

Lui alza la mano, gli occhi sbarrati per l'incredulità. «Mi perdoni, signorina...»

«Non sono un'infermiera qualificata, ma posso aiutare. So pulire, fare i letti. Posso dare da mangiare agli infermi e cambiarli.» Sente la disperazione nella propria voce, ma non riesce a frenarsi. «Mi dica che ai vostri dottori non farebbe comodo avere un paio di mani in più.»

Il contrammiraglio tappa la penna stilografica e la mette da parte, con solennità. Giunge le mani unendo i polpastrelli e posa i gomiti sulla scrivania. Helen riconosce un lieve tic sotto l'occhio sinistro.

«Apprezzo il suo desiderio di rendersi utile. Ma siamo al fronte e, come può ben vedere, non è un posto adatto ai civili. Ad Anchorage o a Fairbanks la accoglieranno a braccia aperte.»

Helen si sente avvampare, vede la propria angoscia riflessa nell'espressione dell'uomo.

«Aspetti un attimo.» L'uomo guarda l'orologio con occhio torvo. «Lei non doveva partire mezz'ora fa?»

Il contrammiraglio afferra il telefono. Lei lo interrompe con una tattica improvvisata: confessare la verità, più o meno.

«Il primo di aprile avete perso un aereo, di ritorno da Attu.»

L'uomo abbassa il ricevitore.

«Quel giorno un idrovolante PBY Catalina è scomparso con sette uomini a bordo. Mio marito era su quell'aereo.»

Styles si abbandona contro lo schienale della sedia, riflettendo sul problema che gli siede davanti.

«Nei vostri registri compare con il nome di Warren Easley, Royal Canadian Air Force.»

«Signora Easley.» Il tono di voce è rispettoso, paziente.

«Lei non porta la fede al dito, come me, perciò non so se c'è qualcuno a casa ad aspettarla... Qualcuno che ama al punto di compiere azioni insensate, quantomeno improbabili.»

«Non ho conosciuto suo marito» spiega lui. «Sono davvero dispiaciuto per la sua perdita. Posso comprendere il suo desiderio di restare, ma semplicemente non è possibile. Devo...»

«C'è stato un altro atterraggio di emergenza a gennaio. Quegli uomini sono sopravvissuti. E io so per certo che...»

«Non *un altro* atterraggio di emergenza, signora Easley. È successo su Great Sitkin, l'isola che vede dalla finestra, a quaranta chilometri di distanza. E non a settecento chilometri lungo l'arcipelago e sotto la bandiera del Giappone. L'aereo di suo marito è stato visto precipitare in mare, sedici chilometri a est di Attu. Se quegli uomini fossero sopravvissuti, certamente ne avrebbe sentito parlare. Al nemico piace vantarsi di questo genere di cose. Uno dei loro operatori radio sfoggia un inglese perfetto, con un accento britannico. Tormenta i nostri piloti ogni volta che si avvicinano ad Attu.»

La stanza non è più fredda di qualsiasi altra sull'isola, eppure Helen è costretta ad aggrapparsi ai braccioli della sedia per non tremare.

Il telefono squilla e l'uomo afferra la cornetta, protendendosi in avanti sulla scrivania.

«Capisco» dice. «No. È tutto.»

Riaggancia, si alza e si raddrizza la giacca. Recupera il cappotto dall'attaccapanni e se lo posa sulle spalle. Protende la mano verso di lei.

«La prego, mi lasci restare.»

«Signora Easley.»

«La supplico.»

«Sarei onorato se prendesse il mio braccio. Cammini al mio fianco.»

Helen non riesce a muoversi.

Il contrammiraglio prende il cappotto di Helen, lo apre per accoglierla. Quel gesto di grazia le permette di rimettersi in piedi, di voltarsi e, lentamente, di infilare le braccia nelle maniche.

L'uomo solleva il gomito e lei gli passa la mano sotto il braccio. Insieme escono dalla stanza. Oltre il segretario che alza la testa da dietro la scrivania, oltre la porta e lungo il sentiero fangoso. A fianco delle jeep che sobbalzano e slittano, e degli uomini rianimati da un nuovo senso del dovere. Styles conduce Helen oltre la caserma e l'hangar in cui si sono esibite, sul limitare del campo d'aviazione, dove i bombardieri di ritorno volano in cerchio. Si avvicinano all'aereo accanto al quale Stephen fuma la pipa e discorre con i membri dell'equipaggio. Due uomini salgono a bordo del velivolo mentre altri due tolgono i cunei da sotto le ruote. Il contrammiraglio fa un cenno della testa e stringe la mano a Stephen. Grida qualcosa sopra il frastuono generale. Helen non riesce a distinguere le parole. Sente il leggero tocco di una mano sulla schiena, mentre l'uomo si volta e se ne va.

19

La prima cosa che mette a fuoco è la bocca di un fucile. Una specie di gigante gli sta puntando l'arma contro il petto. Il collo taurino, la stazza e la mole di un rugbista, occhi di un azzurro nordico. Il soldato lo spinge con la punta dello scarpone. Sembra spaventato, confuso. Easley si stropiccia gli occhi, sbatte le palpebre per la luce, cerca di capire per quanto tempo ha perso conoscenza. Un'ora, forse due? La sua attenzione è calamitata dallo spettacolo incredibile oltre le ginocchia del gigante: uomini che corrono sull'erba, trasportando casse e armi. Gridano e indicano in tutte le direzioni. Uno sparo riecheggia sulle montagne.

«Parli inglese?» Il soldato tiene l'arma spianata, i gomiti in fuori, pronto a tutto.

Easley annuisce.

«Dove sono andati?»

«I giapponesi?»

Il soldato si volta. «Ho trovato un prigioniero!» sbraita agli uomini dietro di sé. Poi, ripensandoci, domanda: «Sei un prigioniero?».

Easley non lo sa.

Gli uomini che adesso gli vanno incontro correndo sono troppi per essere contati. Le coppie di gambe verdi che lo circondano presto gli impediscono la visuale. Easley si solleva a sedere e lentamente alza le mani. Il soldato abbassa il fucile di un poco e, parlando tra sé, dice: «Cosa ci faccio con questo qua?».

Raffiche di colpi salgono crepitando dalla spiaggia. Gli uomini si acquattano e trattengono gli elmetti. Quando il fuoco cessa, alcuni corrono via. Finalmente, qualcuno parla: «Perquisiscilo».

«Sei ferito?» chiede il soldato. «Stai una merda.»

Easley riflette sul proprio aspetto: barba sudicia, capelli rognosi, braccia e gambe ridotte all'osso. «I piedi» risponde. «Sono andati.»

Il soldato osserva i piedi fasciati e coperti di fango, poi si guarda alle spalle di nuovo, come se il suo posto fosse altrove. Alla fine dice: «Ecco cosa faremo».

Un medico dalle maniere delicate spinge da parte il rugbista. Fradicio fino alle ascelle, deve essere sceso in mare. Ha la stessa espressione spaventata e confusa degli altri. Sui vent'anni, il viso paffuto da bambino, le guance rubiconde. Dice agli altri di proseguire, cosa che fanno, ed estrae la borsa medica. Apre un pacco di garza senza nemmeno avere dato un'occhiata alle ferite. Quando si accorge di essere stato precipitoso, controlla i piedi di Easley, poi si accovaccia.

«Che ci fai qui? Cosa ti è capitato?»

«Meglio cominciare dai piedi.»

Il dottore scioglie le strisce di lana, poi balza indietro per vomitare. Boccheggia alcune volte, ma non esce niente. Probabilmente ha già lasciato il pranzo sul ponte della nave. Si asciuga la bocca, poi si guarda intorno per assicurarsi che nessun altro lo abbia visto. «Scusa. Mi sono lasciato impressionare.»

«Perché non ti rilassi un paio di minuti?» gli propone Easley.

Il medico ignora il suggerimento e ripone la borsa in fretta e furia. «Riesci a camminare?»

«Penso di sì.»

«Fanno male?»

«Non sento niente.»

«Non dovresti camminare. Ti porto io.»

Il medico si mette la borsa a tracolla e si posiziona al fianco di Easley. Non sembra abbastanza forte.

«Mettimi le braccia intorno al collo.»

Easley fa come gli dice e il medico lo solleva. Pare abbia fatto il bagno nella benzina. La facilità con cui viene portato via lo spinge a chiedersi quanto di sé abbia lasciato sull'isola.

I soldati corrono e si accovacciano ovunque per allestire le attrezzature sulla segale spugnosa. Una squadra cerca di spingere un trattore cingolato fuori dal fango. Il mezzo è risalito dalla spiaggia ed è prontamente sprofondato nella melma sotto il proprio peso. Alcuni uomini perlustrano le colline con binocoli e fucili, altri corrono tra le alture a pistole spianate, come poliziotti imbranati in un film di gangster. La maggior parte indossa giacche leggere e scarponi di pelle: non sono preparati ad affrontare il clima. A centinaia gli passano accanto urlando, indicando, inciampando mentre la nebbia cala sulla spiaggia.

Il medico si ferma, poi richiama un altro uomo che accorre subito. Reggono Easley per una spalla ciascuno e agganciano le mani libere a formare un sedile. Easley viaggia a un metro da terra, come un re. Percorrono la spiaggia vicina alla grotta. Dalle imbarcazioni sgraziate tirate in secco vengono calate le rampe di sbarco. Gli uomini sgorgano fuori come sangue da una ferita aperta. Una volta sulla terraferma, si piegano in posizione raccolta con i pugni alzati come lottatori, pronti all'azione. Easley si sforza di restare sveglio.

Il medico grassottello e il suo compagno lo depositano su una catasta di barelle e casse che costituiscono le fondamenta dell'ospedale da campo, poi sono subito mandati via. Easley è colto da un brivido al pensiero del barattolo di tè e dei tesori che contiene. È andato perduto da qualche parte, dove è caduto.

«La mia sacca.» Easley si rotola, nel tentativo di alzarsi. «Devo tornare a prenderla.»

«Sta' giù, amico.» L'ufficiale medico sembra di origini spagnole o turche, o comunque mediterranee. Non si rade da un paio di giorni al massimo, ma la barba spunta folta e di un colore tendente al blu. È lui al comando, o così pare.

«Ho bisogno della sacca.»

«Ti ho detto di stare fermo.» Il medico si china su una barella dove un altro uomo geme di dolore. Easley intuisce che possa essere greco.

«È tutto quello che mi rimane.»

Il greco chiama un altro soldato ad aiutarlo, poi si pulisce le mani sui pantaloni. Si alza e si avvicina a Easley.

«Chi diavolo sei?»

«John Easley.»

«Grado?»

Non indosserà più i panni di suo fratello. «Nessuno.»

«Prigioniero di guerra?»

«No.»

«Chi ti ha conciato così?»

Si inginocchia e afferra il braccio emaciato di Easley, gli solleva la camicia, passando le dita sulle costole per ispezionare il suo corpo scheletrico. «Sant'Iddio! È un miracolo che tu sia vivo!» esclama. «Quand'è stata l'ultima volta che hai mangiato?»

«La sacca. Ci sono tutte le mie cose. E cose che non mi appartengono. La prego. Non è lontana.»

«Sta' giù.»

Il greco crea un cuscino con una sacca militare vuota e la infila sotto la testa di Easley. Visita i suoi piedi e indietreggia nauseato. Poi fruga in una scatola ed estrae una fiala e una siringa. Aspira il liquido con l'ago e dà un colpetto al cilindro. Sbottona i pantaloni di Easley e lo spinge sul fianco. Un rivolo freddo di alcol gli si riversa sulla carne del fianco e su quello che un tempo era il suo sedere. Il greco strofina la pelle con il cotone, lo getta via, ripete la procedura più e più volte. Alla fine affonda l'ago. Tira su i pantaloni di Easley con uno strattone e dice: «Cerca di dormire. Ti faremo portare del cibo entro stasera. E ci occuperemo di quelle gambe».

Per un momento, una sventagliata ai piedi delle colline attira l'attenzione di tutti.

«Le mie gambe stanno benissimo» replica Easley. «Ho solo i piedi un po' intorpiditi.»

«Certo.»

«Mi prometta che ritroverà la mia sacca.»

«Ora dormi.»

«Ci sono dei soldi. Può tenerseli tutti. La prego. La... *prego*.»

Il greco getta una coperta su Easley e si allontana. Tutti gridano e corrono disordinatamente. Pare non ci siano direttive né piani. Sulla barella vicina, un uomo mormora il rosario. Ricomincia a piovere, ma incredibilmente Easley si sente al caldo.

Quando si riprende c'è una tenda sopra la sua testa e un maggiore dell'esercito che lo guarda dritto in faccia. Il maggiore sembra impaziente ed esausto. Il greco gli stringe il polso per misurargli il battito. Le palpebre di Easley stanno per richiudersi, ma il maggiore prende a scuoterlo per le spalle.

«Dove sono?»

Intende i giapponesi. Easley si sforza di vedere oltre la nebbia che fluttua nella sua testa. C'erano, ora non ci sono più. Rievoca le sagome che viaggiavano in fila indiana su per le montagne.

«Non lo so.»

«Li hai visti partire?»

«No. Ma dovevano sapere che... stavate arrivando. Ne ho visti alcuni diretti verso la neve... Erano tutti... vestiti di bianco.»

«Da quant'è che sei qui?»

«Dal... primo.»

«Di maggio?»

«Di aprile. Il giorno del pesce d'aprile.»

Il maggiore si scambia un'occhiata con il greco. «Cosa hai detto ai giapponesi?»

«Non ci ho mai parlato. Mi ero nascosto in una grotta...» Easley abbassa lo sguardo, ma non sente niente al di sotto delle ginocchia. È come se i suoi piedi appartenessero a qualcun altro. «Ne ho ucciso uno» ammette, contento di avere l'opportunità di svuotarsi la coscienza. «Poi sono andato ad arrendermi, ma se n'erano andati.»

Easley riesce a vedere fuori dalla tenda. È il tramonto e la luce ha perso ogni colore. Le raffiche di colpi sono regolari e sembrano provenire dalle montagne, ma non ne è certo. Il maggiore ha un atteggiamento sospettoso, agogna altre informazioni. Easley comincerebbe dall'inizio, gli racconterebbe tutto fino all'ultimo, se solo trovasse le parole.

Le labbra del maggiore si muovono, ma Easley non riesce a distinguere cosa dice. È come se si trovasse sott'acqua. Il maggiore si alza l'elmetto, si gratta la testa, poi lo riabbassa. Mentre parla con il greco, Easley guarda i loro menti salire e scendere finché non ce la fa più e richiude gli occhi.

* * *

Quando Easley si sveglia di nuovo, un movimento improvviso attira il suo sguardo. Un uomo solleva una cassa di legno vuota e la issa sopra la testa, sfiorando il tetto della tenda. La trasporta attraverso file di barelle e la deposita nel fango accanto a Easley. Invece di guanti, sembra indossi un paio di calzini alle mani. Poi si dirige verso la stufa, torna con una ciotola fumante, infine si siede sulla cassa. Si sfila il calzino dalla mano destra con gli incisivi e lo distende sul ginocchio. Con la mano libera mescola un mucchietto di porridge.

È passata almeno una notte, di questo Easley è sicuro. Il dolore adesso è concentrato in un punto profondo in mezzo agli occhi. Gli fa male guardare la luce, così come girare la testa. L'uomo raccoglie il porridge, poi avvicina il cucchiaio alla bocca di Easley e aspetta.

«Sono solo i piedi che non vanno» commenta Easley. «Tutto il resto funziona.»

La sua mano emerge da sotto le coperte e fa per prendere il cucchiaio. Alzarsi a sedere è un'impresa. L'uomo comprende le difficoltà di Easley e si infila il cucchiaio in bocca. Raccoglie velocemente un'altra cucchiaiata, posa la scodella per terra, poi arrotola una coperta dietro le spalle di Easley. Insoddisfatto del risultato, ne trova un'altra e puntella il ferito un po' più in alto. Si serve un altro boccone di porridge prima che Easley allunghi una mano e afferri la scodella.

«Sei un bastardo fortunato.» Labbra screpolate, capelli castani corti e ispidi. Le occhiaie grigie gli danno l'aria di un drogato. «I feriti ricevono razioni speciali. E tu rientri nella categoria.» Si rimette il calzino alla mano.

Easley mangia un boccone di porridge. Avena calda, zucchero, sale, la salvezza.

Anche se il mal di testa non si attenua con l'assunzione di cibo, Easley sa che deve finirlo. È indispensabile per rimettersi in sesto.

Una granata esplode in lontananza. È il primo segnale di guerra che Easley ha sentito quella mattina, sempre che sia mattina. Si volge in direzione dello scoppio, ma la parete di tela limita il suo campo visivo a pochi metri.

Il nuovo compagno di Easley non fa una piega, come se non avesse udito. «Da quanto tempo sei qui?» Recupera la scodella vuota, poi versa un bicchiere d'acqua da una borraccia. Lo porge a Easley.

«Da un mese e mezzo, o così mi hanno detto.»

«E non ti hanno catturato.»

Easley scuote la testa.

«Non sei un militare...»

«Giornalista, diciamo.» Sopraffatto, Easley torna a distendersi.

«Capito. Be', ce l'ho io una storia per il tuo giornale.» L'uomo avvicina la cassa alla testa di Easley. «Scrivi che la 7ª Divisione di fanteria è stata addestrata per combattere nel deserto del Nordafrica, e che è stata spedita all'altro capo del mondo. Scrivi che ci hanno dato uniformi di merda che non ci tengono né caldi né asciutti. Che non hanno portato abbastanza cibo e che nessuno sembra sapere cosa cazzo sta facendo. Ma immagino che a nessuno interessi.»

La testa del greco fa capolino da quattro barelle più

in là, dov'è intento a fasciare il capo di un altro uomo. «Non siamo mica in vacanza. Perciò risparmiaci le lagne.»

L'uomo balza in piedi. Agguanta la borraccia e supera una decina di barelle, esce dalla tenda verso la luce.

È a quel punto che Easley scorge un lembo della sacca che spunta da sotto la barella. Prova un'ondata di euforia, seguita da un improvviso abbattimento quando si accorge di avere dimenticato Tatiana. Circondato di nuovo da persone, non percepisce più la sua presenza.

Easley chiude gli occhi all'andamento fluttuante delle conversazioni tutt'intorno, allo scalpiccio ritmico degli scarponi, alle percussioni del fuoco di artiglieria sulle montagne. Alla fine piomba in un sonno profondo e senza sogni.

* * *

Si sente mancare la terra sotto i piedi. Si trova disteso, eppure ha la sensazione di levitare in aria. Aprire gli occhi è difficoltoso. Quando ci riesce, mette a fuoco la mandibola capovolta dello stesso medico grassottello che lo ha raccolto e salvato. La schiena e le spalle del greco appaiono ai piedi della branda. In mezzo, Easley dondola sulla barella. È di nuovo all'esterno.

La nebbia gli si deposita sul viso come acqua nebulizzata. Lo spostano da qualche altra parte ma dove non lo sa. Gli pare di avere lo stomaco pieno, ma il ricordo del porridge sembra vecchio di parecchi giorni. Un altro inganno della mente? Dal giorno della sua liberazione, Easley si sente sprofondare mentre il suo corpo è sempre più debole. Il medico fa un cenno con il mento e i barellieri posano Easley a terra, poi si allontanano velocemente.

Si ritrova travolto da un parapiglia di scarponi di pelle infangati. I soldati sono impegnati a montare le tende non lontano. Alla sua sinistra c'è un uomo con il collo fasciato e del sangue secco annerito intorno alle orecchie. Boccheggia, come per parlare. Easley si alza a sedere, ma l'afflusso di sangue per poco non lo fa svenire. Si aggrappa alle sbarre della barella. Tutt'intorno, le colline brulicano di uomini con l'elmetto.

Il greco torna con un medico, un uomo calvo e strabico che dice di non poterne più di parole di scoraggiamento. Il greco parla sommessamente mentre il dottore annuisce.

Un paio di soldati accorre con un'altra barella. La adagiano nel fango e rivolgono un cenno al greco. Ora i tre uomini sono protesi sulla barella mentre il dottore sta impettito e fissa nella direzione opposta, oltre la segale, la spiaggia, il mare.

«Vi ho detto di non portarmi cadaveri.» Il greco si alza. «Ve l'ho detto mille volte. Controllateli, per Dio!»

Easley chiude gli occhi. Quando li riapre, il medico e il greco incombono su di lui.

«È questo il tizio che ti dicevo.» Il greco alza le coperte e scopre i piedi fasciati di Easley. Estrae un paio di forbici dalla tasca e taglia le bende intorno al piede destro. «Sono tre giorni. Bisogna fare qualcosa. È già troppo tardi.»

Il dottore porta lo sguardo sul petto di Easley, attento a non incrociare gli occhi del paziente. Strappa le forbici dalla mano del greco e punzona la carne putrefatta. «Senti qualcosa?»

«Intorno al polpaccio. Un formicolio.»

Easley osserva il dottore punzonare di nuovo la carne. È come se fosse il corpo di qualcun altro.

«Pulitelo. Lo farò per terzo, dopo gli uomini già in lista» dice il dottore senza voltarsi, già diretto verso la prossima diagnosi.

L'uomo che ha imboccato Easley passa con un'altra barella, che viene adagiata insieme alle altre. Si sfila un calzino dalla mano e stringe brevemente il polso del ferito.

Il greco si protende verso Easley. «Non si può aspettare… Non hai piastrine né documenti, vero? Dovremo contattare un familiare.»

Easley scuote la testa. «John Easley. Civile. Giornalista.»

«Giusto. Adesso ricordo.»

«Mia moglie è a Seattle» aggiunge, immaginandola lì, ad alzare la cornetta e ricevere la notizia.

Il greco si fruga le tasche, ma non trova niente. «Easley, John. Seattle. Cercherò di ricordarlo. Verrà Turner a prepararti.» Poi, come dopo un ripensamento: «Sarai a casa in men che non si dica».

E se ne va.

Turner avvicina e allontana la sigaretta dalle labbra con movimenti ad arco eleganti e rilassati, non le movenze brusche tipiche degli altri soldati. Sembra rasato e pulito. Persino riposato. Forse è arrivato da poco. Tuttavia la puzza di sudore nervoso quando si china su Easley è insopportabile. Prima che gli inietti l'anestesia, Easley chiede se ci sono progressi nell'avanzata contro i giapponesi.

«Progressi?» Turner sembra sorpreso che Easley riesca a parlare. «Si sono rifugiati in alta quota, ma sono sempre lì. La Marina è convinta di poter tenere a bada le loro navi, ma chissà? E hanno migliaia di altri soldati su Kiska… I nostri arrancano nel fango da più di una settimana. Tornano assiderati e con il piede da trincea. Non c'è abbastanza cibo. Richiedimelo tra una settimana.»

Tiene la sigaretta tra le labbra, poi taglia i pantaloni di Easley, glieli sfila da sotto il corpo e li scaraventa nel fango.

«Uno dei ragazzi ha lanciato una granata nella laguna»

racconta. «Non ti dico quanti pesci sono venuti a galla. Ora li stanno cuocendo. È la cosa migliore che sia successa finora.»

Easley sorride.

Turner prende una pezza bianca e pulisce i piedi del ferito. La stoffa torna sporca di sangue coagulato.

Easley si distende e alza lo sguardo al cielo impenetrabile. Un altro paio di mani spunta dal nulla e gli mette una pezza umida su bocca e naso. Easley afferra il polso, poi molla la presa. Le mosche volanti attraversano il suo campo visivo come plancton in un vaso. Poco dopo, tutto soccombe alla luce.

Easley si sveglia con la bile in bocca. Non ha niente nello stomaco, perciò si protende oltre il bordo della barella e sputa nel fango. È allora che si rende conto di essere tornato all'interno. In una tenda più grande stavolta. All'inizio gli pare che nessuno lo abbia notato, finché non avvista il greco, le mani sui fianchi, in piedi accanto a un'altra barella. Lancia un'occhiata a Easley, che si distende di nuovo ora che il suo stomaco è tornato a posto.

A un tratto, si sente ritemprato da un'ondata di sollievo. Tutto è nuovo: le coperte, la camicia. Allunga le mani e scopre che sotto è nudo. Persino i mutandoni fetidi non ci sono più.

L'uomo sulla branda vicina assiste all'esplorazione di Easley, alla compilazione del suo inventario, e aspetta che abbia finito. «Ti daranno la Purple Heart» dice.

Easley si volta verso il ragazzo, appena adolescente. Un'efflorescenza di acne gli tinge il mento e la base del naso. Sotto la coperta, indossa la giacca e l'elmetto, eppure rabbrividisce di freddo.

«Non sono un soldato» replica Easley.

Il ragazzo si presenta come Garret, soldato di prima classe. «Domani mi amputano il piede.»

Easley alza la testa e si guarda le gambe. Dove avrebbero dovuto esserci due protuberanze, in fondo alla barella, ne rimane solo una. Il ginocchio sinistro termina in una distesa piatta e ordinata di lana grigia. La sua mente respinge quella vista.

La nuova tenda è stata piantata in un luogo del tutto diverso, la pendenza del terreno sembra più marcata. Easley si crea mentalmente una mappa del luogo in cui prima sorgeva l'ospedale da campo, delle montagne dove si sono rintanati i giapponesi, su dove potrebbe essere il fronte. Immagina le ondate di soldati che si riversano sulla costa senza speranza di trovare riparo. Per quanti possano essere, ne dovranno arrivare molte altre navi.

«Fanno delle belle protesi oggigiorno» prosegue Garret. «Uno può passeggiare quanto gli pare e piace. Certo, i calzoni corti sono esclusi. E comunque io ho le gambe storte.»

Una gragnola prolungata di spari deflagra dalla cima delle colline. L'impossibilità di vedere i monti o la spiaggia è disorientante. Easley vorrebbe poter dare un'occhiata fuori.

«A uno ho sparato in bocca. Sbraitava in inglese. Quello stronzo blaterava da un'ora. "Cani americani, vi massacreremo!" Lo avrà ripetuto un centinaio di volte. Credo fosse l'unica frase in inglese che conosceva. Ho aspettato. Un compagno ha lanciato una granata e sono schizzati fuori come topi. Sono scesi dalla cima. E quello continuava a strillare. Gli ho tappato quella fogna. Non avevo mirato alla bocca, ma se ci ripenso mi metto a ridere. Però non l'ho ucciso. Si è messo una mano davanti alla bocca e ha cercato di scappare. Qualcun altro lo ha centrato in pieno petto. Penso si possa dire che il mio è stato un assist vincente.»

Easley muore di fame. Servono i pasti a orari precisi, o bisogna chiedere? Sembrano tutti troppo occupati per badare a lui.

«Ho portato gli scarponi per otto giorni di fila. Mai tolti. Quando hanno iniziato a distribuire i calzini e a dirci di asciugarci i piedi, ero già nei guai. Spero di non perderli tutti e due.»

Easley si volta verso di lui e scruta la fine barba bionda che spunta tra i foruncoli. «Sei qui da otto giorni, hai detto?»

«Nove.»

Qualcuno scoppia a piangere. Dall'altra parte della tenda ci sono tre barelle. Easley vede l'uomo alzare la mano per coprirsi il viso per la vergogna. I suoi singulti sono irrefrenabili, e ogni altra chiacchiera è a quel punto superflua.

* * *

Nessuno si disturba a spiegare cosa sta succedendo. E non perché Easley sia un civile. Nessuno spiega niente a nessuno, a quel che sembra. Ne deduce che nessuno conosce davvero il quadro generale o particolare della situazione.

Le casse e l'attrezzatura medica vengono trasferite all'esterno per prime. Easley si solleva poggiandosi sui gomiti mentre gli uomini sgombrano la tenda in mezzo alle raffiche dei mitragliatori e gli sporadici spari dei cecchini. Nella fretta di smantellare tutto, i soldati a mani vuote si scontrano con quelli carichi. Ci sono troppi uomini al lavoro. Perché non organizzano una catena umana?

Entra un soldato con indosso un paio di veri stivali di gomma, un pastrano robusto e lungo fino alle ginocchia, e un colbacco: il tutto di fattura giapponese. Easley non gli chiede perché indossa l'uniforme del nemico. Vuole solo sapere dove e quando l'ha presa.

«Avevano scavato una piccola buca di appostamento. Hanno sparato a quattro dei nostri prima che riuscissimo a espugnarla. Due giorni fa mi sono trovato una palla di riso in tasca...» Il soldato fruga all'interno del pastrano, come se potesse aver dimenticato altro cibo. «Era appiccicosa. E sapeva di pesce. È l'unica cosa che ho mangiato in tutto il giorno.» Solleva una tanica ed esce a passo di marcia.

Poco dopo anche Easley viene portato all'aperto e parcheggiato insieme alle altre barelle.

Il soldato di prima classe Garret si sta appena riprendendo dai fumi dell'etere, piangendo la parte di sé che ha perduto.

Easley evita di guardare verso il fondo della propria barella, dove il chirurgo ha estrinsecato la rotula, ha tagliato tra femore e tibia, poi ha gettato via la gamba e il piede rovinati. Il greco ha spiegato che *sperano* di avere asportato tutta la carne in cancrena che presto avrebbe contaminato il resto del corpo. Nello spazio rimasto vuoto, la mente gli gioca brutti scherzi dicendogli che sente ancora un pizzicore fastidioso tra l'arco del piede e la punta delle dita. Eppure il piede e il polpaccio sono morti, svaniti. Il ricordo del dolore non permane quando il corpo muore, certamente no.

Easley è felice di non dovere affrontare quei pensieri da solo.

Garret trae un sospiro profondo e si stropiccia il viso. Poi si sbottona, improvvisamente ciarliero.

Alcuni dicono che ci hanno fregato, dichiara. L'attacco a Dutch Harbor? L'occupazione di Attu e Kiska? Nient'altro che un diversivo per le Midway. Il piano del nemico per disperdere le forze statunitensi nel Pacifico non ha funzionato. I giapponesi hanno preso una batosta nelle Midway, ma è stato quasi un anno fa. L'unico motivo per cui i musi gialli sono ancora qui è per fare propaganda in patria. Per inserire le isole Aleutine nella cartina dell'Impero giapponese. Altri, lui compreso, non credono a quelle chiacchiere e sono convinti che l'invasione del Giappone da parte degli Alleati comincerà dalle Aleutine; sempre che non provino a invaderci prima loro. Ora che ha visitato quelle isole di persona e ha messo alla prova la determinazione del nemico, ne ha la certezza assoluta. Siamo a due passi, dice. A un salto dal Giappone. Non è un diversivo. Questo posto, questa battaglia, è qui che vinceremo o perderemo la guerra. È la chiave di tutto.

Sfila un pitale da sotto le coperte e svuota il contenuto nel fango. Lo sbatte un paio di volte contro le sbarre della barella, poi lo lancia a Easley. Il ragazzo non ha tutti i torti. Potrebbe essere la loro ultima possibilità per il futuro prossimo. Easley si gira sul fianco, posiziona il pitale e, imbarazzato, si libera.

Informazioni, finalmente. Il greco annuncia che presto dovranno sloggiare. Perché e per come, non lo dice. Devono avere una strategia per spostare i feriti vicino alla spiaggia, forse in previsione dell'evacuazione tanto attesa. Qualunque sia il motivo, due decine di barelle devono essere trasportate a spalla giù per il pendio e poi depositate su una scogliera.

Il respiro di Easley genera piccoli sbuffi di vapore nella pioviggine mentre due soldati lo portano via. Il fuoco dei cecchini risuona con maggiore frequenza, le raffiche dei mitragliatori sono più vicine. Il cuore gli martella in petto al pensiero della propria vulnerabilità, della propria impotenza. A ciascun battito corrisponde una staffilata di dolore al cervello.

L'uomo in testa alla sua barella non gli parla né lo degna di uno sguardo. L'espressione adombrata dalla paura. Più maturo della maggioranza – forse trentenne – ha il naso che cola. Easley lo vede lottare con il muco che gli scende sul labbro superiore, desiderando di potere appoggiare la brandina e soffiarsi il naso. In alternativa, tenta di asciugarsi sulla spalla mentre tiene il carico in movimento. Il risultato è una serie di strani contorcimenti. Poi tre detonazioni improvvise costringono tutti ad accovacciarsi, e a muoversi più velocemente. Easley tira il polsino della manica destra fino a farlo penzolare come uno straccio, poi lo avvicina al naso del soldato. All'inizio l'uomo sembra colto di sorpresa, come se il ferito fosse impazzito.

«Non preoccuparti» lo rassicura Easley. «Soffia.»

Il barelliere affonda il viso nella manica di Easley e soffia come un bambino incerto. Al secondo tentativo, Easley stringe il naso dell'uomo, che si libera con soddisfazione. Qualche passo più avanti, in mezzo a copiosi spari ed esplosioni, l'uomo emette un gemito, inciampa e cade. Le spalle e la testa di Easley cadono con lui. Le stanghe di legno sprofondano nella melma finché anche l'altro barelliere non molla il carico e si getta a terra.

Il fuoco dei cecchini continua per quella che pare un'eternità ed Easley non può fare altro che guardare imbambolato il cielo grondante e attendere che gli crolli addosso. Alcuni degli uomini, distesi a pancia in giù, imbracciano le armi e rispondono al fuoco. Quando l'attacco cessa e gli uomini si rialzano, il barelliere con la goccia al naso non è tra questi. Easley si sforza di guardarsi indietro, ma vede solo la schiena di un altro uomo che controlla i parametri vitali. «Cristo!» esclama il soccorritore. Ne accorrono altri tre e la brandina di Easley riprende la sua corsa verso la scogliera.

Un soldato si inginocchia e passa una corda intorno al suo corpo e alla barella per tenerlo in posizione, immobilizzandolo completamente, tranne le braccia. Easley se ne sta lì, legato come un salame ad aspettare, mentre le altre barelle scendono e scompaiono alla vista.

Quando Easley arriva sul margine della scogliera, un'altra fune viene annodata in cima alla barella. Il rapido scorrere di un lembo grigio di cielo, poi la sospensione sulla spiaggia rocciosa sottostante. Easley viene calato a brevi scatti bruschi, una discesa controllata di quattro piani. Non gli resta che farsi forza e tenere duro. Sotto, due paia di mani si protendono e adagiano il fondo della barella sulla spiaggia. Quando Easley è di nuovo in posizione orizzontale, ansima per riprendere fiato nonostante non abbia mosso un dito durante tutto il viaggio.

Le barelle vengono adagiate l'una accanto all'altra. I feriti giacciono in attesa, ascoltano l'andamento altalenante della battaglia e le onde che si infrangono a riva. Easley immagina la caldaia infuocata della nave che lo porterà a casa, l'isola che scompare per sempre nella nebbia, le braccia aperte di Helen. Poi giunge l'ordine di riportare i feriti da dove sono venuti.

Il viaggio di ritorno richiede il doppio del tempo e della fatica. L'unica consolazione è che il fuoco dei cecchini sembra essere calato. Quando Easley è a circa metà della risalita, una folata di vento fa roteare la barella, facendolo scontrare con mani e guance sulle rocce frastagliate.

Quando tutti gli uomini e le attrezzature sono in cima

alla scogliera, gli obici rimbombano attraverso le montagne. I giapponesi si ritirano verso le nubi mentre gli americani da sotto si arrampicano per decifrare le loro intenzioni.

Hanno deciso di riportare i feriti nella postazione originale e di riaprire bottega. Con sorpresa di Easley, nessuno si lamenta per lo spreco di energie e, quando la tenda è stata piantata nello stesso identico posto e le barelle sono al sicuro sotto la croce rossa, il greco si mette al lavoro con tranquillità dispensando ordini e morfina come niente fosse.

20

Durante la discesa dalla volta di nubi, non sono le file serrate delle barche da pesca, le casette, le strade ordinate o altri segni di civiltà a catturare l'attenzione di Helen per il mondo che emerge sotto di lei, ma la profusione di alberi. Disposti in file ininterrotte dalle pendici montane fino alla costa, sono la prova vivente che ha superato il confine di un mondo sicuro e familiare, un mondo senza John.

È l'unica donna a bordo. È partita da Adak con Gladys e Stephen ma, dal momento che la sua destinazione è Seattle, è stata trasferita su un altro volo in partenza da Dutch Harbor. Stephen si è rassegnato di fronte alla propria incapacità di tenere uniti gli ultimi membri della troupe. Alla fine, si è tolto il cappello e le ha rivolto un inchino teatrale mentre il suo aereo prendeva velocità puntando dritto verso le nuvole.

Il velivolo gira due volte sopra il campo d'aviazione e la città di Sitka. Quando appaiono le cupole a cipolla di una chiesa ortodossa, Helen rammenta di avere letto da qualche parte che quella un tempo era la capitale dell'America russa, prima che la colonia venisse venduta agli Stati Uniti e ribattezzata Alaska. Ricorda la croce russa sul davanzale della camera d'ospedale di Ilya e Jesse a Seattle. Le avevano raccontato che la loro gente era stata portata lì da Atka ad attendere la fine della guerra in un campo di raccolta vicino.

Finalmente l'aereo tocca terra, quasi duemilasettecento chilometri a est di Adak. L'equipaggio si tratterrà per la notte mentre l'aereo riceverà manutenzione e carburante. Quando Helen si appresta a scendere, un giovane soldato di prima classe dall'aria seriosa sale la scaletta per offrirle sostegno. Orecchie a sventola, un sorriso sghembo: non sembra avere l'età per portare l'uniforme. Con galanteria la conduce lontano dall'equipaggio per informarla che i suoi alloggi sono pronti.

«Ma è ancora presto» le dice. «Potrei accompagnarla in visita alla città, se le fa piacere. Sa, per fare un giretto.»

Helen si sente svuotata, senza parole, non sa nemmeno che ora o che giorno sia. Tace un momento per riflettere sulla proposta, poi risponde che le pare un'ottima idea. Il sorriso del giovane scompare, però, quando lei gli chiede di scortarla in chiesa.

All'interno della cattedrale di San Michele Arcangelo, Helen non trova né inginocchiatoi né panche. Ha visto l'interno di una sola chiesa protestante e non è mai entrata in una cattedrale russa ortodossa. Non sapendo cosa fare, se ne sta in fondo alla navata e china il capo. Non è sola. Non c'è messa, né sacerdoti in giro; cinque o sei persone stanno pregando ognuna per i fatti propri. Donne di mezza età con il velo sulla testa alzano di quando in quando il capo dalle mani incrociate alle icone sacre e oltre le porte dell'iconostasi davanti all'altare.

Helen ne approfitta per ringraziare il Signore di averla protetta durante il viaggio e per la salvezza di John, qualsiasi sia la sua tribolazione. Prega per suo padre e i suoi fratelli. Per la fine della guerra. Si scopre a riflettere se aggiungere nuove preghiere all'elenco, una per la pace dell'anima di suo marito, una per il perdono della sua mancanza di fede. Ma non riesce a formulare le parole. Prega invece di avere la forza di accettare la Sua volontà, qualunque essa sia.

Una coppia di donne e una bambina si fanno il segno della croce, si voltano, poi superano Helen per uscire dalla chiesa. Helen scruta i loro volti di indigene: indiane? Aleute?

Per quanto sia sciocco quell'impulso, si chiede: chissà se hanno conosciuto John. Forse hanno risposto alle sue domande sul villaggio, sulla loro storia o sui loro costumi, lo hanno visto scattare fotografie agli uccelli per il «National Geographic». A occhi sgranati, John avrebbe raccolto informazioni sulla cultura del loro popolo, avrebbe rimirato il paesaggio, la flora e la fauna, e poi estratto il taccuino che teneva nella tasca dei pantaloni, annotando impressioni, espressioni, descrivendo dettagli che avrebbero poi trovato posto nell'intreccio del suo reportage, il reportage che in un modo o nell'altro avrebbe aiutato il resto di noi americani a conoscere quel luogo. Avrebbe spiegato a noi tutti perché quelle isole meritano la nostra attenzione e ci avrebbe fatto intravedere un poco della loro terribile bellezza. Lo hanno visto, ci hanno parlato, gli hanno stretto la mano? Le segue fuori alla luce.

Le donne, che si sono radunate sui gradini a confabulare sommessamente, indossano abiti della taglia sbagliata. All'avvicinarsi di Helen, si fanno da parte.

«Salve» le saluta Helen. «Scusate se vi disturbo, ma sono appena tornata dalle Aleutine, e pensavo di chiedervi se...»

Una delle donne si volta e spinge via la bambina, come se Helen fosse contagiosa o portatrice di cattive notizie. «Quale isola?»

«Sono arrivata fino a Adak.»
La sua espressione si rasserena un poco. «Noi siamo di Atka, l'isola a est.»
Ormai la crescente sensazione di un legame – di vicinanza – è così familiare che di riflesso Helen decide di soffocarla. «Sono passata a pregare per mio marito» spiega. «Il suo aereo è caduto in prossimità di Attu.»
La donna alza lo sguardo e fissa Helen dritto negli occhi. «I giapponesi hanno catturato tutti su Attu. Cosa ne abbiano fatto, nessuno lo sa.»
«E nessuno sa neppure della loro scomparsa.»
«Prego per loro tutti i giorni.»
Helen si gioca la sua carta migliore. «Ilya Hopikoff e suo figlio, Jesse. Li conoscete? Li ho incontrati a Seattle. Sono tornati al campo?»
«La moglie di Ilya era mia cugina» dice la donna colta alla sprovvista, guardando Helen sotto una luce nuova. «Sono ancora là, a quanto ne so.»
«Spero che ritornino presto da voi.»
«Stanno meglio laggiù.» L'affermazione della donna sembra una verità inconfutabile. «Noi stiamo nel vecchio conservificio. Siamo in ottantatré. Tutti di Atka. Ci terranno lì ammassati per tutta la durata della guerra. Possiamo uscire solo per andare dal medico e per venire in chiesa.»
«Mio marito è stato sulla vostra isola. Avete per caso conosciuto un giornalista la primavera scorsa? Un uomo alto,» Helen mostra l'altezza di John con la mano «magro, capelli castani, trentotto anni... di bell'aspetto.»
La donna scuote la testa. «Sono venuti diversi forestieri in visita alla comunità» spiega. «Continuavano a chiederci se avevamo visto strane navi o sottomarini. Facevano tutti la posta ai giapponesi.»
Helen annuisce.

«Mi dispiace per suo marito. Dio conceda pace alla sua anima.»

Helen si scopre incapace di rispondere.

La donna si congeda, poi si ricongiunge alle altre, che aspettano a debita distanza lungo la strada.

Helen intraprende la via del ritorno trascinandosi per la città. Negozi, giardini, una scuola elementare: immagini vivaci e amene che non riescono a distrarre la sua attenzione. Ma quando il campo d'aviazione si profila all'orizzonte, si domanda quale sia il suo aereo, di quale marca e modello. Suo padre vorrà il resoconto di tutti i velivoli su cui ha viaggiato, e del genere di bombe che sono in grado di trasportare. Scuoterà la testa quando lei ammetterà di avere dimenticato di prendere nota delle più recenti attrezzature radio.

Si dice di non preoccuparsi del rumore dei passi che sente avvicinarsi alle spalle, eppure il ricordo della faccia dell'aviere Perera affiora nella sua mente. Raddrizza la schiena, resiste all'impulso di voltarsi.

Un giovane uomo corre per raggiungerla poi si ferma dietro di lei, piegato dal fiatone, le mani sulle ginocchia. Capelli neri e folti, incarnato scuro. Si alza e rivela alti zigomi e scuri occhi a mandorla. Non ha più di diciannove o vent'anni. Si asciuga la bocca, poi si presenta come il figlio della donna con cui Helen ha parlato davanti alla chiesa. Vuole sapere cosa sa di Attu, se ha visto qualcuno, se sa di civili che sono riusciti a fuggire. L'esercito ha un piano per invadere l'isola e salvarli?

«Ha sentito cosa hanno fatto i giapponesi ai civili in Cina? In un posto chiamato Nanchino.» A quelle parole gli si infrange la voce. «Cosa ne hanno fatto della gente, delle donne?»

Helen la vede e la sente, fisicamente: l'angoscia condivisa. Qualcun altro lasciato alla deriva sugli interrogativi che circondano Attu, qualcun altro lasciato ad avvitarsi su ipotesi interminabili.

«Sono ancora trincerati su Attu» risponde Helen. «E anche su Kiska. I raid aerei partono quasi giornalmente. Ma i nostri hanno in mente qualcosa. In un modo o nell'altro, gli scontri si intensificheranno, e presto.»

Il giovane non ha niente della reticenza della madre. Racconta a Helen che suo padre era il diacono che officiava su Atka e Attu. Lui lo ha sempre accompagnato durante i viaggi tra le due isole, aiutandolo con la barca e con i doveri religiosi. Su Attu aveva conosciuto una ragazza e si era innamorato. Lei aveva accettato di sposarlo.

«Poi la radio su Attu ha smesso di funzionare. Era il sette di giugno dell'anno scorso. Alcuni giorni dopo, siamo stati deportati qui. Non abbiamo avuto notizie da Attu finché non è arrivata lei a fare domande.»

Ma Helen è arrivata a mani vuote. Se solo potesse offrirgli ciò che cerca per se stessa, qualche nuovo motivo per sperare, qualche nuovo sentiero da percorrere. «Vorrei tanto avere risposte da darti.»

«Suo padre stava costruendo una barca tutta per noi. Ma sta invecchiando. E lei non ha fratelli. Avrei dovuto essere lì per proteggerla. *Io* avrei dovuto...» dice, affondandosi l'indice contro il petto.

Non distoglie lo sguardo, non maschera la propria agonia. Piange a dirotto, perdendo la capacità di parlare. Helen fa per abbracciarlo, ma il corpo del ragazzo è teso come una corda di violino. Non reagisce, né la respinge.

Alla fine si fa da parte e si asciuga il viso. Si fruga in tasca, estrae due banconote da un dollaro e indica più indietro lungo la strada. «Potrebbe andare in quel negozio là a comprarmi una bottiglia di brandy? A me non la venderebbero.»

Helen non indugia. Prende i soldi e torna verso il negozio.

Al riparo dietro l'edificio, lontano da occhi indiscreti, stappa la bottiglia e manda giù un sorso prima di consegnarla. Il ragazzo si porta il brandy alle labbra e, inclinandola, chiude gli occhi.

* * *

Il giovane soldato di prima classe che ha accompagnato Helen in chiesa parcheggia davanti alla finestra dei suoi alloggi, normalmente disabitati. Sono quasi le otto di mattina. Salta giù dalla jeep e raggiunge la porta a lunghe falcate con un'energia che pare non avere limiti. Le augura buongiorno e chiede se ha ricevuto la colazione. Afferra il suo bagaglio e lo lancia nel cassone del veicolo prima di aprire lo sportello per lei. Helen sale a bordo, sentendosi invecchiata di dieci anni negli ultimi mesi senza tuttavia guadagnarne in saggezza. Il ragazzo si affretta a girare intorno al mezzo e scivola dietro il volante.

«Questo è per lei» le annuncia, staccando un foglio piegato da una graffetta sul cruscotto. «È arrivato tardi ieri notte.»

Helen apre un biglietto scritto a mano, prodotto di più autori. Il messaggio è partito dalla California con un pilota diretto a nord verso l'isola di Kodiak. Da lì, è stato trasmesso al radiotelegrafista di Sitka.

Cara Helen,

questo telegramma per te è arrivato in ufficio quasi due settimane fa. Hanno provato a recapitarcelo, ma credo si sia perso a Fairbanks. Mi dispiace per la notizia e spero che tutto vada per il meglio. Fammi sapere come stai quando arrivi a casa.

Tuo,
Stephen

E poi, in stampatello maiuscolo:

HELEN EASLEY, C/O USO PACIFIC
PAPÀ STA POCO BENE. DOVE SEI?
CI HANNO CHIAMATO DA ST. BRIGID.
TORNA APPENA PUOI.
FRANK CONNELLY

Nella fretta che lo contraddistingue, suo fratello ha omesso i dettagli. Perciò Helen riempie il vuoto da sola. POCO BENE... Suo padre ha avuto un altro ictus, più forte? La situazione è peggiorata da quando è stato scritto quel messaggio? Il suo funerale è stato celebrato mentre lei dormiva da qualche parte o si esibiva sul palcoscenico? Ha abbandonato suo padre nel momento del massimo bisogno. Ora, a quanto sa, è vedova e pure orfana.

Viaggiano oltre l'hangar fin sotto l'ombra dell'ala dell'aereo. Mentre l'equipaggio si avvicina, Helen chiede scusa, balza giù dalla jeep, e li supera correndo, entra nell'hangar dove trova una scrivania e un telefono. Chiede al centralino di fare una chiamata a carico di suo padre. Dal momento che nessuno risponde, Helen chiede di essere messa in comunicazione con suo fratello Frank a Jersey City, dove è mezzogiorno passato. Prova due volte. Quando anche il secondo tentativo fallisce, decide di chiamare la canonica della parrocchia di St. Brigid dove, a quanto pare, nessuno alza la cornetta al di fuori dell'orario d'ufficio.

È condannata a un nuovo limbo finché l'aereo non toccherà il suolo di Seattle. Viene lasciata a rileggere e sviscerare le parole del fratello, a prepararsi a ogni evenienza, a cercare di comprendere cosa sia successo e cosa potrebbe comportare.

Se John fosse al suo fianco, le stringerebbe la mano e le direbbe di non riempire il vuoto con la paura. Sii realista, le direbbe, non saltare a conclusioni catastrofiche. Tieni bene a mente che tuo fratello sa essere precipitoso e che non ci sono stati altri telegrammi. Ogni giorno dobbiamo affrontare così tante cose brutte che non possiamo dare briglia sciolta alla nostra immaginazione, non possiamo permettere alla preoccupazione di consumare la nostra vera vita.

Mette via il biglietto e chiude gli occhi, assaporando il ricordo di John.

21

Il cielo del mattino è così scuro da essere a stento distinguibile da quello notturno. Una lampada a olio è appesa al palo, la luce attenuata da uno stoppino troppo corto. Easley si sveglia con la sensazione che sogna di provare da tanto tempo. Il tubo della stufa al centro della tenda emana calore e l'aria all'interno è estiva. Alza la testa per vedere se anche gli altri provano la stessa cosa, ma sono nella fase più profonda del sonno. È al caldo e all'asciutto, e sente la pelle del viso avvampare per la gioia.

È il calore, ne è certo, a generare un'altra sensazione che sembra appartenere a un'altra vita: un'erezione così forte e piena da rasentare il dolore. Easley guarda in basso verso la coperta e vede la sagoma sospesa sull'addome. Pulsa al ritmo del battito cardiaco. Non ricorda di averne mai avuta una tanto salda e duratura da quando è arrivato in quella terra sterile. Si rotola sul fianco per proteggerla.

L'evacuazione dei feriti, a lungo promessa, è stata ulteriormente rimandata. Easley non crede più a quello che dicono gli ufficiali. Dà credito solo alle voci dei soldati. Sostengono che ci sarebbero oltre duemila giapponesi arroccati sulle montagne sopra il villaggio. Gli americani hanno sbarcato più di dodicimila uomini, alcune centinaia dei quali decedute o scomparse, oltre duemila i feriti. L'invasione che sarebbe dovuta durare settantadue ore è appena entrata nella seconda settimana. Malgrado la determinazione dei giapponesi e il loro continuo cecchinaggio dalle vette dei monti, metà delle perdite americane è imputabile all'esposizione al clima. Centinaia di uomini hanno perso gli arti inferiori, altri tornano assiderati.

Gli schieramenti adesso sono ben definiti: i nemici occupano le alture, gli americani i bassopiani e la costa. I giapponesi attendono forse un imminente intervento di salvataggio dalla terra o dall'aria? Se e quando tali forze arriveranno, gli americani a terra si ritroveranno intrappolati – ed esposti – in mezzo.

Benché i feriti vengano nutriti regolarmente, non c'è mai abbastanza cibo per le truppe. L'equipaggiamento che hanno portato è insufficiente per il clima e per il terreno. Tutto sembra raffazzonato. Corre voce che l'ufficiale al comando dell'operazione stia per finire al fresco. Gli uomini si chiedono a voce alta se quel cambiamento giungerà in tempo. Quando scoprono che Easley è un giornalista, vuotano il sacco, come se la cooperazione potesse ridurre la loro condanna.

Un volto familiare entra nella tenda. Easley rivolge un cenno della testa al greco, che interrompe il conteggio delle fiale vicino alla stufa. L'uomo si toglie l'elmetto, poi i calzini dalle mani. Si gratta la testa, poi esamina la fila di barelle a sinistra, finché non incontra lo sguardo di Easley. Gli fa l'occhiolino, si calca l'elmetto sulla testa, poi mette una pentola d'acqua a bollire sulla stufa. Da una barella vicino alla falda della tenda si sente qualcuno tossire. Il greco afferra una coperta di lana, poi si avvicina e la stende sul paziente.

Quando l'acqua bolle, se ne versa un po' nell'elmetto e si siede su una cassa. Dalla tasca recupera un rasoio di sicurezza e un pezzo di sapone. Si spalma la schiuma su collo e guance, e inizia a radersi. Solleva lo specchietto dal ginocchio per controllare il risultato. Coglie il riflesso degli occhi di Easley. «Dolore?»

Easley annuisce.

L'uomo sciacqua il rasoio nella pentola, poi si accinge a radersi l'incavo delle guance. «Hai ancora la febbre. Questo genere di infezioni va tenuto d'occhio. Le complicazioni sono sempre in agguato.»

«E se fosse? Che fate? Tagliate fino all'inguine?»

Lancia un'occhiata a Easley, poi si concentra sull'operazione di rasatura. «A quello stadio ti spariamo un colpo in testa e poniamo fine al tuo calvario.»

Le folate di vento sbatacchiano violentemente le pareti della tenda.

Con grande sforzo, Easley riesce a puntellarsi sui gomiti. Il suo corpo sembra indebolito dal giacere costantemente in posizione prona. «Novità?»

«Niente di che. Patiscono la fame più di noi. Il blocco tiene, per ora.» Prima di radersi il labbro superiore, si strizza il naso come un tuffatore. Trattiene perfino il fiato. Soffiando fuori l'aria, afferma: «O non si rendono conto di essere in trappola, o sanno qualcosa che noi non sappiamo».

Si accarezza il viso con le mani. Soddisfatto, apre il giubbotto e tira il davanti della camicia per asciugarsi le guance. «Dovresti dormire, ora che puoi. Presto scoppierà il finimondo.»

«Dormo già troppo.»

Il greco recupera una borsa medica e si avvia verso Easley. Tira via la coperta e ispeziona le fasciature e il moncone, poi il piede rimasto, che si sta spellando man mano che il gonfiore diminuisce. Tira a sé una cassa, medica la ferita aperta, poi srotola una benda bianca pulita. Quando ha finito, si rilassa, il viso accigliato rivolto a Easley. Rovista tra i suoi arnesi ed estrae un paio di forbici. «Sono stufo di vederti in queste condizioni. È tempo di calare la maschera. Vuoi che ti aiuti o preferisci farlo da solo?»

Easley impugna le forbici e tira un ciuffo di barba. La sfoltisce debolmente, tralasciando i baffi. Taglia altre due volte, poi le sue braccia si stancano e torna a distendersi.

Il soldato recupera le forbici e si mette al lavoro. Una volta ridotta la peluria a una barbetta corta, prende dell'acqua calda, si insapona le mani e copre di schiuma il viso di Easley. Il paziente chiude gli occhi, lasciandosi trasportare dal calore e dal contatto umano.

Warren si era intestardito perché si facessero radere "come si deve" per il giorno del suo matrimonio con Helen. Easley avrebbe voluto darsela a gambe non appena si era seduto sulla poltrona del barbiere. Offrire la gola a un vecchiaccio sudato dall'alito fetido e armato di una lama affilata. Si era ripromesso di non ripetere mai più l'esperienza. Alcuni mesi dopo, Easley si era ritrovato in una vasca da bagno, avviluppato alle belle forme di Helen. Lisce, morbide, calde e insaponate. Appoggiati, aveva detto lei. Tu rilassati, ci penso io a quei baffi. Ed Easley risponde di no. Errori che si rimpiangono per tutta la vita. Quel fatto si attesta tra i primi posti nella lista delle cose incompiute... E ora lei esce dalla vasca e va verso il letto. È il periodo giusto del mese, dichiara. Non perdiamo tempo. Lui riesce a issarsi sulla gamba rimasta, in equilibrio, incapace di fare un passo.

«Amico!»

Easley si sveglia di colpo.

«Imprecavi nel sonno.»

Easley richiude gli occhi. «Posso farti una domanda? Sembrerà una sciocchezza nella situazione in cui siamo.»

«Non dirmelo, vuoi anche una spuntatina ai capelli.»

«Come farò a salutare mia moglie, sempre che riesca a rivederla? Insomma, non potrò nemmeno alzarmi quando entrerà nella stanza. Voglio che tu mi dica che con una protesi e un bastone potrò imparare ad alzarmi e a camminare di nuovo. Dimmi che con la pratica avrò un passo più sciolto. Dimmi che un giorno potrò buttare il bastone, prenderla per mano e passeggiare per strada come un uomo normale.»

«Certo. E diventerai anche ricco e bello.»

Vicino alla falda dell'entrata, si sente tossire di nuovo.

«Visto che ormai siamo in confidenza,» suggerisce Easley «credo che dovrei sapere come ti chiami.»

«Cohen.»

Tutt'a un tratto, nel mondo esterno deflagrano grida acute e assillanti che circondano la tenda, sempre più vicine. Cohen si volta, alza lo sguardo, poi si precipita fuori. L'attacco frastornante proviene da qualsiasi direzione. Gridano ripetutamente «*banzai!*». Il cuore di Easley sussulta al di là dello stato di coscienza, oltre la scelta tra la lotta e la fuga, fino alla consapevolezza che tali reazioni fisiche per lui non sono più praticabili. Il suo unico punto di riferimento è il greco, che ora se ne sta al suo fianco come un pilastro.

Le grida si intensificano e, prima che Easley riesca ad alzare la testa per guardare, la falda della tenda si scosta e il nemico irrompe all'interno. La prima voce umana sembra spaventarlo quasi come nelle intenzioni dell'uomo a cui appartiene. I compagni si precipitano all'interno sulla sua scia. Il greco alza il braccio per farsi scudo mentre una lunga lama vola verso il suo petto. Easley rovescia la barella nel patetico tentativo di fuggire. La baionetta penetra, penetra ancora. Il greco indietreggia, inciampa sulla barella e crolla, schiacciando Easley a terra.

Il nemico imperversa nella tenda, spostandosi di branda

in branda, massacrando i feriti con baionette e spade. Difeso dal corpo del greco, Easley vede almeno tre paia di pantaloni giapponesi muoversi per l'ospedale da campo. Il sangue scorre tiepido dall'alto, infradiciandogli la camicia sulla spalla e lungo la schiena. La mano destra del greco gli penzola davanti al viso; la vita ormai ridotta a minimi tremiti spasmodici del pollice e dell'indice. La lampada si spegne, poi tutto è oscurità. Grida e imprecazioni in inglese si mischiano ai «*banzai!*» finché la tenda non è inondata da urla omicide. Easley chiude gli occhi e si confonde tra i morti.

Gli assalitori corrono fuori, poi all'improvviso uno rientra a passo pesante per accertarsi che il lavoro sia finito, sbraitando e prendendo a calci qualsiasi cosa sul suo cammino. Uno scarpone punta verso la testa del greco. Easley trattiene il fiato mentre il colpo di fucile gli riempie le orecchie.

Resta schiacciato sotto la sua copertura mentre l'attacco imperversa incontrollato e poi ripiega. Oltre l'ammasso di tende, il rumore di ciò che sembra un assalto organizzato si disintegra nel caos. Alcuni minuti dopo esplode una granata in lontananza. In risposta, le raffiche dei fucili e dei mitragliatori. Poi, i suoni della battaglia si allontanano.

Il silenzio all'interno della tenda è rotto da un singulto di dolore. Easley aguzza invano le orecchie in cerca della conferma di non essere solo.

Quasi un'ora dopo, un gruppo di uomini invisibili si avvicina ansimando, mormorando in un giapponese spasmodico. Una nuova ondata di panico lo travolge, insieme alla consapevolezza che la fine è vicina. Ma poi i nemici scompaiono.

Il colpo di un cannone da 37 millimetri è seguito dallo scoppiettio delle granate e dalla gragnola distante degli spari di fucile. Un colpo di tosse soffocato all'interno dell'ospedale da campo è seguito dal brontolio dello stomaco di Easley.

Voci in inglese sommesse a pochi metri di distanza si combinano nel vento con grida lontane e inintelligibili. All'interno, ancora un colpo di tosse, più forte e più chiaro. Easley allunga lentamente il collo per vedere. Finalmente, un soldato bendato e a petto nudo scaraventa via le coperte, si alza zoppicando ed esce alla debole luce del mattino.

Easley si stupisce della gamma variegata di reazioni a quella scena raccapricciante. Singhiozzi profondi e incontrollabili. Freddo rifiuto. Rabbia silente e repressa. Da dove si trova, vicino al fondo della tenda, Easley vede affacciarsi parecchi uomini. Uno si fa il segno della croce, l'altro vomita una sfilza di oscenità.

Quando iniziano a portare i corpi fuori nella nebbia, un uomo esclama: «Grazie al cielo!». È stato trovato un superstite vicino all'ingresso dell'ospedale da campo. Viene sollevato e portato via. Adesso Easley chiede aiuto, all'inizio timidamente, poi con determinazione. Un paio di scarponi si avvicina mentre Easley si sforza per liberarsi dal peso del greco.

«Sono vivo.» Non ha altro da dire.

Un soldato poco più che adolescente ispeziona il corpo del greco, sospira, ritira la mano intrisa di sangue. Si accovaccia e guarda Easley negli occhi con un'incredulità venata di sconcerto.

Qualcuno gli sfila la camicia insanguinata dalla testa. Il suo corpo viene esaminato in cerca di ferite. Non trovando niente di nuovo, il soldato lo solleva e lo porta oltre barelle rovesciate, coperte gettate alla rinfusa, braccia e gambe. Fuori, Easley è abbacinato dalla luce. Il viso imberbe pizzica al gelo mentre gli uomini lo guardano a bocca spalancata, quasi che sia tornato dall'aldilà.

Viene adagiato su una barella vuota accanto agli altri supersiti. Scopre che non uno ma due ospedali da campo hanno subito l'attacco, tende chiaramente contrassegnate dalla Croce Rossa. Il massacro faceva parte di un piano suicida per impadronirsi dei grandi obici e usarli contro gli americani. Ha quasi funzionato. Sorpresi in mezzo al buio e alla nebbia, disorientati dalla furia distruttrice e dalle grida, alcuni uomini sono scappati, altri hanno resistito, ed è seguito un disperato combattimento corpo a corpo. I giapponesi si sono ricompattati, ma le granate hanno crivellato le linee in avanzamento. L'attacco è stato fermato a un tiro di schioppo dall'obiettivo. Ma i combattimenti risalgono lungo la vallata.

Gli uomini si radunano a braccia conserte intorno alla barella di Easley, e per rispetto parlottano a voce bassa. Uno si volta e abbassa gli occhi vitrei, poi si sfila il calzino dalla mano mentre il viso pallido si apre in un sorriso. È Cohen che si china e passa il palmo sulla guancia di Easley per controllare la qualità del suo lavoro. Traccia una linea netta lungo la mascella terminando con uno schiocco di dita.

Poi si alza, si guarda alle spalle, oltre la tenda sventrata, verso gli spari di fucile a poche centinaia di metri nelle profondità della nebbia. La sua espressione si incupisce man mano che l'inquietudine si insinua dentro di lui.

«Dov'è il giornalista? Voglio quel maledetto giornalista!» Un sergente avanza con il fucile imbracciato davanti al petto, pronto all'uso, come se il nemico fosse appostato tra i feriti. Il viso annerito dal fumo, distorto dalla sete di vendetta. Qualcuno indica Easley. «Portatelo qui. Voglio che veda. Che veda contro che razza di nemici stiamo combattendo.»

Due uomini ricevono l'ordine di alzare la barella di Easley e di seguire il sergente insieme a una mezza dozzina di soldati sui campi zuppi e disseminati di buche. Viaggiano così a lungo che gli uomini sono costretti a darsi il cambio con la barella. Frattanto Easley lotta contro il dolore che gli pulsa in testa e nella gamba amputata. Trema di freddo. Si sforza di abbracciare con lo sguardo ogni minimo particolare dello spettacolo che lo circonda.

In cima a un'altura, gli uomini mettono giù il carico e aiutano Easley ad alzarsi in posizione seduta. Insieme contemplano cataste di cadaveri sparsi sui campi di segale secca. Un paio di gambe separate dal corpo ma ancora unite al bacino. Un braccio, strappato al livello della spalla, con la mano ancora chiusa a pugno. Uomini morti, gli arti divaricati, ingarbugliati, tranciati a metà da bombe a mano strette al petto. Uomini morti, a centinaia. Tutti giapponesi.

«*Ecco* come combattono.» Il sergente indica quella visione truculenta. «Prima ammazzano i loro feriti, poi vengono dai nostri. Uccidono i disarmati, poi si fanno saltare in aria. Questo è il valore che danno alla vita umana. Compresa la loro. Che onore c'è in questo?»

Easley non ha una risposta.

«Guardi bene, guardi attentamente. Descriva la follia di questi bastardi. E siamo ancora su suolo americano. Aspetti di vedere come impazziranno quando invaderemo il Giappone.»

Easley ha l'impressione che sia passata una vita da quando è tornato su quelle isole per testimoniare e scrivere. La convinzione vanagloriosa del giornalista che crede di potere dare un senso al mondo narrando gli eventi, riducendoli a parole su una pagina. Easley non ha mai valutato la possibilità che quel luogo, quegli eventi, avrebbero riscritto la sua vita in modo tanto radicale.

I soldati si disperdono tra i morti, punzecchiando con la punta degli scarponi i corpi integri in cerca di segni di vita.

«Contateli» latra il sergente. «Diamo loro una parvenza di ordine.»

L'uomo ed Easley osservano i soldati che si accingono a svolgere quel compito detestabile.

«Badi alle mie parole» dice il sergente. «Questa guerra non avrà mai fine.»

22

Helen richiude delicatamente la porta d'ingresso e si fa strada verso la cucina. Si regge forte contro il lavello, cercando di schiarirsi la mente, guardando oltre le pentole e le padelle lasciate in ammollo e la finestra aperta sul melo in giardino. I frutti hanno a malapena le dimensioni di mele selvatiche. Nonostante il tanto desiderato sole di quella settimana, ci vorrà un altro paio di mesi prima che crescano, addolciscano e si imporporino al caldo.

«Chi era?» Il padre di Helen è in salotto, e grida sopra la radio.

«Solo un attimo.»

Helen si raddrizza, immerge le mani nell'acqua e riprende quel lavoro calmante. Ha bisogno di un attimo per riaversi, per pensare. Alla vista di Ilya Hopikoff alla porta, il cappello in mano, le sue ginocchia si sono fatte di burro.

Sono passati tredici giorni dalla battaglia di Attu. Helen ha letto gli articoli che parlavano dell'attacco anfibio e della morte di 549 americani e 2.351 giapponesi. Un manipolo di corrispondenti di guerra accreditati è stato convocato sull'isola per occuparsi della battaglia. Helen ha scovato le firme dei pochi articoli pubblicati che ha trovato, informandosi se gli autori avessero saputo di prigionieri del nemico o di sopravvissuti di un disastro aereo, se avessero conosciuto un certo Warren Easley, tenente della Royal Canadian Air Force. Nessuno le ha saputo fornire il più piccolo indizio. Per non perdere la lucidità, Helen tiene una lista di persone da contattare, piste da seguire, cose da sbrigare. Così ha l'illusione di fare progressi. Come se fosse possibile farne, di progressi. Ha saputo che potrebbero esserci dei feriti a Fort Lewis nei pressi di Tacoma, e ha raccolto il coraggio necessario per condurre ricerche. Le migliaia di soldati che hanno combattuto su Attu sono già state trasferite altrove, in Italia o nel Pacifico meridionale. Costrette ad avanzare sulla scia della guerra. Da quando Helen è tornata dalle Aleutine, si è imposta di imparare a vivere il presente, di superare il fallimento, anche con la prosecuzione delle ricerche. Ha appreso a dosare le speranze, insieme alle altre contingenze della vita. E poi qualcuno ha bussato alla porta.

Ilya Hopikoff era da solo, al figlio Jesse resta ancora qualche giorno di scuola. Paragonato all'uomo dall'aspetto cinereo di due mesi prima, appariva riposato, rigenerato. È rimasto a qualche metro dalla porta, declinando il suo invito ad accomodarsi. Mentre Jesse è guarito subito dalla polmonite, i suoi sintomi erano invece più persistenti. I dottori hanno scoperto che aveva davvero la tubercolosi, ma non è più contagioso ed è in via di guarigione. Ha mandato Jesse a stare con una famiglia della parrocchia ortodossa e lo ha fatto iscrivere alla terza elementare. Così, tutto quel tempo non andrà sprecato. Jesse prospera in compagnia dei coetanei. Ilya si è finalmente ricongiunto al figlio due settimane prima.

Quando Helen gli ha spiegato di aver conosciuto la cugina della sua defunta moglie a Sitka, l'uomo ha abbassato lo sguardo, cincischiando con il cappello tra le mani. Fintanto che la gente di Atka rimarrà reclusa nel conservificio, lui e Jesse non si riuniranno a loro, ha risposto. È meglio per entrambi restare al sicuro, lì dove si prendono cura di loro, e poi tornare sulle Aleutine quando la guerra sarà finita e i forestieri se ne saranno andati.

E poi è passato al motivo che lo ha portato da lei.

Una settimana prima ha incontrato in ospedale un soldato che aveva combattuto nella battaglia di Attu. L'uomo non sapeva niente di aleuti scomparsi, ma serbava ricordi vividi degli sforzi che ci erano voluti per liberare l'isola dai giapponesi. Ha anche accennato a un aviatore che era rimasto isolato su Attu prima dell'invasione, nascosto al nemico, nutrendosi di mitili e uccelli. Aprile sulle Aleutine? Solo sull'isola? All'inizio Ilya aveva liquidato quella diceria, ma poi si è ricordato della visita di Helen, ha ritrovato il suo biglietto e, semplicemente, non è riuscito a lasciare perdere. «Non voglio alimentare speranze immotivate,» si è schermito «ma mi chiedevo se questa storia fosse giunta anche a lei. Mi chiedevo se potesse essere suo marito.»

Joe la chiama dal salotto. «Ti ho chiesto chi era alla porta.»

«Un attimo, *ho detto.*»

Negli ultimi tempi Joe è diventato impaziente. L'entusiasmo iniziale per il viaggio imminente è ormai stemperato dalla riluttanza e dall'apprensione per il dover lasciare la figlia da sola, abbandonare la casa in cui ha allevato i figli e vegliato la moglie. Il suo treno parte sabato.

Un mese dopo che Helen ha lasciato l'Alaska, una coppia di rondini ha costruito il nido tra le canne dell'organo della chiesa di St. Brigid. Joe voleva toglierlo prima che gli uccelli avessero la possibilità di deporre le uova, richiudere il varco da cui entravano e uscivano a proprio piacimento. Ma le rondini erano tornate a rivendicare il loro spazio e lo avevano sorpreso sulla scala. Joe era caduto, slogandosi il polso sano e procurandosi una commozione cerebrale. Il sacerdote non era riuscito a rintracciare Helen, perciò aveva inviato un telegramma urgente a Est, ai figli maschi. Helen si era meravigliata che suo padre fosse ricascato nello stesso errore, stavolta a causa dell'urgente richiesta di aiuto di Frank per i fiorenti affari di famiglia. Lui e Patrick avevano bisogno della sua presenza sui molti cantieri aperti, le aveva detto. Sorprendentemente, Joe aveva acconsentito ad andare a vivere sotto lo stesso tetto del figlio maggiore. Ma si era rifiutato di partire prima che Helen fosse tornata a casa, sana e salva.

Mentre gli riferisce i dettagli della conversazione con Ilya Hopikoff, Helen sa che Joe la ascolterà con la massima attenzione per capire se la figlia ha ricominciato a nutrire sogni irrealizzabili. Conosce già le sue obiezioni: potrebbe essere un altro uomo caduto dallo stesso aeroplano, un uomo caduto da un altro aeroplano, un aleuto dalla pelle chiara sfuggito ai giapponesi. Tutte quelle precauzioni sembrano ragionevoli, mature. E allora perché non riesce a smettere di sorridere?

23

Si ritrova da solo, ancora una volta. E questo nonostante gli altri siano a portata di mano. Come quando viveva come un fantasma in una grotta, Easley è libero di muoversi, e tuttavia si sente in trappola: non a causa dei suoi limiti fisici, ma per legge. Dopo diversi spostamenti tra un letto d'ospedale e una cella carceraria, ha trascorso le ultime due nottate in un ufficio libero nell'ospedale di Fort Richardson, alcune miglia fuori Anchorage. Suppone di restare in arresto fino a data da destinarsi.

Sostengono di non sapere più cosa farsene di lui, eppure quella stanza sembra progettata appositamente per deriderlo. Una macchina da scrivere priva di nastro se ne sta solitaria su una scrivania imponente a meno di tre metri dalla sua branda. Non ha alcun desiderio di toccarla. Gli è ancora proibito mettersi in contatto con chiunque al di fuori dell'edificio: redazioni, agenzie di stampa, legali o famigliari. Ha ricevuto il divieto assoluto di scrivere della battaglia di Attu, della campagna delle Aleutine, finché il suo caso non sarà "chiuso". Al suo arrivo, riusciva a malapena ad alzare la testa dal cuscino. Eppure hanno il terrore che provi a inviare un articolo, compromettendo così la versione ufficiale della battaglia.

Easley guarda dalla finestra il cielo azzurro sulle betulle e i pecci neri, vibrante di vita sotto i raggi calorosi del sole del Nord. Allunga la mano per afferrare la camicia e i pantaloni, poi si accinge a vestirsi. Quegli abiti civili gli sono stati consegnati da un sottotenente di Bellingham, una cittadina a metà strada tra Vancouver e Seattle, tra la sua casa d'infanzia e la vita che si è costruito con Helen. Fa scivolare la gamba oltre il bordo della branda, poi mette la sedia a rotelle in posizione. Si prepara a partire.

Easley ha supplicato gli ufficiali, i medici, le infermiere e le guardie di potersi mettere in contatto con Helen, o quantomeno di farle sapere che è vivo. Lei avrebbe poi informato sua madre che ha ancora un figlio in vita. La consapevolezza di non poter lenire le loro sofferenze lo tormenta, specialmente di notte, quando il durevole crepuscolo artico spinge il sonno lontano dalla sua portata. Tutto a tempo debito, gli hanno risposto. Ma il tempo debito si è protratto per dodici giorni prima che venisse a conoscenza dell'imminente rilascio. Ora dicono che sarà a casa il pomeriggio del giorno dopo. Potrebbe almeno supplicarli di usare un telefono, di ascoltare la voce di Helen riecheggiare e logorarsi per miglia e miglia, ma si trattiene. Nel giro di una giornata – meno di ventiquattro ore – sarà in grado di consegnare il messaggio di persona. Vedrà la gioia riflessa nei suoi occhi, le restituirà un abbraccio.

Una volta evacuato sulla terraferma, Easley è stato interrogato a fondo. Ha ammesso spontaneamente di essersi spacciato per un ufficiale, di avere violato le installazioni dell'esercito statunitense, di avere infranto i termini della precedente espulsione dal territorio dell'Alaska, di avere arrecato danni. Il libro che Karl aveva sgraffignato dall'accampamento giapponese – il libro contenente il tributo di Easley scarabocchiato tra le righe – è stato requisito ed esaminato attentamente. Era un volume di poesia classica.

Easley si è preso il tempo necessario, ha confessato tutto. Hanno scosso la testa increduli. Qualsiasi informazione fosse in grado di offrire sull'occupazione giapponese era più che ben accetta, e così ha anche ottenuto uno sconto della pena. Ma dubita di avere fornito informazioni utili sull'inevitabile assalto su Kiska, dove li attende il grosso delle forze nemiche.

Non vede i suoi interrogatori da oltre una settimana. Forse sono stati trasferiti. Quel mattino, la guardia armata davanti alla sua porta è stata declassata a un piantone che fuma come una ciminiera e attacca bottone con chiunque passi di lì. L'esercito degli Stati Uniti sembra avere perso interesse per il caso del profugo John Easley.

I medici, invece, lo riempiono di attenzioni. È ormai evidente che ciò che resta della gamba sinistra non sta guarendo come dovrebbe. L'infezione si è riacutizzata, la punta inferiore del femore minaccia di squarciare la pelle. Dovranno rioperarlo, ma è meglio che affronti l'intervento e la convalescenza in patria e in una struttura civile. Il medico ha disposto il suo trasferimento, ma nessuno sembra sapere cosa significhi per la sua situazione giuridica, né per le accuse avanzate contro di lui. Easley non sa se la faccenda è chiusa o meno. Conclude che sia meglio non sollevare polveroni.

È sorprendente scoprire quanto si possa ancora fare con tre punti di appoggio. Un piede rimane piantato a terra, le mani sulla sbarra della brandina, poi una spinta su e via. Fare perno, afferrare i braccioli della sedia a rotelle, invertire il movimento, massaggiare la coscia finché il tremore non cessa. Easley si fruga nel taschino in cerca delle pillole che il medico gli ha consigliato di tenere per il viaggio in aereo. Le butta giù in un sol colpo.

Negli ultimi giorni ha iniziato a fare pipì in piedi, ad

appoggiarsi al lavandino per radersi e perfino a farsi la doccia in posizione eretta. Si costringe a stare allo specchio a fissare gli occhi vuoti, le guance incavate e l'arto mutilato che gli si parano davanti. Il medico non vuole sentire parlare di protesi finché l'infezione non sarà sotto controllo, ossia dopo la prossima operazione, quando il moncone sarà completamente guarito. Eppure quelle piccole vittorie deviano i suoi pensieri dal rimpianto a un atteggiamento più possibilista.

Fedele alla parola data, Easley non ha scritto una sola riga sugli eventi che lo hanno portato fin lì. Non è stato difficile mantenere la promessa. Non ha né la forza, né la voglia, né la lucidità mentale per sintetizzare l'accaduto, per tradurre in parole la solitudine o la guerra. Una tale impresa richiede una adeguata quantità di tempo. Tempo per mettere sulla bilancia tutto ciò che ha visto e vissuto rispetto alla nuova vita che lo attende. Tempo per lasciare sedimentare e guarire, affinché si riveli appieno, tempo per vedere se riesce a trovarvi un senso. Easley non indugia su tali pensieri. Soprattutto, pensa a Helen.

Si ripropone di recuperare parte del tempo perso scrivendole tutti i giorni, raccontandole i suoi progressi, il suo purgatorio, i suoi sogni per un futuro insieme. Tiene quelle lettere in un fascio che aumenta di giorno in giorno. Butta giù tutto ciò che sente e che non è riuscito a esprimere nella sua vita reale, quella prima della guerra. Ha iniziato chiedendole perdono per averla abbandonata e per averle restituito così poco in cambio. A un certo punto ha scoperto di non avere scritto dei vari gradi di sacrificio originati dalla loro separazione, ma di avere compilato una lista dei più piccoli, innumerevoli e trascurati piaceri della loro vita insieme che ora sembrano dominare su tutto.

Considerato ciò che ha vissuto sulla remota Attu – il divorante istinto di sopravvivenza, un nemico votato all'autodistruzione – è difficile scrollarsi di dosso la sensazione che la guerra possa trasformarsi in una maledizione che ricadrà sulla generazione successiva. Un'altra Guerra dei cent'anni. Se, per qualche miracolo, dovesse vivere sino a vederne la fine, farà le cose in modo diverso. Compreranno insieme un modesto appezzamento di terra, impareranno a prendersene cura e mangeranno il cibo che coltiveranno. Se non avranno i figli, alleveranno cani e conigli, galline e api. Magari Easley potrebbe fondare un piccolo quotidiano locale, o provare a insegnare. Nessuno dei due dovrà più dormire da solo.

Bussano alla porta. Il piantone è venuto ad accompagnare il mutilato al campo d'aviazione, ad assicurarsi che stia comodo e che sia legato in tutta sicurezza. Ancora non si sa se il paziente dovrà viaggiare disteso o seduto: una questione che ha sollevato discussioni tra l'ospedale e l'hangar. Se gli permetteranno di stare seduto, Easley impiegherà il tempo a comporre un'ultima lettera per Helen, una lettera in cui racconterà l'agognata liberazione. La lettera che completerà il carteggio.

Accoglie l'uomo, gli consegna il borsone, ma declina la sua offerta di aiuto con la sedia. Sfilerà dalla porta e tornerà alla sua vecchia vita con le poche forze che gli rimangono.

24

A giudicare soltanto dalle apparenze, si potrebbe sospettare che Tom Sorenson abbia trascorso gli anni della guerra a giocare a tennis. È la seconda settimana di giugno ed è abbronzato e in piena forma. In realtà, l'ex collega di Easley è appena tornato dalla Sicilia, dove ha assistito a una buona dose di violenza mentre scriveva decine di articoli. Ma lui ha giocato secondo le regole ed Easley non gliene fa una colpa. Sorenson innesta la marcia e schiaccia l'acceleratore, passa un braccio robusto brunito sopra l'altro per girare il volante. Easley non ha mai avuto una macchina, non gli è mai piaciuto guidare, ma adesso si rende conto che quella possibilità gli è preclusa per sempre. Quell'ultima perdita appena scoperta deve trovare il suo posto nella lista.

L'aereo è atterrato poco dopo mezzogiorno ed Easley è stato portato subito in ospedale per accertamenti. Non sono stati molto bravi a nascondere la propria reazione alla vista di quello che un tempo era il suo ginocchio. A quello stadio della guerra, Easley si aspettava che il personale medico, per quanto lontano dal fronte, avesse sviluppato un modo più delicato di trattare con i feriti. Il medico gli ha concesso tre giorni – settantadue ore – di riposo prima dell'intervento. Tempo sufficiente, sperano, affinché gli antibiotici facciano effetto e il recente gonfiore diminuisca. Sorenson ha gettato da parte il quotidiano e ha afferrato la mano di Easley appena lo hanno spinto nella sala d'attesa. Si è preso l'onere di comprargli un abito nuovo. Un vecchio abito di Sorenson gli sarebbe andato troppo corto a braccia e gambe, e troppo ampio altrove. A Easley quel gesto di generosità ha ricordato la volta in cui avevano tentato insieme di tornare sulle Aleutine. Sorenson non aveva esitato a condividere con lui il cibo, l'acqua o gli indizi, quando scarseggiavano. Era rimasto al suo fianco su Kodiak, quando quattro pescatori morivano dalla voglia di fare a botte. Easley non sa cosa Sorenson veda in lui. Ma il rivederlo, insieme alle nuove pillole prescritte dal medico, lo fa sentire bene. Abbastanza bene da farsi la doccia e rasarsi senza provare troppo dolore. Easley immagina di avere un aspetto il più presentabile possibile.

Sorenson ha telefonato a Helen per informarla che Natale è arrivato in anticipo. Dice che lei ha gridato di gioia quando le ha promesso che sarebbero andati dritti a casa sua. Easley ha una chiara immagine di come andrà quel ricongiungimento. Ha orchestrato quella scena nella mente, perfezionandola di volta in volta. Rientrerà nella sua vita da uomo il più integro possibile. Starà di nuovo davanti a lei – la vedrà, l'ascolterà e la toccherà ancora – nella casa della sua infanzia, non in una castrante camera d'ospedale.

«Ci sono alcune cose che devi sapere» gli spiega Sorenson. «Helen ha seguito le tue tracce, ha dato la caccia a tutti i giornalisti e i redattori della città. Non ha funzionato, e allora ha viaggiato verso nord. Ti ha seguito fino alle isole Aleutine... Io ti avverto, Helen non accetta un "no" come risposta. È diventata una reporter migliore di me e te messi assieme.»

Easley viene a sapere di come Helen si fosse reinventata per perseguire il suo obiettivo. Di come avesse deciso di abbandonare il padre sofferente. Di come fosse riuscita ad arrivare su Adak con una troupe della USO, dopo avere saputo che John aveva assunto l'identità del fratello. Di come avesse scoperto il suo aereo era stato visto precipitare nei pressi di Attu, e nonostante tutto lei non avesse smesso di sperare. Di come, alla fine, una fonte che aveva scoperto a Seattle le avesse dato una soffiata riguardo a un uomo ritrovato da solo su Attu. Di come quella pista l'avesse poi portata a contattare un ufficiale di alto rango che aveva conosciuto su Adak, di come Adak l'avesse condotta ad Anchorage...

«L'ospedale di Fort Richardson?»

Sorenson si volta verso di lui. «Ha telefonato spacciandosi per una giornalista del "Post-Intelligencer".»

Easley rivolta quel pensiero nella sua mente, poi scuote piano la testa.

«Ha detto che voleva la conferma delle voci sull'esistenza di un superstite a un disastro aereo sull'isola di Attu occupata dai giapponesi.» Sorenson è chiaramente compiaciuto di raccontare quella storia. «Un uomo "sopravvissuto ai giapponesi". Ma quando ha unito i puntini, il tuo aereo era già in volo.»

Easley guarda dal finestrino, cercando di immaginare la scena, ma gli appare solo la bocca di Helen tesa dalla determinazione, i piccoli pugni serrati lungo i fianchi. Nel corso del suo calvario, ha spesso provato a evocare l'immagine rassicurante di Helen che lo aspettava sano e salvo a casa. Ha tentato di trarre conforto da quei pensieri illusori. Messo di fronte al racconto di Sorenson, gli è chiaro di non conoscere affatto la donna che porta il suo stesso cognome.

Ancora qualche isolato e svolteranno a destra verso la chiesa parrocchiale della sua famiglia, procederanno a ovest, all'ombra di quei vecchi aceri, parcheggeranno lungo il marciapiede con il lato del passeggero rivolto verso la casa. Easley aprirà la portiera, si alzerà con tutta la grazia possibile. Helen lo vedrà ergersi in tutta la sua altezza, in piedi sulla gamba sana senza l'aiuto di nessuno. Poi impugnerà le stampelle. Non le nasconderà niente, ma è risoluto a mostrarle di cosa è ancora capace.

Se adesso Easley la immagina, e riflette su ciò che le dirà, prova una fragilità abissale e un persistente senso di pace. Le ragioni che aveva per abbandonarla sembrano remote e prosaiche, perché tradiscono il loro relativo valore. Pensa soltanto al suo contatto e alla sua compagnia, e a come – privato di entrambi – sia diventato un uomo che non si conosce più.

Sorenson gli concede tempo e silenzio per prepararsi. L'intensa luce del sole attraverso il finestrino scalda il braccio diafano di Easley. Posa la mano in grembo, osserva gli edifici fluttuare via, nota le vetrine dei negozi che competono per mettersi in mostra. E ovunque vede gente che cammina, persa nei suoi pensieri, che si saluta, più o meno a proprio agio.

Helen, Easley lo sa, reciterebbe una preghiera in quel momento. Un tempo, anche lui lo avrebbe fatto. E prova un'ondata di gratitudine travolgente come non mai. Gratitudine per la salvezza imperitura di quella città e di tutta la costa del Pacifico. Per la presenza silenziosa e salda dell'amico al suo fianco. Per la consapevolezza che Helen sta aspettando il suo arrivo in quella grande casa vuota. E tuttavia non sente il bisogno di ringraziare quello che un tempo immaginava fosse Dio. Farlo significherebbe imputare allo stesso Dio la responsabilità della morte di suo fratello, di Karl, del greco, del barelliere, del sergente maggiore Uben Kubota, di chiunque abbia perso la vita su Attu. Degli aleuti scomparsi. Ma non c'è nessuno su cui scaricare la colpa, nessuno da ringraziare. Non c'è bisogno di cercare altrove, fuori da noi stessi, per trovare i veri responsabili. E tuttavia la sua gratitudine continua a espandersi. È imprecisa, schiacciante, abbraccia tutti e tutto.

Sorenson gira il volante e accosta al marciapiede. Spegne il motore. Easley si volta verso di lui e scopre che il suo sguardo è schivo, gli occhi carichi di lacrime. I due uomini si stringono la mano, poi Easley apre lo sportello. Ma la casa è chiusa, non ci sono segni di vita.

Sorenson si pianta una sigaretta tra le labbra. «Probabilmente si starà depilando le gambe.» Esplora le tasche in cerca dell'accendino, alza lo sguardo, poi si toglie il cappello in fretta e furia.

Easley vede la porta d'ingresso ritrarsi e la zanzariera ruotare in avanti in un unico movimento.

Mentre Helen supera l'ombra della veranda, la luce del sole illumina i ricci ramati intorno al collo e alle spalle.

Easley si regge forte, scivola in avanti sul sedile, la mano sinistra sul cruscotto, la destra sul telaio del finestrino. Pianta il piede destro sul marciapiede appena oltre il cordolo. Ruota il fianco, si spinge in su e in avanti, Helen è su di lui prima che abbia trovato l'equilibrio. Le sue braccia si protendono verso di lui, gli occhi non si staccano dai suoi. Il suo scatto in avanti si scontra con la spinta verso l'alto di Easley, che all'improvviso inciampa all'indietro. Intuendo il pericolo, Sorenson si lancia sul sedile come un portiere. Dà una spinta vigorosa al sedere di Easley per impedire a entrambi di cadere nell'abitacolo. Helen è costretta a piegare le ginocchia e a divaricare le gambe in modo poco femminile. E poi lo stringe fra le braccia.

John è sottile e fragile. Il petto incavato, le braccia scarne, le scapole appuntite. Tom le ha garantito che ha ripreso parte dei ventidue chili che ha perso sull'isola. Ma non è sufficiente. È come se Helen abbracciasse una versione più anziana di suo marito, un uomo che ha il doppio dei suoi anni. Eppure le sue braccia, le sue mani, il suo corpo, reagiscono come prima. L'aroma di lana e tabacco, il lieve odore di sudore; ha perfino lo stesso odore. Mentre Helen concilia il passato con il presente, lui la bacia sulle labbra, sulle guance, sulla fronte. Le bacia i palmi delle mani. Ricominciano a barcollare, aggrappati l'uno all'altra come due ubriachi. Ridono con impacciato sollievo.

Tom gli porge le stampelle e dopo si volta per recuperare una sacca stracciata. John si avvia lungo il vialetto e attraverso il giardino, poi, sorprendentemente, sale da solo i quattro gradini della veranda. Helen gli tiene aperta la zanzariera mentre entra a saltelli.

Tom posa la sacca in veranda. Ansioso di congedarsi, offre un abbraccio a Helen.

«Tè freddo?»

Lui scuote la testa, poi discende i gradini con la promessa di tornare venerdì mattina per accompagnarli in ospedale. Quindi balzella verso l'automobile.

John siede in bilico sul divano, le stampelle posate di lato, con discrezione. Non le stacca gli occhi di dosso. Helen sta davanti a lui, senza sapere cosa succederà, in attesa di un cenno o di un'imbeccata.

«Sei venuta a cercarmi.»

Lei annuisce, sentendo il viso tendersi al ricordo del dolore. Lui protende una mano. Lei avanza per stringerla.

«Mi ami.»

Lei annuisce ancora, istintivamente.

«Quanto io amo te.»

La trae a sé, le sfiora le labbra, in cerca di qualcosa, come della conferma che davvero sono insieme. Poi, passa la mano dietro la sua gamba destra, tirandola a livello del ginocchio. Abbassa ancora la mano, le accarezza il polpaccio, le sfila la scarpa. Indica la gamba sinistra e le toglie anche l'altra scarpa. Helen sta scalza davanti a lui.

Si sbottona la camicia, lo attrae a sé.

John sprofonda in lei con la consapevolezza che quello è il centro, il luogo dove ricostruire la sua vita, l'unico vero inizio o l'unica vera fine. È una verità a cui non solo crede, ma che incarna. È la fede a cui resterà devoto. Ed è lì che riesce a rendere grazie.

Helen gli stringe il viso tra le mani e sente la vita attraversarla come corrente elettrica. La sua gratitudine verso il Signore, la Madre Celeste e lo Spirito Santo per averlo riportato a casa è incontenibile. John è la prova vivente. La sua fede, la sua speranza, la risposta alle sue domande. Sarebbe giusto pregare in un momento simile? È quella la preghiera più bella, più sentita che riuscirà mai a formulare.

25

Helen è in cucina a canticchiare dal primo pomeriggio. Il clima è così invitante che ha deciso di mangiare all'aperto. Le temperature miti e la luce abbondante danno l'illusione che le giornate siano interminabili, capaci di contenere indolenze e ambizioni. Il suo primo istinto sarebbe di chiedere a John di andare a prendere il tavolino e di portarlo fuori, ma si morde la lingua in tempo.

Lui siede in cucina insieme a lei, a osservarla dare gli ultimi ritocchi. Dopo quel pasto, sarà costretto a restare a digiuno fino all'indomani per l'intervento. Helen recupera le uova alla diavola dalla ghiacciaia. Scruta nel forno per controllare le cipolle che si indorano sull'arrosto. John fa vorticare i cubetti di ghiaccio nel whiskey mentre lei frulla avanti e indietro tra la dispensa e il ripostiglio per prendere piatti e scodelle. Easley trae piacere e nutrimento dall'osservarla, tanto quanto ne trarrà dal pasto che gli ha cucinato. Manda giù il whiskey rimasto, poi impugna le stampelle.

Helen stende la tovaglia sotto il melo solitario, l'albero che il padre ha piantato il giorno successivo alla sua nascita. Mentre apre le sedie, John la raggiunge, oltre la corda del bucato e il prato aperto. Si siede e la guarda mettere in tavola una ciotola di ciliegie rosse, un vassoio di insalata verde. Non ha il cuore di confessarle che la vista e il profumo di un tale banchetto sono sprecati su di lui. Il suo appetito si è guastato negli ultimi giorni e non sa più come giustificarsi. Helen ha persino fatto il dolce. Si pulisce le mani sui fianchi del grembiule, riattraversa il prato a passo lento. Torna con due bicchieri di limonata. È tutto bellissimo.

Vacci piano, le dice quando inizia a riempirgli il piatto. Deve essere per il lungo viaggio, le spiega. Le pillole, il caldo a cui non è più abituato. Non accenna al nodo che ha dentro.

Finalmente Helen si accomoda accanto a lui. Si è alzata una leggera brezza. La vecchia douglasia nel giardino dei vicini sfiora il cielo con delicatezza. Helen alza lo sguardo verso i frutti verdi del melo e immagina le crostate e le fette al forno che verranno. John si protende in avanti per afferrare forchetta e coltello.

Dal suo ritorno, due giorni prima, ha evitato di formulare piani per il futuro. Helen può soltanto intuire quanto sia dura per lui pensare a dopo l'operazione, alla convalescenza, a dovere imparare a tirare avanti senza una gamba. È preoccupato per come faranno a sbarcare il lunario? Per distrarlo e incoraggiarlo, condivide con lui alcuni dei suoi progetti.

«La casa è nostra per tutto il tempo che vogliamo. Papà non intende tornare.» Guarda le finestre al piano di sopra. «Allestiremo uno studio nella vecchia camera di Frank e Patrick. C'è molta luce lassù. Ci procureremo una scrivania adeguata, rivolta verso la finestra. Potrai guardare gli alberi mentre scrivi. Naturalmente ho pensato anche alle scale, ma non credo siano un ostacolo per te. A meno che tu non pensi di entrare a tempo pieno in un giornale. Come cronista, o redattore. O di fare qualcos'altro qui in città... E tra un paio di settimane, troverò un impiego.

Le cose sono diverse, ora. Ci sono molti lavori che una donna può fare. Certo, a meno che non rimanga incinta.»

Easley sorride alle prospettive che si dispiegano davanti a lui, si pulisce la bocca, assapora lentamente le parole di Helen. Ma non riesce ad appropriarsi di quei sogni e aiutarla a dare loro un colore. Non finché Helen non sarà consapevole di chi è diventato l'uomo che le siede davanti, l'uomo che dorme nel suo stesso letto.

Per prepararsi al viaggio che lo attende, imbocca una scorciatoia più agevole. Le riferisce della conversazione telefonica che ha avuto con la madre, di averle chiesto di aspettare alcuni giorni prima di fargli visita. «Vuole che prendiamo i risparmi di Warren» aggiunge. «I soldi che aveva messo da parte per comprare una casa con giardino. Sai com'è fatta. Considerate le condizioni in cui versiamo, non sono riuscito a formulare un'obiezione ragionevole.» Dicendolo ad alta voce, così, è colpito dal fatto che suo fratello conservi ancora il potere di influenzare le loro vite.

Easley solleva un fascio di fogli dal grembo e lo porge a Helen. Lei si porta il tovagliolo alle labbra, poi guarda il contenuto. Ci sono decine di lettere, le buste aperte, date e orari scritti al posto del mittente, il suo nome al centro.

«Non leggerle subito. Fallo dopo l'operazione. Dopo che ti sarai abituata a me e io avrò cominciato a darti sui nervi.»

Poi le rivela ciò che lo angustia da quando ha ricominciato a credere di poter sopravvivere. Le racconta di Karl e dei giorni passati insieme nella grotta, a nascondersi al nemico. Di quando ha lasciato il ragazzo da solo nell'oscurità e non è riuscito a trovare una stecca in tempo. Di quando si è appostato con un masso sopra l'entrata della caverna, mirando al cranio di un ufficiale giapponese. È sorpreso che quelle parole così pesanti scorrano con tanta facilità, come se stesse narrando gli episodi della vita di qualcun altro. Tace un istante, vede le mani di Helen strette intorno al fascio di lettere. Poi le racconta dei tesori che ha trovato sepolti in un vecchio barattolo di tè. Di come avrebbe perso quel poco di lucidità che gli restava se non fosse stato per la fotografia di una ragazza aleuta, del suo breve messaggio e della speranza che gli infondeva.

«È stato difficile trovare una spiegazione, anche per me stesso,» le dice «e non mi aspetto che tu capisca. Ma devi sapere che per me lei era reale quanto la mia stessa vita, vera come te che sei seduta qui davanti a me.»

Helen lo legge nella mascella serrata, nella posa stanca delle spalle ricurve. Il senso di colpa per aver abbandonato un amico, per aver ucciso un nemico. Ma poi si sente smarrita. Le due morti sembrano preludere al messaggio e alla fotografia. Non sa se arriverà a una rivelazione più importante, o se si tratta di una specie di prova. Non ha idea di come andrà a finire.

«John. Stai parlando di una fotografia. Come il poster di una ragazza pin-up.»

«È esattamente quello che sto cercando di dirti. È tutto il contrario.»

Helen beve un sorso di limonata, si toglie i capelli dagli occhi.

«È venuta da me nel momento di massima disperazione. Era come se avesse *deciso* di palesarsi a me. Helen... io ho amato quella ragazza. E ho sentito il suo amore verso di me. Avrei dato la vita per lei, invece lei ha salvato me. So che per te deve essere un fulmine a ciel sereno, ma è lei il motivo per cui oggi sono qui. Seduto accanto alla donna che ho sempre amato.»

«John...»

«Si chiama Tatiana. Non l'ho mai incontrata. I giapponesi l'hanno presa prima del mio arrivo. Potrebbe essere morta... E mentre ascolto quello che dico, posso solo immaginare cosa stai pensando. Ma ho bisogno che tu sappia, e che tu mi perdoni.»

Helen mette da parte il tovagliolo e le lettere, si abbandona allo schienale della sedia. Troppo cibo per due persone con così poco appetito. Ripensa all'hangar su Adak, al palco in costruzione, all'aviere Perera che piantava chiodi nel pavimento. Ha già pagato con gli interessi quella svista momentanea. Non vede il motivo per rivangare o confessare quell'episodio, di scompigliare o rovinare la giornata.

Alla fine, la fiducia che John riponeva in lei è rimasta intatta. La cieca convinzione che Helen accetterà, senza comprendere, che il loro amore non può essere sminuito. Lui non conosce il sollievo della confessione religiosa. La sua è l'unica assoluzione che va cercando. Helen comprende il peso di quel fardello ed è istintivamente portata a redimerlo.

«John, se fossi rimasta io da sola su un'isola, con una fotografia? Chissà. Magari mi sarei innamorata del presidente Hoover.»

Easley assimila quelle parole, annuisce, abbassa gli occhi e guarda altrove.

Reale o immaginaria, qualsiasi cosa abbia fatto lassù, e con chi, ormai non le interessa più. Adesso è con lei. È cambiato, ed è lo stesso. A conti fatti, lei crede che somigli molto all'uomo che conosceva prima. Gli prende la mano e gliela bacia. È stato ascoltato. È tempo di dimenticare. Non c'è niente da perdonare.

Easley ora ha lo stomaco a posto, il suo appetito ha iniziato a risvegliarsi. Per un po', mangiano senza parlare. Con il dorso della mano, Helen scaccia con delicatezza un paio di vespe dagli avanzi dell'arrosto. John le chiede della montata dei salmoni di quella primavera e se Joe ha avuto modo di gettare l'amo prima di lasciare la costa. Helen lo aggiorna sul decorso dell'ictus di suo padre, della caduta dalla scala, della sua impressionante capacità di guarigione. Easley straluna gli occhi al pensiero dell'improvvisa premura dei figli prodighi. Trae conforto da quegli ultimi episodi, popolati da personaggi e temi familiari. Ma soprattutto si perde nel volume altalenante della voce di Helen.

* * *

Quel mattino, prima di partire per l'ospedale, Helen è stata sorpresa dal bisogno di portare con sé uno dei puzzle di suo padre. Sulla scatola che le è capitata sottomano compare un mulino sullo sfondo di un campo di tulipani variopinti, da qualche parte in Olanda. Una volta accomodatasi nella stanza di John, ha sparpagliato i pezzi sul tavolo. Ora gli siede accanto, sul letto. Lui dispone la cornice, lei raggruppa i pezzi dei fiori per colore. Lavorano insieme in silenzio soddisfatto; finché lui non allunga una mano per sfiorarle un seno.

All'operazione mancano ancora due ore. Quando sarà il momento, passerà qualcuno per portarlo giù. Secondo il medico, durante l'amputazione è sfuggita una scheggia d'osso che ora è conficcata nel muscolo. Date le circostanze, i chirurghi militari hanno fatto del loro meglio. Il dottore si occuperà di rimuovere il problema, poi farà in modo che la punta del femore torni rotonda e liscia. In seguito, tenderanno un lembo di muscolo e pelle sull'osso, e lo sutureranno in posizione. Una volta che il tessuto cicatriziale si sarà riformato e il muscolo sarà guarito, il moncone dovrebbe riuscire a sostenere di nuovo il suo peso. Poi sarà la volta di una protesi su misura. Se tutto andrà bene, alla fine dell'estate il paziente tornerà a camminare.

Passano alcune ore in cui Easley non riceve la visita dell'apparizione degli occhi famelici di Karl, né la sensazione del corpo del greco che lo schiaccia a terra. Alcuni ricordi non aspettano di essere richiamati dal passato, risiedono nel presente. Che il futuro si riveli allo stesso modo?

Stranamente, anche Tatiana lo lascia in pace.

Via via che le file di tulipani prendono forma, Easley volge la mente all'immagine che occupa la sua mente da Attu.

«Ho trovato» afferma alzando lo sguardo dal tavolo.

«Cosa?»

«Ieri mi hai chiesto se avessi dei progetti per il futuro. Be', ho trovato. Non è proprio un progetto, è più un'idea.»

Helen si rilassa sulla sedia e incrocia le braccia.

«Tu, in tuta da lavoro, in mezzo a un campo, un paio di bambini che corrono liberi in lontananza.»

Nella visione di Easley, la guerra si è conclusa. Forse a quel punto sarà passato tempo sufficiente affinché lui sia riuscito a espungere il suo frammento di storia. Un frammento che gli appare come una scheggia di se stesso, fuori posto, un pericolo per il tessuto vivo in cui è innestata.

«Hai ancora i soldi che ti ho dato?»

Lei sorride.

«Mentre io sono sotto i ferri, voglio che tu esca, come abbiamo concordato.»

«Sissignore.»

Riescono a disporre qualche altra fila di tulipani prima dell'arrivo degli inservienti. Due uomini entrano nella stanza e affiancano una barella al letto. Quando si offrono di aiutare Easley a spostarsi, lui li allontana con un cenno della mano e si trasferisce rapidamente con le proprie forze. Helen ripone il puzzle con cura per finirlo più tardi quella sera, o l'indomani, o il giorno dopo ancora, mentre aspetta che lui si risvegli dall'anestesia. Lo spingono fuori dalla porta. Helen picchietta sulla spalla di uno degli inservienti, poi afferra la mano del marito.

«Mi raccomando, qualcosa di vivace» le suggerisce. «Ci vediamo nel pomeriggio.»

Lei lo bacia sulla guancia, i piedi ancorati al pavimento mentre i due uomini lo portano via.

Helen osserva la stanza vuota, ripensando a suo padre che vegliava la moglie moribonda. Prova il bisogno impellente di scappare. Ma si tranquillizza, raccoglie borsa e foulard. Poi esce nell'atrio e si avvia per la direzione opposta.

L'inflessibile sole di mezzogiorno si riflette sui pavimenti appena lustrati. Helen oltrepassa una serie di finestre, attraversa le susseguenti colonne di luce, componendo una preghiera nuova. Si guarda bene dal chiedere altri favori al Signore, e lo ringrazia ancora per tutto ciò che ha fatto per lei. Ha già ricevuto troppe grazie e può chiedere soltanto la saggezza di tenere a mente i doni che il cielo le ha elargito. Di fronte all'ospedale, sale su una corriera diretta ai negozi del centro dove, malgrado i razionamenti e le ristrettezze, malgrado la guerra, troverà un perfetto vestito estivo.

Easley giace in attesa, immaginando che aspetto avrà Helen al suo ritorno. Coperto da un lenzuolo sottile, è felice che nella sala operatoria faccia caldo. Qualcuno fischietta al di là della porta. Si perde tra le voci che lo attorniano, che parlano del numero e dell'angolazione delle luci, dell'altezza dei tavoli e della disponibilità di vassoi. Poi le luci si affievoliscono mentre il vento sferza i lembi della tenda dell'ospedale da campo. L'avvallamento duro della barella, l'umidità fetida nell'aria. Qualcuno canticchia le note di una canzone. Jazz? Prova a immaginare il repertorio musicale di Helen. Dovrà ricordarsi di chiederle una replica in privato. La neve cade davanti all'ingresso della grotta e al melo carico di frutti. Che aspetto avrà al suo ritorno? Poi la realtà sembra allentare la presa e fluttuare via finché non se ne sente completamente sgravato. Non si è sentito mai così pulito.

26

9 novembre 1945

La staccionata posteriore si è volatilizzata, insieme con gli alberi e i pali del telefono più in là. È una di quelle rare nebbie autunnali che ammantano la città in silenzio, sommergendo luci e rumori. La radio consiglia a chi intende attraversare la città di pensarci bene. Oltre alla nebbia, le strade sono invase da un corteo estemporaneo. Il traffico è congestionato. Helen si rende conto che, se spera di arrivare in orario a destinazione, deve prendere il cappotto e incamminarsi. Infila il pacco in borsa, attraversa il salotto silenzioso ed esce nella foschia.

Oltre la portata della stufa, la casa è fredda da settimane. Non abbastanza da congelare le tubazioni, perciò non ha senso riscaldare le stanze vuote. Tra poco però, la casa si riempirà di vita. Helen ha recentemente firmato un contratto di affitto per un anno con una famiglia con quattro figli. In assenza di Joe e Helen, almeno per il futuro prossimo, la casa sarebbe finita in stato di abbandono. In quel modo, ci sarà qualcuno a occuparsi delle varie faccende, a tenere la vecchia casa viva e ariosa.

Dopo quattordici mesi di servizio presso la Croce Rossa locale, Helen ha messo gli occhi sull'Europa, dove milioni di persone sono ancora disperse per gli strascichi della guerra. Si è arruolata per prestare sostegno umanitario in Francia. Partirà tra undici giorni. Lì, distribuirà cibo e vestiti, riempirà innumerevoli domande all'ufficio immigrazione, insegnerà inglese nei campi profughi. Aiuterà nella ricerca dei dispersi. Troverà le sorelle e il fratello di sua madre, se sono ancora vivi. Si presenterà e offrirà tutto l'aiuto possibile. Ricorderà loro che hanno parenti nella metà sicura del mondo. Helen farà tutto questo per tenersi in moto, per rendersi utile, per cercare di riempire il vuoto che si lascia alle spalle.

Con gentilezza, i chirurghi le avevano ricordato che non c'erano mai state garanzie riguardo all'operazione. Nonostante i progressi, la medicina è una scienza tutt'altro che esatta. Spesso è l'imprevisto a fare pendere la bilancia da una parte o dall'altra. La coagulazione sanguigna e l'embolia, il sistema circolatorio e quello respiratorio compromessi dalla denutrizione, i rischi connessi all'anestesia. A ripensarci ora, le è chiaro che John era morto sulle isole Aleutine, ma in qualche modo era riuscito a tornare per trovare finalmente la pace. Il suo ritorno, la sua breve visita, erano bastati a confermare e poi a mettere a dura prova la sua fede.

John le era stato restituito per tre giorni, prima che lo perdesse definitivamente. Ora sono passati due anni, quattro mesi e ventisette giorni. La sua assenza la spinge a domandarsi se esiste una vita dopo la morte. L'ha derubata di ogni certezza. Durante quel periodo, Helen ha demolito molte delle sue certezze. Solo di recente ha ricominciato a ricostruirle, a pregare. L'unica cosa di cui non ha mai dubitato è stata la necessità di sperare: non il vago desiderio di tempi migliori, ma il principio che induce all'azione, che le impone di partire. Speranza; non per il gusto di sperare, ma per le rivelazioni che dona.

La città ha avuto la sua dose di celebrazioni per gli uomini che avevano combattuto oltreoceano, gli arrivi spontanei e programmati. E poi quel mattino, dopo l'arrivo simultaneo di due navi convoglio nel porto di Seattle, i soldati si sono riversati sulle passerelle da sbarco, sulle banchine, poi per le strade tra le acclamazioni dei passanti. Sono trascorsi quasi tre mesi dalla giornata della Vittoria sul Giappone e la sete di festeggiamenti è immutata. Ma Helen se ne sta sull'angolo, nella nebbia che si disgrega mentre migliaia di soldati in uniforme scorrono attraverso le ovazioni incorporee, tenendosi stretta, desiderando che gli uomini sfilino veloci. Solo quando sono a portata di mano scorge la loro pelle abbronzata e i capelli imbionditi dal sole. Gli uomini a bordo di berline, taxi e jeep militari si uniscono alla parata e, affacciati ai finestrini, strombazzano e cantano. I soldati a piedi marciano tronfi in formazione irregolare, otto o dieci per riga, salutando la folla. Un'orchestra sul pianale di un autocarro suona *When the Saints Come Marching In*. I civili colgono l'occasione per mischiarsi ad alcuni degli ultimi uomini di ritorno dalle isole e dagli atolli del Pacifico meridionale liberati da poco. Helen si domanda se tra loro ci sia anche qualche veterano da Attu. Costeggia la fiumana di gente, incapace di attraversare, costretta a fare il giro lungo. Ma il cielo si sta rasserenando, la foschia batte in ritirata; gli eroi hanno messo in fuga la nebbia.

Quando finalmente Helen raggiunge l'atrio malandato dell'hotel Cascade, lo scorge immediatamente seduto su una sedia imbottita dallo schienale alto. Indossa un vecchio trench su una canottiera bianca, con le bretelle in tensione di una salopette sbiadita. Il tutto di seconda o terza mano. Ha neri occhi a mandorla, la pelle color guscio di noce. Ha l'aspetto di un indigeno, ma potrebbe essere facilmente scambiato per un asiatico, persino un giapponese. Difficile a dirsi, ma Helen suppone abbia sui sessantacinque anni. Non si chiede se è quello l'uomo che cerca.

Si presenta come la donna con cui ha parlato al telefono il giorno prima. Alexander Seminoff si sposta in avanti sulla sedia, si sfila gli occhiali con la montatura in metallo da dietro le orecchie. Vorrebbe alzarsi per salutarla, ma Helen comprende lo sforzo che comporterà e afferra prontamente una sedia vicina. Posa la borsa sul pavimento e gli chiede come sta.

«Ci siamo rimessi in sesto da quando siamo arrivati a Frisco. E qui tutti ci trattano con riguardo.»

Helen vorrebbe saltare a piè pari i convenevoli, i "come sta", e chiedergli come sono riusciti a sopravvivere. Dal Bureau of Indian Affairs ha spigolato quanto segue: dei quarantacinque dispersi su Attu, soltanto venticinque sono sopravvissuti. Nella lista dei superstiti compare una donna di nome Tatiana.

Helen apprende ora che, dopo l'invasione giapponese, la popolazione di Attu è stata tenuta prigioniera sull'isola per tre mesi, poi imbarcata verso l'isola di Hokkaido. Dopo tre mesi di lavori forzati, diciassette prigionieri sono morti di stenti e malattie. I sopravvissuti hanno intrapreso la via verso casa all'indomani della stipulazione dell'atto di resa giapponese.

«È stato un lungo viaggio» le dice. «Prima che partissimo dal Giappone, siamo saliti in aereo per la prima volta. Alcuni di noi erano spaventati, io invece ero elettrizzato. Poi, tutt'a un tratto, il pilota ci dice di guardare dal finestrino. "Guardate, guardate bene" dice. "Potreste essere i primi cittadini americani a vedere le rovine di Nagasaki".»

Helen annuisce. Può intuire, ma non conoscere per certo, quale giudizio nasconda quell'osservazione.

«Su Hokkaido potevamo solo chiederci cosa stesse succedendo in patria. Qui non sembra nemmeno che ci sia stata una guerra.»

«Signor Seminoff, mi duole dirle che pochissime persone sanno cosa è successo sulle isole Aleutine.» Riflette sulla propria tempestività, omette le battute d'apertura. «Se non le dispiace, vorrei chiederle...»

«Quello che è successo a me è nella mia stanza. Ho tre scatole lassù. Le ceneri di mia moglie, di mio fratello e di suo figlio. Ora le porterò a casa.»

Una parte di lei si domanda cos'altro rimanga da dire. L'altra parte, la parte che condivideva con John, vorrebbe che venisse tutto allo scoperto, alla luce del sole. Potrebbe metterlo in contatto con Sorenson, con qualsiasi giornalista e redattore in grado di aiutarlo a far conoscere la sua storia.

«Non crede che la gente debba sapere?»

Dal silenzio che segue pare che sia in difficoltà, incaricato di parlare a nome di altri, di discutere con autorevolezza di cose che Helen non può assolutamente comprendere. Il suo sguardo vaga verso l'andirivieni degli ospiti in arrivo e in partenza.

«Signora, la ringrazio per il suo interessamento, ma vogliamo solo tornare a casa. Pensavamo di avere sofferto abbastanza finché non abbiamo visto quel che abbiamo visto, e saputo cos'è capitato altrove. A cosa servirebbe tirare fuori tutto adesso? Forse un giorno lo racconterò ai miei nipoti, se vorranno. Quando saranno pronti a sapere.»

Helen si chiede se è stato informato che il suo villaggio è stato raso al suolo, ma non trova il coraggio di chiederglielo. Non è lì per gravarlo di nuovi lutti.

«Ha detto di avere una cosa per mia figlia?»

Una cosa che Helen non tocca da quasi un anno. Una cosa che credeva fosse al sicuro.

«Sì» risponde a bassa voce.

«Dovrebbe arrivare a momenti. Immagino sia rimasta bloccata, come tutti gli altri del resto. Possiamo aspettarla ancora, se vuole.»

«Ma certo.»

Pare contento di aspettare in silenzio. È educato, ma non sembra interessargli sapere chi sia Helen, né come lo abbia rintracciato. Non le chiede come sia entrata in possesso di qualcosa appartenuto a un membro della sua famiglia, né di cosa potrebbe trattarsi. Non le chiede della sua guerra. Forse è abbastanza saggio da dedurre che anche lei ha pagato un prezzo.

Insieme, osservano i clienti andare e venire. Moltissimi uomini, appena congedati, a disagio in giacca e cravatta.

Finalmente le chiede cosa ne è stato degli uccelli acquatici della zona, di che specie sono e se, come tutto il resto, sono stati consumati dalla guerra. Lei gli spiega quel poco che sa dei germani reali e delle oche del Canada, poi sorride al pensiero di John che, a quelle parole, coglierebbe l'occasione al volo per ragguagliarlo sull'esistenza di almeno altre dieci specie.

Una giovane donna entra nell'atrio. Gli occhi stanchi cerchiati. Le guance incavate. I capelli neri come penne di corvo. La donna che un tempo era la ragazza nella fotografia dentro il pacco ai piedi di Helen. È stata bella e tornerà a esserlo.

Alla vista della donna, Alexander Seminoff si illumina.

Si protende in avanti sulla sedia. «Quella è lei con suo marito. E quelli sono i suoi cugini.»

Al suo fianco c'è un indigeno con una valigia in mano. La adagia sul pavimento, poi posa le mani sulle spalle della donna, traendola a sé. Helen resta senza fiato. Sono passati due anni, e milletrecento chilometri, da quando lo ha incontrato sulla strada per la cattedrale ortodossa di Sitka, da quando si erano divisi quella bottiglia di brandy dietro il negozio. È cresciuto di peso e di statura. È trasformato. Solo ora si rende conto di quanto ci fosse andata vicina.

La coppia saluta i cugini, poi si lancia in quello che sembra un ricongiungimento a lungo atteso. Sul volto del giovane, Helen legge quella che conosce come gioia risorta: la felicità rarefatta che si presumeva morta e che invece è tornata a vivere.

Helen ha vissuto nel dubbio che quel giorno sarebbe arrivato. Ci ha pensato e ripensato nel corso della guerra, accantonandolo per la sua estrema improbabilità. John non se lo sarebbe mai aspettato da lei, eppure è ciò che Helen ha desiderato da quando è venuta a sapere che Tatiana era sopravvissuta. Riconosce che quello è il momento in cui le rivolgerà il discorso che si è preparata accuratamente, il discorso con cui le rivelerà come quegli oggetti siano finiti nelle sue mani. Cosa significavano per John Easley. E quanto Helen sia grata a Tatiana per averlo riportato – anche se per poco tempo – a casa.

Vedendoli ora, Helen riflette sugli effetti che una tale notizia avrà su quella donna nel presente e nel futuro. Sul modo in cui quella storia metterà radici nella mente del giovane uomo al suo fianco. Prova a immaginare come si sentirà lei nel provare a trasmettere l'inverosimile devozione del marito morto. Soppesa tutto questo in un solo istante, poi consegna il pacco.

«Scusi,» dice Helen «ma sono già in ritardo.»

In ritardo per cosa? Non riesce a inventare un pretesto. È appena arrivata dove era destinata ad arrivare. E tuttavia il fardello che pensava di portare d'un tratto è sparito. Al suo posto, un istinto di protezione.

Helen si alza. «Potrebbe consegnarglielo lei?»

«Non vuole salutarla?»

«Signor Seminoff...»

L'uomo alza lo sguardo, scruta gli occhi di Helen.

«Che Dio la benedica» dice lei infine. «Auguro buona fortuna a lei e a tutta la sua famiglia.»

«Altrettanto.»

Sposta il pacco e le porge la mano destra. Lei fa per stringerla, ma l'uomo bacia la sua. In quel momento, Helen chiude gli occhi, e li riapre su un mondo diverso e uguale a prima. Poi si volta e attraversa l'atrio, uscendo verso la folla e la luce.

Ringraziamenti

Sono profondamente grato alla mia prima lettrice, nonché moglie amatissima, Lily Harned, che non ha mai smesso di credere in me.

Da autore di questo libro, mi considero immensamente fortunato ad aver avuto il genere di editor capace di leggere e rileggere tra le righe. Grazie, Lee Boudreaux. La mia gratitudine va a Daniel Halpern, per avere dato al mio romanzo un'accoglienza tanto calorosa, sostegno e una casa alla Ecco. A Patrick Crean, per essere entrato in scena per primo, per avermi fornito consigli inestimabili e un sostegno incrollabile. A Iris Tupholme, per essere rimasta a fianco di questo libro sin dall'inizio. A Sophie Orme della Mantle/Pan Macmillan, per le intuizioni raffinate e sempre ben accette. A Rachel Meyers, per aver portato alla luce il manoscritto corretto prima che nascesse il bambino, e a Allison Saltzman per la fantastica copertina. A Ryan Willard e Karen Maine, per aver gestito tutte le fasi di pubblicazione. Grazie a Michael McKenzie, Ashley Garland e a tutta la Ecco/HarperCollins, HarperCollins Canada e Mantle.

Sono riconoscente alla mia eccezionale agente, Victoria Sanders, e alla sua squadra: Bernadette Baker-Baughman, Chris Kepner e Chandler Crawford. È stato il loro trascinante appoggio a far sì che questo libro arrivasse nelle vostre mani. Un ringraziamento speciale a Mary Anne Thompson, che con il suo appoggio subitaneo e appassionato ha aperto molte porte.

Nel corso della lunga gestazione di questo romanzo, ho ricevuto grande generosità, incoraggiamento e sostegno, per i quali non smetterò mai di ringraziare. Grazie ai miei primi lettori – tra i quali Edna Alford, Georges Borchardt, Joan Clark e Michael Winter – per le critiche costruttive. Alla MacDowell Colony, al Banff Centre for the Arts e al Our Town Café per avermi offerto spazi accoglienti dove scrivere. Grazie anche al Canada Council for the Arts, al British Columbia Arts Council e alla Access Copyright Foundation per i finanziamenti che mi hanno permesso di recarmi sulle isole Aleutine e mi hanno concesso il tempo di dedicarmi alla creazione.

Sono debitore nei confronti degli scrittori che hanno parlato delle isole Aleutine prima di me. Moltissimi libri, diari, volumi di storia naturale, rapporti governativi, articoli e saggi si sono rivelati essenziali per le mie ricerche. Primi fra tutti l'eccellente cronaca militare di Brian Garfield, *The Thousand-Mile War. World War II in Alaska and the Aleutians*; lo struggente racconto di Dean Kohlhoff sulla deportazione del popolo aleuto, *When the Wind Was a River. Aleut Evacuation in World War II*; lo straordinario racconto delle prime esplorazioni delle isole Aleutine di Corey Ford, *Where the Sea Breaks Its Back. The Epic Story of Early Naturalist Georg Steller and the Russian Exploration of Alaska*; nonché il delicato e penetrante *Moments Rightly Placed. An Aleutian Memoir* di Ray Hudson.

Grazie, a voi tutti.

Nota dell'Autore

Il 3 giugno 1942 la guerra giunse nel Nord Pacifico. La Marina imperiale giapponese bombardò Dutch Harbor sulle isole Aleutine dell'Alaska. Quattro giorni dopo, una forza d'invasione di quasi 2.500 soldati giapponesi si impadronì delle isole di Attu e Kiska e le occupò.

Gli abitanti di Attu – 44 aleuti e 2 cittadini statunitensi non indigeni – furono presi prigionieri. Un uomo fu ucciso, gli altri vennero deportati in Giappone. I rimanenti 881 aleuti dispersi sulle isole Aleutine e Pribilof furono evacuati dall'esercito degli Stati Uniti e radunati in campi profughi nell'Alaska sudorientale per tutta la durata del conflitto.

Negli undici mesi successivi, le forze statunitensi intrapresero una campagna aerea contro le roccaforti giapponesi. Dall'11 al 29 maggio 1943 ebbe luogo una delle battaglie più sanguinose della guerra per la riconquista di Attu. In base al numero di uomini impiegati, fu la battaglia più dispendiosa nel teatro bellico del Pacifico, seconda solo a quella di Iwo Jima, e l'unica combattuta sul suolo americano.

La guerra sulle Aleutine fu relativamente contenuta nel contesto globale del conflitto, eppure vi presero parte cinquecentomila persone. Andarono perdute decine di navi, centinaia di aerei e circa diecimila vite. I giornalisti furono espulsi dalla regione, la censura militare era impenetrabile e gran parte della campagna si svolse all'oscuro degli organi di stampa civili.

Tali eventi sono narrati nelle dimenticate note a piè di pagina della storia della Seconda guerra mondiale.